Münsterland-Mafia

Georg Veit

Münsterland-Mafia

Ein Kriminalroman aus der Provinz

Waxmann Münster / New York
München / Berlin

Die Deutsche Bibliothek – CIP-Einheitsaufnahme

Veit, Georg:
Münsterland-Mafia : ein Kriminalroman aus der
Provinz / Georg Veit. – Münster ; New York ;
München ; Berlin : Waxmann, 1999
(Waxmann schwarze Serie)
ISBN 3-89325-761-6

ISBN 3-89325-761-6

Postfach 8603, D-48046 Münster

Katalog: www.waxmann.com
Bestellungen per E-Mail: order@waxmann.com

2. Auflage, 2005

Umschlaggestaltung: Pleßmann Kommunikationsdesign, Ascheberg
Titelfoto: Sabine Verk-Lindner

Druck: Buschmann GmbH, Münster
Gedruckt auf alterungsbeständigem Papier, DIN 6738

Dies ist ein Roman. Ähnlichkeiten mit real existierenden Personen sind reinweg zufällig und unbeabsichtigt.

1

Als die Türklingel schrillte, durchfuhr mich ein Stoß. Ich schneide meine Tomaten grundsätzlich mit einem rasierklingenscharfen Messer. Und das rutschte auf den Daumen neben den Fingernagel.

Ich wartete auf das Blut. Ein winziger Schnitt, der auseinanderging. Ich kniff die Augen zusammen. Die Ränder der Wunde wurden weiß. Mund und Zunge waren in Bereitschaft. Meine Ruhe war dahin.

Wieder klingelte es. Meine Türklingel, das weiß ich sicher, ist ein gebrauchtes Modell. Handwerker sind Schurken. Das Haus ist erst vier Jahre alt, die Klingel mindestens zwanzig. Wahrscheinlich aus einer überflüssig gewordenen Kaserne. Ich schätze, Wachstube.

Ich hatte Glück. Es blutete nicht. Meine Haut hielt. Ich legte die Schürze über den Küchenstuhl und stand auf. Ärgerlich öffnete ich, noch mit der Lesebrille auf der Nase. Vor mir fand sich ein schmächtiges Männlein mit einem markant großen Kopf und einer Tropfennase.

„Entschuldigen Sie die Störung. Sie kennen mich?"

Ich wackelte mit dem Kopf.

„Effsing. Heinz Effsing. Nachbarschaftsvorsitzender."

„Hm."

„Sie wissen sicherlich …?"

Kopfwackeln.

„Nicht? Das mit dem Markus –, dem Sohn Ihres Nachbarn zur Linken?"

„Und …?"

„Er ist gestern tot aufgefunden worden. Sie haben nicht …?"

Kopfwackeln. Ich hatte nicht und dachte an meine Ruhe. Ich sollte mein Kabrio in Zukunft in die Garage stellen, so eng sie auch ist. Dann haben die Leute keinen Anhaltspunkt.

„Darf ich kurz …?"

Zwerge bringen immer Unruhe. Wie bei Schneeweißchen und Rosenrot.

Ich trat zur Seite und blickte hinaus, während der Nachbar hereinhuschte. Gegenüber bewegten sich wie immer die persilweißen Gardinen. An der Hauswand stand sein Fahrrad. Niedriger Sattel, altes Modell, aber blitzblank. Ich hasse geputzte Räder.

Der Mann trug Hosenklammern und eine Baskenmütze. Beides glaubte er nicht abnehmen zu müssen, als er stracks zur offenen Küchentür tippelte. So einer war hier noch nie hereinspaziert. Ich überholte ihn im Türrahmen und stellte mich vor die Kaffeemaschine. Es war gegen vier. Um vier Uhr brauche ich meinen Kaffee. Nur eine kleine Tasse.

„Und …?“

„Übermorgen ist die Beerdigung.“

„Ich gehe nie zu so was.“

Die Kaffeemaschine brodelte einladend. Das Miststück! Mindestens so alt wie die Türklingel!

„Aber Sie sind der rechte Nachbar.“

„Und …?“

„Sie sind für den Rosenkranz zuständig.“

„Bitte?“

Ich trat unvorsichtig zur Seite, um mich zu setzen. Des Vorsitzenden Augen blitzten sofort zur Brodelmaschine.

„Danke. Ja, mit Milch und Zucker!“

„Oh, natürlich. Tschuldigung.“

„In solch traurigen Fällen hält die Nachbarschaft zusammen wie ein Mann. Ist doch klar.“

„Klar.“

„Und – Ihren Tomaten geht's gut?“

Jeder aus der Nachbarschaft, der mit mir Kommunikation pflegen will, kommt mir mit dem Tomatenthema. Wie mit dem Wetter. Sonst gibt es zwischen uns keinen Gesprächsstoff. Aber meine Tomatenzucht ist von allen Seiten einsehbar. Da hat jeder was zu reden. Obwohl keiner eine Fleischtomate von einer Halbfleischtomate unterscheiden kann. Manche setzen neben Tomaten Fenchel! Ich antworte nie auf solche Plumpheiten.

„Rosenkranz? Wie geht der? Ich bin nicht gut im Blumenbinden.“

In Nachbarschaften geht es entweder um's Saufen oder Kuchenbacken oder Schmücken. Herr Effsing von der Nachbarschaft knüselte die Nase.

„Ich habe Ihnen den Text … Moment.“

Er kramte in seiner Jacke. Ich winkte ungeduldig.

„Geben Sie her!“

Er reichte mir eine mehrfach gefaltete Liste mit vergilbten Knickkanten. Matrizenabzug. Schrift hellblau bis papierfarben. So alt wie meine Kaffeemaschine. Ich bemühte mich um die Entzifferung. Der Obernachbar versuchte sich derweil selbst zu bedienen. Ich sah es und kapitulierte.

„Zucker steht auf der Blumenbank.“

„Und die Milch?“

„Im Kühlschrank, ganz rechts.“

Ich mühte mich weiter mit dem Papier ab, hielt es gegen das Fenster. Er schenkte mir den Rest ein. Eine viertel Tasse vielleicht noch. Ich nehme ebenfalls Milch und Zucker. Er füllte den Pott, den er in der Spüle entdeckt hatte, mit Milch und Zucker auf. Jetzt war ich klüger. Ich begriff den komischen Text, in dem ‚Gesätz‘ mit ‚ä‘ geschrieben war.

„Hör'n Sie. Ich bin nur einmal in der Kirche gewesen. Zu meiner Taufe. Wenn das hier was Religiöses ist, passe ich.“

„Na, na. Es steht doch alles drauf.“

Er schlürfte den Kaffee, als holte er damit Reste vom Sonntagsbraten aus den Zähnen. Es war Mittwoch. Ich schob mein Milch-Zucker-Gebräu von mir fort.

„Und wie geht das, so ein ‚Gegrüßet seist du, Maria‘? Da steht nur der Titel, und daß man es zehnmal …“

„Sprechen Sie mir einfach nach! Falten Sie die Hände!“

Heinz Effsing nahm jetzt die Baskenmütze ab und legte das verschwitzte Ding auf den Tisch – neben meine frisch geschälten, warmen Tomaten! Ich verzog den Mund und dachte: Gleich flippst du aus! Aber irgendwie faltete ich tatsächlich die Hände und sah mir dabei angestrengt zu. Von gegenüber ratterte es ein paar Sätze. Mir wurde ganz anders. Bei einem Wort unterbrach ich.

„Gebenedeit. Was ist das?“

„Eh. Sie müssen nur vorbeten, sonst nichts.“

Ich zog nun doch den Kaffee zu mir. Seine Farbe deckte sich exakt mit der des alten Zettels. Ich nahm einen Schluck. Es muß verzweifelt ausgesehen haben, als ich eine Tomate vom Tisch griff und sie mir in den Mund stopfte. Der Nachbarknirps betete weiter:

„... bitte für uns Sünder jetzt und in der Stunde unseres Todes. Amen."

Ich kaute und schluckte und redete gleichzeitig.

„Also der Junge von nebenan, dieser ..."

„... Markus ..."

„... also der ist ...?"

„Ja, gestern tot aufgefunden. Hinter dem alten Güterbahnhof."

„Aha."

„Sie müssen nur vorbeten. Übermorgen. Üben wir weiter!"

Irgendwie kann ich dieses Gebet bis heute. Die eiserne Methode des kleinen Vorsitzenden mit Glatze und Haarkranz hat gegriffen. Absolut. Aber beim ‚Vater unser' streikte ich. Nicht sofort. Erst bei dem „Dein Wille geschehe auf der Erde ..." oder so ähnlich. Das geht mir gegen alles. Die Ehre, die Praxis, die Philosophie. Es reichte mir.

„Das sage ich nicht. Schluß! Basta!"

„Aber, aber, junger Mann!"

„Lassen Sie's!" Ich war geladen. „Ich bin zweiundfünfzig! Die Taufe fand ich schon ungemütlich. Dieser Rosenkranz ist Firlefanz, wenn Sie sich einen Reim drauf machen wollen!"

„Aber als Mitglied unserer Nachbarschaft ... Ich habe unseren Kassierer nachsehen lassen. Sie haben immer gezahlt ..."

„Dauerauftrag!"

„Ja, leider. Das festigt die persönlichen Kontakte nicht, Herr Pfühl. Aber immerhin. Da können Sie jetzt nicht, wo der Tod anklopft ..."

„Klingelt, anklingelt!" Ich wurde pampig. „Nun gehen Sie, Herr Effsing. Sie sehen: Ich bereite ein Essen vor. Meine Gäste werden ..."

„Es geht um einen entsetzlichen Tod. Und Sie ...?!"

Der Nachbarschaftschef nahm sich seelenruhig eine ungeschälte Rundtomate und rollte sie in seiner fleischigen Hand. Er mußte Schmied oder so was gewesen sein. Die Tomate schien zu leiden. Ich kann mir so was nicht lange ansehen. Ich heuchelte Interesse.

„Woran ist er denn ...?"

„Keiner hat bisher was gesagt. Aber morgen wird man es wissen. Also falten Sie die Hände und ..."

„Wie alt war er? Ich habe ihn kaum gesehen."

Der Kerl mißhandelte noch immer die Tomate. Plötzlich ließ er sie auf den Tisch rollen. Ich schnappte sie mir und legte sie zur Seite.

„Achtzehn. Vor ein paar Wochen achtzehn geworden. Die Hände faltet man übrigens, indem …"

„Lassen Sie's. Da wird nichts draus!"

Die Miene des Vorsitzenden bekam zum erstenmal etwas Verzweifeltes. Als wartete er auf den Rauswurf beim Mensch-ärgere-dich-nicht. Dann schlürfte, sog und zog er seinen – meinen – Kaffee zwischen den Zähnen ein. Niemand sagte etwas. Als er ausgetrunken hatte, stellte er die Tasse leise, fast elegant ab.

„Ich biete Ihnen einen Kompromiß an. Die Nachbarschaft lebt von der Spontaneität und Kreativität der Anwohner, steht in unseren Statuten, wie Sie wissen. Sie können statt dessen tragen."

„Bitte?"

„Den Sarg tragen. Mein letztes Angebot. Das wird im Vorstand Aufregung geben. Aber ich setze das durch."

Ich war über so viel Entgegenkommen dankbar, legte meine Brille auf den Küchentisch und geleitete den befehlsgewohnten kleinen Mann zur Tür. Er fuhr recht behende die Auffahrt hinunter und bog mit einem flotten Gruß um die Ecke.

Ich mache mir nichts aus Beerdigungen. Während der Mittagspause schon rein gar nichts. Die Zeit zwischen zwei und drei Uhr gehört meinem Nickerchen.

Jetzt stand ich zwischen Gräbern, die in ihrer aufgekratzten Gepflegtheit dem Bild von der letzten Ruhestätte Hohn sprachen. Vor mir irgendwelche Dunkelmäntel. Für die Jahreszeit zu kühl, hatten sie im Radio gebracht.

In der Kapelle hatte ich noch einige Takte lang eine bekannte Stimme hören dürfen: Dein Wille geschehe wie im Himmel etc. Der Nachbarschaftsnapoleon betete zügig. Kaum einer kam mit.

Kurze Zeit hatte sich meine Lebensangst gemeldet und meinen Körper zittern lassen. Ich war nur knapp einer Katastrophe entgangen und froh, daß ich auch das Sargtragen losgeworden war. Die Mitschüler des toten Jungen hatten darauf bestanden. Ich nicht.

Im Lokalfunk hatten sie gestern gebracht, daß Markus an einer Überdosis Heroin gestorben war. Der alte Güterbahnhof galt als Fixertreff. Natürlich war das ganze Städtchen schockiert. Haschisch, Ecstasy, das ahnte man. Aber die harten Sachen vermutet ein Münsterländer nur nördlich, östlich, südlich und vor allem in Richtung Holland. Es folgte ein schlampiger Kurzbericht über die hiesige Drogenszene, der Schulleiter und Eltern in Panik versetzen sollte.

Schräg vor mir standen Jugendliche, wohl Freunde oder Mitschüler von Markus. Als ich unter ihnen auch eine Handvoll von meinen sah, trat ich noch weiter zurück. Eine lange Dürre schob sich gleich in die Lücke vor mich. Sie roch nach Aufgesetztem. Ich glaube, sie war die Besitzerin des Blumenladens vis à vis. Ich kaufe da seit Jahren meine Muttertagssachen für dreißig Mark.

Die Jugendlichen unserer beiden Gymnasien kennen sich untereinander besser, als sie ihre eigenen Lehrer kennen. Dabei sollte es bleiben. Ich trat den Rückzug an. Sonst hieß es vormittags dann: Sie waren auch da? Haben Sie ihn auch gekannt? Wer das Privatleben von unsereinem rekonstruieren kann, fängt an, sich wichtig zu machen und kann damit nicht mehr aufhören.

Die Blumendame war nicht breit und groß genug. Der Nachbarschaftsboß konnte mich von der anderen Seite beobachten. Und da die Nachbarn meist ihren Chef beobachten, hatte mich bald die versammelte Nachbarschaft im Visier. Ich nickte verbindlich. Westfalen blicken immer weg, wenn man ihnen zunickt und sie sich nicht länger darauf vorbereiten können. Das ist mein alter Trick. Ich hatte also Luft und verschwand.

Als ich aus dem seitlichen Friedhofstörchen trat, stieß ich mit einem jungen Kerl zusammen, der mit seiner Zigarette ungünstig hinter der mannshohen Hecke stand. Es roch nach Menthol. Er war reichlich erschrocken und entschuldigte sich in irgendeiner Sprache. Ich schlug mir die Asche seiner Filterlosen vom Revers. Sie fiel wie eine tote Raupe auf den Schotterweg. Asche zu Asche. Ich blieb stehen. Im Hintergrund war der Priester zu hören.

Der junge Mann trug eine enge Stoffhose über Turnschuhen, Perlonhemd, Sakko, Silberkettchen am Handgelenk. Ich grinste ihn lässig an, während ich nach meinem Tabak suchte. Der Bursche schien nervös, war aber schneller und hatte auch gleich Feuer. Er reichte mir welche von seinen grünen Reynos. Ich fühlte mich zu Worten verpflichtet. Quasi als Bezahlung.

„Schade um den Jungen."

„Hm."

„So was bei uns. Das gab's noch nie hier."

„Hm."

„Kannten Sie ihn auch?"

„Hm."

„Ach, Sie warten nur auf jemanden."

Ich hielt gerne den Mund und grinste nur. Er lächelte unsicher zurück. Ich paffte. Fertigstengeln – und dann noch mit Parfüm – mißtraue ich. Ich drehe lieber. Wegen der Gesundheit. Deshalb rauche ich auch nur in frischer Luft.

Der Bursche neben mir inhalierte etwas hektisch, trat zum Törchen, sah zur Beerdigung hinüber und wandte sich wieder zurück. Mitunter klang ein Amen herüber.

Ich langweilte mich und beobachtete den jungen Mann. Er war ein polnischer Typus. So zwischen braun und rot das Haar, flaumiges Bärtchen und knochiger, breiter Kinnbau wie der ganze Körper. Eine reichlich hibbelige Figur. Als müßte er gleich den Rosenkranz vorbeten. Seine Gesichtsfarbe erschien tartarisch gelb. Vielleicht lag's an der vergilbten Sonne.

Ich habe manchmal eine überflüssige Höflichkeit an mir. Wer mir zum Beispiel eine Zigarette anbietet, hat damit das Anrecht auf meine verbindliche Anwesenheit während dieser – seiner – Zigarettenlänge. Ich wollte eigentlich nach Hause und paffte hier wie ein Pfefferminzprinz herum! So bin ich. Ich schaute auf die Uhr. Mitten im Mittagsschlaf! Der Kerl neben mir trat von einem Fuß auf den anderen und spielte an seinem Kettchen herum. So was ist mir nie sympathisch. Mit ihm hinter der Friedhofshecke fühlte ich mich wie im Hinterzimmer einer Chicagokneipe.

Die Eltern von Markus hatten einen erschütterten Eindruck gemacht. Zwei Jüngere hatten sie gestützt. Wohl die älteren Kinder. Sie erschienen um einiges älter als ihr toter Bruder. Ich hatte sie noch nie gesehen. Gutaussehend, Tochter und Sohn, wenn man abzieht, daß auch sie mitgenommen aussahen. Die Alten hatten damit ein wenig von der Sympathie zurückgewonnen, die sie allherbstlich dadurch verspielen, daß sie das Laub zurückwerfen, das von meinen grenznahen Sträuchern und Bäumchen stammt.

Drüben sangen sie wieder, und die Trauergemeinde begann sich zu bewegen. Ich rauchte die Menthol-Stengel nicht zu Ende, wollte nun endlich gehen und mich noch einmal bei dem Burschen bedanken. Meine überflüssige Höflichkeit! Aber der war auf einmal verschwunden. Ich machte ebenfalls, daß ich wegkam. Der Nachbarschaftssatzung, Paragraph sieben Absatz drei, war längst Genüge getan.

In meinem Wagen drehte ich gleich den Lokalfunk auf, der mir in münsterländischem Dehnungsdeutsch was übers Wetter erzählte. Es sollte nicht noch kühler werden. Na, bitte! Meine Tomaten brauchen Wärme. Ende Mai stelle ich jedenfalls nicht mehr meine Propangasheizung im Gewächshaus an. Während der Freibadsaison nie! Da bin ich knauserig.

Ich rief Sonja an.

„Ich bin gerade auf dem Weg nach Hause. Kannst du kommen? Ich brauche einen Cognac à deux."

„War's so schlimm?"

„Nein, ungewohnt."

„Na, laß dich nicht hängen!"

„Laß du mich nicht hängen!"

„Hör mal, ich kann nichts dafür, daß du dich vom Leben gestört fühlst."

„Hier bin ich der Pädagoge, bitte schön!"

„Aber nur für Gymnasien. Schon gut. Jetzt geht's aber nicht. Ich bin alleine. Die Neue ist krank."

Sonja betreibt ein Geschäft für Wäsche, Dessous, Mieder. Klein, aber fein. Hohe Fluktuation beim Personal. Weiß der Henker, warum. Ich kann es mir nicht leisten, vorne durch die Ladentür hineinzuschauen. Aber ich kenne mittlerweile – immerhin zwei Jahre – das Metier.

„Und heute abend? Ich koche uns eine Bekömmlichkeit."

„Pepa, das ist ein liebes Angebot."

‚Pepa' nennt man mich mitunter. Meine Eltern haben mich Peter-Paul getauft. Damals in der Kirche. Eine inhumane Verirrung! Meine besseren Freunde wissen und meiden das.

Ich bin gut im Vergessen – wenn es sein muß. Der zu früh Verstorbene und der qualmende Heckensteher waren längst passé, als ich den Wagen in der Garage abstellte. Wenn ich für Freunde kochen kann, laß ich mich nicht aufhalten. Da bin ich woanders. Zum Beispiel bei gefüllten Tomaten à l' égyptienne:

Man köpft den Deckel, entfernt mit einem extra geschärften Teelöffel die Innereien, würzt die Innenseite mit Salz und Pfeffer, besprengt sie mit Olivenöl und schiebt sie auf einer gefetteten Gratinform für fünf Minuten in den sehr heißen Backofen. Die Füllung besteht aus gekochtem Hammelfleisch und Reis, gewürzt mit Knoblauch, Petersilie und Paprika.

Sonja mag die Tomates farcies gern kalt mit Ciabatta und einem nicht zu alten Solaia aus der Toskana.

2

Der Fehler war, daß ich Sonja erzählt hatte, ich hätte dieses Foto gesehen. Knapp vierzehn Tage nach der Beerdigung stand es in der Lokalpresse. Die lese ich sonst nie. Schon gar nicht in den Pausen. Ein bloßer Zufall, daß es mir ein Kollege vor die Nase hielt. Ich bekam zuerst eine Art Déjà-vu-Schock, dann begann es in meinem Kopf zu klappern.

Noch am Abend, beim Essen mit Sonja – es gab mißlungene Makkaroni-Schnecke mit Tomaten-Oliven-Hack –, hatte ich mich nicht von dem Gesicht erholt. Ich muß ziemlich anders ausgesehen haben und war in wahrlich ungünstigen Augenblicken abwesend. Doch Sonjas besorgten Nachfragen hatte ich standgehalten. Erst als sie am anderen Tag anrief, war ich weich geworden. Mit Menschen, wenn sie körperlich ganz da sind, werde ich immer gut fertig. Sogar ziemlich gut. Man sagt mir den typischen Charme der Souveränität nach. Mitunter ist von Robert Mitchum die Rede – wenn auch eher wegen meines Äußeren.

Aber an der Strippe, wenn ich nur Stimmen höre und keine Chance habe, Lippen, Augen und Hände zu erfassen, bin ich unterlegen. Meine Freunde wissen das längst. Und Sonja hatte das nach der ersten Saison ebenfalls raus. Also ruft sie dann noch mal an, wenn sie's genauer haben will.

Als sie von dem Foto und meiner Begegnung hörte, nahm sie richtig Fahrt auf:

„Aber Pepa, da stand doch überdeutlich, daß jede Kenntnis über die verunglückte Person der Polizei zu melden ist!"

„Ich hab nur das Foto gesehen und was drunter stand. Ganz flüchtig! Ich werde den Teufel …"

„Eben, es stand unter'm Bild! Ich verstehe ja, daß du dich gern raushältst. Aber bei so was mußt du dich bewegen!"

„Sonja, ich weiß ja nicht einmal wirklich etwas über ihn. Da mache ich mich ja lächerlich! Laß uns über was anderes …!"

„Oh nein, mein Lieber! Du bist ja noch immer ganz durcheinander von dem Foto! Und jeder hat Pflichten. Wenn du nicht, dann werde ich …"

„Jetzt halt mal die Luft an! Du benimmst dich, als wärst du scharf auf jede Abwechslung. Reiche ich dir nicht mehr? Oder wenigstens die Tagesschau? Wenn du so was machst, kannst du deine Tomaten-Quiche woanders …"

Das wirkte unmittelbar.

„Du weißt, daß ich so was nie tun würde. Keine Angst! Aber das ist doch wichtig, daß du dieses Gesicht bei der Beerdigung gesehen hast und der Kerl dir nervös vorkam. Egal, ob du sonst was weißt. Vielleicht war es kein Unfall und …"

„Sonja, jetzt spinnst du! Genau dieses Dramatisieren hasse ich. Der Kerl war ganz harmlos, und du und vielleicht die Polente machen einen Thriller draus. Das kostet nur Steuergelder. Und selbst wenn du – was unwahrscheinlich ist – recht hast und es war kein Unfall: Bei diesem Amateurfoto bin ich mir ja nicht mal sicher, daß er es war. Gehirne pfuschen gern aus der Gegenwart in die Vergangenheit."

„Ja, ja, der Herr Philosoph!"

„Das muß man mitdenken. Irgendwelche neuronalen Fehlschaltungen – und schwups wird man zum gutgläubigen Meineidigen."

„Ich verstehe, Pepa. Du willst in deinem Schneckenhaus …"

„… Gewächshaus, bitte …"

„… na gut: Gewächshaus bleiben. Manchmal habe ich Mitleid mit dir, und ich verstehe sogar, daß du immer noch nicht wählen gehst. Aber du kannst doch nicht nur wegen der Geschichte von damals sämtliche Bürgerpflichten ignorieren. Du mußt dich von den alten Erinnerungen befreien, Pepa!"

Frauen, die Mitleid mit mir hatten, hatten nebenbei eine große Schwäche für mich. Das war nie die schlechteste Basis. Man muß nur immer den Mittelweg finden. Sonst nimmt die Mütterlichkeit überhand.

Ich war in der unterlegenen Position. Um dennoch zu gewinnen, war es nun Zeit für das Win-Win-Prinzip: aufrecht hinsetzen, lächeln, um einen souveränen Tonfall wiederzufinden, und dem anderen das Gefühl geben, auch zu gewinnen.

„Hör mal, Sonja!“ sonorte ich durch den Äther. „Du hast natürlich recht. Mach dir keine Sorgen. Ich denke darüber nach. Und dann mache ich, was vernünftig ist. In Ordnung? Ich bin doch kein Anarchist!“

Sonja paßte. Sie fragte nur noch mütterlich, ob es mir denn nun wieder besser ginge. Ich hätte gestern schon reichlich besorgniserregend gewirkt und sei ja viel sensibler, als ich gerne täte. Ich bejahte eifrig. Aber jetzt ginge es mir wieder prima:

„Und danke, daß du angerufen hast!“

Aber in meinem Inneren rumorte es weiter. Ich wurde die Frage nicht los, was der Kerl, der jetzt tot durch die Lokalpresse geisterte, hinter der Hecke zu tun gehabt hatte. Gewartet? Beobachtet? Und zwei Wochen drauf nur mal so im Freibad bei einer Mitternachtsparty für solo ertrunken?

Mein Abend verlief angestrengter als üblich. Natürlich ging ich nicht zur Polizei. „Bullen“ hatte ich sie früher tituliert, in den heißen Studentenzeiten. Aber das war Jugendquark. Aus dieser Zeit hatte ich das Rot nur als meine Lieblingsfarbe für Gemüse und Autos gerettet. Meine Vorbehalte aber gegen die Polizei hatten sich später aus anderen Gründen aufgefrischt. Deshalb kriegen mich dorthin keine zehn Gäule! Eher gehe ich zum Zahnarzt. Ich bin doch kein Anarchist, hatte ich zu Sonja gesagt. Aber ich bin einer! Wie alle mitdenkenden Arbeitnehmer hasse ich meinen Chef. Und das ist bei mir der Staat.

Ab jetzt würde mir Sonja penetrant im Nacken sitzen: Hast du vernünftig darüber nachgedacht? Bist du endlich bei der Polizei gewesen? Usw. Stundenlang saß ich in meinem Ledersessel, die Füße auf dem Marmortisch und grübelte beim Count Basie der dreißiger Jahre vor mich hin. Irgendetwas lag mir dauernd auf der Zunge. Nach einer Flasche Rosso Conero, beim „One o’ clock jump“ sprangen plötzlich die Synapsen an: „Iswini“ – oder so ähnlich.

Ich besitze zwei Wörterbücher slawischer Sprachen. Nach drei Minuten hatte ich es raus. Im polnisch-deutschen war Fehlanzeige, im anderen nicht. Da stehen die kyrillischen Buchstaben transliteriert vorne drin. – „Entschuldigung!“ – „Iswinitie“ heißt „Entschuldigung“!

Dem Kerl mit der Reyno war es herausgerutscht, als er sich entschuldigen wollte. Er war also Russe.

Ein Russe hinter der Friedhofshecke bei der Beerdigung eines totgefixten münsterländischen Gymnasiasten! Auch nicht schlecht. Die Welt ist klein. Vor allem hier im tiefsten Westfalen. Markus hatte wahrscheinlich Beziehungen zu den Aussiedlern am Hindenburgweg. Die hingen vielleicht auch schon an der Nadel, die Rußlanddeutschen! Und daß so einer im Freibad oben und unten verwechselte, konnte passieren.

Aber all das war kein Grund zu einem polizeilichen Kontakt. Unwohl war mir eher, weil ich immer fest daran geglaubt hatte, daß die Aussiedler noch aufbauwütig waren und unsere Renten erarbeiteten. Aber wenn die schon so kaputt waren, daß sie … Das gefiel mir ganz und gar nicht.

Am nächsten Tag war es klar: Sonja bekam mindestens bis zu den Sommerferien keine Tomaten-Quiche mehr. Sie hatte zwar nicht die Polizei verständigt, aber Helmut. Und Helmut kam vorbei. Gleich nach der Sprechstunde.

Helmut ist Kinderarzt. Natürlich der beste in unserem Städtchen. Er hat meine zwei Kinder vor dem Tod durch exzessives Stillen bewahrt. Und er ist der cleverste. Wer in einer Stadt – wenn auch mit der höchsten Geburtenrate der Republik – mit bereits über einem halben Dutzend Kollegen noch eine Kinderarztpraxis, die keine Computerspiele hat, zum Boomen bringt, ist äußerst clever – oder besitzt die vollkommen natürliche Ausstrahlung aller alleinstehenden und smarten Kinderärzte.

Helmut war sauer, ziemlich geladen, um genau zu sein. Sein Verhalten erinnerte mich an den alten Schneider, der seine drei Söhne mit der Elle forttrieb – wegen dieser boshaften Ziege.

„Das ist unmöglich, Pepa, das kannst du nicht machen, daß du das nicht meldest! Sonja hat natürlich recht. Sei nicht so bockig, verdammt!“

„Ich bin nicht bockig. Nur überlegt. Vielleicht gehe ich ja.“

Ich sagte nichts von ‚Iswinitie‘ etc. Das wäre jetzt purer Masochismus gewesen. Ich wiederholte nur die undramatische Variante, meine Vorbehalte …

„Da gibt's nichts zu überlegen. Was kann es schaden?“

„Noch ein Schlag Suppe?“

„Ja. Deine Tomatensuppen sind Klasse, Pepa. Aber lenk nicht ab!“

„Ich habe nur ein bißchen mehr Rotwein hineingegeben, du Schluckspecht!“

Alle Ärzte sind heimlich Alkoholiker. Aber die Standesehre läßt nicht zu, daß sie sich selbst einschenken. Das macht ihre Sucht so kompliziert. Echte Freunde können damit umgehen.

„Laß das, Pepa! Ich finde das nicht witzig, wie du die beleidigte Leberwurst spielst. Und nur darum geht's doch mal wieder! Die alte Geschichte ist jetzt – Moment mal …“

„… vierzehn …“

„… vierzehn Jahre her. Da kannst du doch nicht …“

„Erstens kann ich sehr wohl und zweitens werde ich das Meine schon tun. Okay? Aber auf meine Art. Ja? Jetzt iß schön auf und erzähl mir was über deine hustenden Säuglinge!“

„Werd' nicht zynisch! Versprich mir, daß du das nicht auf die lange Bank schiebst. Ich meine das ernst. Ich kann so was nun mal nicht leiden. Bei unserer alten Freundschaft, Pepa. Versprich es mir!“

Das war mein zweiter Fehler. Wenn mir das öfter passiert, kann ich meine Tomatenzüchtung einplanieren lassen. Dann ist es vorbei mit meinem Biedermeier!

Als Helmut ging, ließ er wie zufällig die Zeitung auf dem Tisch liegen. Der tote Russe sah mich mit aufgerissenen, glupschigen Augen an. Der typische Panikblick. Ich knallte die Faust auf das provozierend gefaltete Papier. Dann warf ich Helmuts Teller und Löffel in die Spülmaschine, schlug die Klappe zu und stellte den Suppenrest in den Kühlschrank. Mist!

Wenn mir Sonja und Helmut gemeinsam auf die Pelle rückten, konnte es ungemütlich werden. Ich mußte da geschickt rauskommen!

Vielleicht war auch verletzter Stolz dabei. Ich wollte mal wieder breitbeinig vor diesen beiden stehen, die hinter meinem Rücken über mich telefonierten. Helmut lauerte auf Sonja und stand hinter mir bereit – mit freundschaftlichem Anstand natürlich, aber er mochte sie.

Das letzte Mal war ich der Sieger, als ich Sonja mit drei Schuß einen echten Teddybären geschossen hatte und Helmut mit fünf Schuß nur eine Plastiktulpe. Im Autoscooter haben wir ihm dann eingeheizt. So was finde ich gut.

Es gab nur eine Lösung, damit diese große Koalition gesprengt wurde. Beiden nachzugeben, kam überhaupt nicht in Frage. Ich mußte sie mit meinen Recherchen beeindrucken! Alles andere war niveaulos.

Ich würde selber rauskriegen, wer dieser Ertrunkene war. Ich würde es herauskriegen!

In meiner Hofgärtnerei unweit des Klosters Gerleve gab es seit einigen Jahren einen rußlanddeutschen Arbeiter: Fritz. Mein einziger Kontakt zum Osten. Der arbeitete dort, als gehörte er zum immergrünen Gehölz. Auch samstagnachmittags. Ein netter Kerl. Noch nicht so alt. Ich dachte immer beruhigt an unsere Renten, wenn ich ihn in diesem soliden Betrieb arbeiten sah. Deshalb plauderte ich auch gern einige Takte mit ihm. Seit diesem Frühjahr mähte Fritz auch meinen Rasen. Nach Feierabend. Alle vier Wochen. Dann muß er zwar zweimal drüber, aber ich werde nur einmal gestört.

Am nächsten Morgen nahm ich mir die Zeitung und fuhr los. Im Auto überflog ich zwischen der hübschen Hügellandschaft den Artikel. Die meisten Zeitungsartikel gehören aufs Steuerrad geklemmt. Für mehr Aufmerksamkeit sind sie nicht gemacht.

Der Russe hatte wohl einiges getrunken und war gegen zwei Uhr nachts betrunken ins Wasser gesprungen oder gefallen. Eine Flasche Fusel fand sich im Durchgangsbecken. Er hatte sich vorher sogar ausgezogen und geduscht. Sauber in den Tod! Eine Bademeistergehilfin hatte den nackten Mann im Becken am Sprungturm gefunden. Die Polizei fand keine Personalien und ging von einem tragischen Unfall aus. Ob die es nicht für wahrscheinlich hielten, daß da einige Partygäste mit im Boot saßen, die den Tawarischtsch aus Rußland absaufen sahen?

Und dieser Kamerad mußte bei Markus' Beerdigung sein! Das Leben ist ein einziger Zufall. Wahrscheinlich ein absurder. Das wissen schon meine Philosophieschüler. Nur will niemand daran glauben.

Unterwegs ärgerte ich mich schon, daß ich die Sache so ernst angepackt hatte. Das hier sollte meine einzige und letzte Aktion zu dem Thema sein! Warum den Fall wirklich lösen? Mit einer schönen Geschichte sind schon Millionen von Gottsuchern zufriedengestellt worden. Morgen würde ich Sonja und Helmut zum Essen einladen und ihnen nebenbei das Ergebnis meiner Recherchen mitteilen – zum Beispiel: Der Ertrunkene war der Geliebte der – sagen wir – Besitzerin des Blumenladens und hob mit dieser Dame gerne einen. Der Rest war dann Liebeskummer oder Pech.

Eigentlich konnte ich umdrehen und noch was im Garten tun. Aber ich hatte mir vorgenommen, noch ein wenig vom getrockneten Rindermist mitzunehmen und Fritz zu bitten, schon nächste Woche zum Rasenmähen zu kommen. Der Rasen war wegen der nassen Wärme ziemlich geschossen.

In der Gärtnerei traf ich Fritz beim Pikieren von Zucchini. Hinter seinem gebeugten Rücken ragten die wuchtigen Türme des Benediktinerklosters in den Morgenhimmel. Ich sagte freundlich „Guten Morgen, Fritz!“, hielt mich dann aber nicht länger auf, sondern ihm den Artikel unter die klobige Nase.

„Kennen Sie den?“

„Nein. Ich lese keine Zeitung.“

Ich bin mir nicht sicher, ob Fritz lateinische Buchstaben lesen kann. Vielleicht nicht einmal kyrillische.

„Der hier auf dem Foto ist im Freibad ertrunken. Niemand kennt ihn. Aber ich glaube, daß es ein Russe war. Vielleicht kennt ihn einer von Ihren Leuten.“

Fritz guckte verdutzt auf.

„Ich weiß nicht. Ich könnte höchstens die alte Sofie fragen. Die kennt in der Gegend jeden.“

Ich zögerte, ob ich jetzt doch noch abspringen sollte. Aber Fritz hätte mich für blöd erklärt, wenn ich plötzlich ‚Nein, Danke‘ gesagt hätte. Ich mußte wohl oder übel weitermachen:

„Nach der Arbeit hole ich Sie ab. Ihr Fahrrad packen wir hinten rein. Wann?“

Fritz blickte skeptisch auf das Heck meines MX-5.

„So gegen drei.“

Ich nickte.

„Es kann auch gegen vier sein, Fritz.“

Ich dachte an meine Mittagspause und die Renten. Aber Fritz blieb eisern bei drei. Dann sagte er mir für das Rasenmähen zu, während er die Säcke Kuhmist in den schmalen Kofferraum wuchtete.

Sofie Ziegler wohnte mit ihrer Sippe in der obersten Etage des Übergangswohnheims am Hindenburgweg. Wir mußten an zwei Etagen vorbei, aus der Kinder und Balkangerüche quollen. Daß hier noch niemand erschlagen worden war, mußte wundern. Fritz, der sein Fahrrad mit sich die Treppe hochschleppte (alte Gewohnheit aus GUS), war exakt im Bilde: fast dreißig Leute in einer Etage, das waren vier Zimmer, eine Küche und zwei Badezimmer. Über die Hälfte Kinder und Jugendliche, einige Arbeitslose und drei stillende Mütter. Serben und Kosovo-Albaner. Das konnten nur handverlesene Heilige oder Taubstumme sein, die das hier aushielten!

Oben kamen uns Ruhe und muffige Luft entgegen. Die Wohnung der Zieglers war deutschsauber. In der Ecke des Wohnzimmers standen eine billige Ikone und ein Plastikblumenstrauß, die Wände hingen voll von Familienfotos, Kinderzeichnungen und zwei, drei Teppichen. Ein altes Telefonmodell, ein Haufen von Stereo- und TV-Kram, plüschigen Möbeln und Deckchen empfahlen sich meinen Augen. Die Fenster hielt man hier für Dekorationsrahmen. Sie ließen nur sparsam den Tag durch.

Die alte Sofie saß am Eßtisch, der das Wohnzimmer zur Hälfte ausfüllte. Sie war eine Matrone von ca. fünfzig bis siebzig Jahren. Sie lachte Fritz an und reichte mir die rissigen Hände, die sie aus einem Berg von Kartoffelschalen zog. Fritz stellte mich vor und sagte ein paar Takte. Dann hielt ich auch ihr das Foto unter die Nase.

„Oho! Ja ja! Polizei hat scho gefragt.“

„Und?“

„Andrej hat gefragt, was sie bei uns suchen. Hätten einen Gürtel unter seine Sachen gefunden, der in Kirow gemacht. Da machen sie viel Lederzeug.“

Die Matrone sprach in polterndem Akzent, aber verstehbar.

„Und? Kannte ihn jemand?“

„Nein, nicht, nichts.“ Dabei sah sie Fritz an.

Ich setzte mich neben die Alte, tätschelte kurz aber liebevoll den hochgeschobenen Ärmel ihres Perlonpullovers und sah sie an wie ein Sohn, der ihr sagen will, daß sie nun aber endlich zum Arzt gehen müsse, daß man selbst alles bezahlen und sie täglich mindestens dreimal besuchen werde.

„Frau Ziegler. Vielleicht ist das hier in Deutschland anders als in Rußland. Hier kümmern sich die Lehrer um ihre Schüler. Man nimmt Anteil, verstehen Sie?“

„Sie sind Lehrer?“

„Ja, am städtischen Gymnasium. Wir sind sehr beunruhigt.“

Ich tat offiziell. Wie der Schulleiter selbst. Das wollte ich immer schon. Es gelang überaus.

„Aber warum?“

Ich schaute der Babuschka ernst in die faltenumkettelten Augen. Diesmal wie der Arzt selbst, der ihr klarmacht, daß der Eingriff dringend nötig sei.

„Es geht um einen Jungen.“

Ihre Äuglein schienen ein kleines Blitzen von sich zu geben. Die Spritze hatte getroffen. Ich konnte mit der eigentlichen Operation beginnen.

„Dieser Mann wurde häufiger in der Nähe einer meiner Schüler gesehen, der mit Rauschgift zu tun hat. Man macht sich Sorgen, Großmütterchen. Deshalb.“

Die Alte schien überzeugt und sah mich treuherzig an. Russische Großmütter tun alles für die Jugend, dachte ich. Sie nickte.

„War zweimal hier. Haben ihn rausgeschmissen. Wollte böse Sachen.“

„Welche bösen Sachen?“

„Na, Sachen so na levo. Genaues wollte keiner wissen. Konnte nicht mal Deutsch. Wir wollen arbeiten un gut Deutsche sein. Alle wollen raus aus diese Haus, eigene Wohnung, gute Familie."

Unsere Rente, dachte ich, hakte dann aber professionell nach:

„Was mit Drogen und so?"

„Kann sein. Kann net sein. Jesus Maria! Kein Gottglauben! Nur Geld, Geld bei diese Chuligany! Wie in Rußland jetzt!"

Ich hatte schon Angst, sie würde nach diesen rechtgläubigen Weisheiten einen Rosenkranz aus dem Kittel holen. Doch zog sie nur ein Taschentuch hervor und schneuzte sich nach tartarischer Etikette. Sie schien gerührt. Dann legten ihre Hände wieder in Sachen Kartoffelnschälen los.

Wenn ich schäle, haben die Schweine bzw. meine kanadischen Kompostwürmer was davon. Bei der alten Dame dagegen mußten sie ihren Gürtel – aus Kirow oder nicht – verflucht eng schnallen. Die Kartoffelschalen waren so dünn wie Tomatenhaut, wenn man sie nach dem Ankochen abzieht.

Fritz machte auf Anweisung von Großmütterchen einen Kaffee. Es paßte mir. Die Uhr zeigte kurz vor vier. Handaufgegossener war mir sogar lieber als maschineller. Und Fritz machte das ganz gut. Wir kamen nur ein bißchen viel ins Reden. Über ihre Töchterchen und ihr Söhnchen Andrej, wie es hier so lief. Ihre vier Enkelkinderchen. Und daß noch einige in Kasachstan aus der weiteren Verwandtschaft auf den Koffern säßen. Mir wurde etwas mulmig. Alles Deutschblütige mit angeheirateten Nomaden! Wurde da wieder mal bis in die vierte Generation und weiter nach letzten Germanen bzw. ihrer Blutsgemeinschaft gefahndet? Und brachte das wenigstens was für unsere Renten?

Das Gespräch wurde mir unangenehm. Aber ich werde, kaum daß mir einer was spendiert, diese Höflichkeit nicht los! Heimlich sah ich auf die Uhr. Ich hatte heute noch meine Tomaten zu entgeizen. Auch die brauchen Pflege. Aber ich kam einfach nicht weg!

Dann hielt mir Großmutter noch eine von ihren Filterlosen hin! Bitte, ein Zigarettchen! Ich nahm an und rauchte im geschlossenen Raum. Niemand öffnete das dekorierte Fenster. Ich mußte Andrej noch die Hand schütteln. Ein Vierzigjähriger mit Stoppelhaaren und langen Koteletten. Er drückte Großmütterchen ein liebes Küßchen auf die Stirn, verursachte damit einen Zärtlichkeitsausbruch aus Mütterchens Äuglein und entsorgte seine Zigarette im vollen Ascher.

Beim Ausdrücken meiner Zigarette stand ich endlich beherzt auf. Fritz wollte bleiben. Die haben eben Zeit, diese Leute. Beneidenswert!

Auf dem kurzen Weg nach Hause hielt ich auf dem Parkplatz vom Kindergarten um die Ecke an, stieg aus und drehte mir eine – an der frischen Luft. Ich mußte nachdenken.

Der Freibadtote war ein Bösewicht, wenn auch nur nach Meinung von Babuschka. Meinem Bedürfnis nach Aufklärung des Falles allerdings reichte diese Erkenntnis. Es plädierte dafür, die Akte zu schließen. Aber meine Neugier spielte nicht mit. Idiotischerweise hatte ich mich zu weit hineinziehen lassen und wußte nun mehr, als mir lieb war. Wenn das nun wirklich eine heiße Kiste war? Ich mußte mich unter dieser Verschärfung des Problems entscheiden und entweder a) zur Polizei gehen oder b) Sonja und Helmut anlügen oder c) mich steif machen und die beiden gegen mich aufbringen.

Ich kam mit meinen Überlegungen nicht von der Stelle, drehte mir noch eine, und sah mir die pädagogisch durchdachte Fenstergestaltung des Kindergartens an. Wie ein Schaufenster! Das Papiersegelboot in der Mitte gefiel mir halbwegs. Es sah am ehesten nach Kindern aus. Es hatte die meisten Knicke und Klebeflecken. Man soll immer die Mitte wählen. Und ich hatte schon seit vielen Jahren immer die mittlere Lösung gewählt. Das ist eine liebgewonnene Gewohnheit. Also auch jetzt: die mittlere Variante! Auch wenn es mir schwerfällt, meine Freunde zu belügen.

Bei schwierigen Entscheidungen halte ich mich an Nietzsche: Die Lüge ist nötig, um zu leben.

3

Bald hätte ich die ganze Sache vergessen. Sonja hatte meine Notlüge vom Geliebten der Blumenladenbesitzerin geglaubt. An einem Abend hatte ich es uns lauschig gemacht, und das Rissone-Kirschtomaten-Töpfchen hatte seine Wirkung getan.

Dazu dünstet man nur Frühlingszwiebeln und Brokkoliröschen in Olivenöl an, kocht sie mit Rissone und Gemüsebrühe auf, würzt sie – mit Parmesan und Balsamessig, dazu geschälte Cherrytomaten, und kurz ziehen lassen. Das Ganze gefällig auftragen. Fertig.

Da wollte Sonja keine weitere Streiterei. Nichts wird so heiß gegessen wie gekocht. Im Ton des So-Nebenbei hatte ich noch angefügt, ich hätte die Liaison durch Zufall von einem Kollegen erfahren, dessen Schwiegermutter in der Nähe dieser Dame wohnte. Und die habe mir versprechen müssen, die Polizei aufzuklären. Sonja wollte nun Helmut beruhigen. Ich hatte ihn doch nicht eingeladen. Die Tomaten hätten sowieso nicht gereicht.

Am Dienstagabend danach, es war bereits ziemlich spät, hatte ich einige Tomatenabfälle in meine Blätterbrühe zu entsorgen. Damit gieße ich die Tomaten zur Vorbeugung gegen Krankheiten. Wenn die Reste in der Küche zu riechen beginnen, zerquetsche ich sie noch einmal, und dann raus mit ihnen. Der Zwanzig-Liter-Eimer befindet sich am Ende des Gartens, dort, wo der Wall mit meinen Tomaten beginnt. Das Wichtigste an diesem Eimer ist der Deckel.

Als ich mich zurückwandte, sah ich bei meinem Nachbarn zur Linken jemanden durch die Terrassentür huschen. Es war klarer Halbmond. Die Nachbarn waren in Urlaub. Die hinteren Rolläden lassen sie immer oben. Wegen der hübschen Topfblumen. Die beiden Alten verkrafteten den Tod ihres Jüngsten nur schwer und mußten dauernd raus aus dem idyllischen Nest mit Wallpromenade, Burg und Glokkenmuseum. Wenn sie länger weg sind, sagen sie mir kurz Bescheid. Telefonisch, versteht sich. Die Blumen pflegt die Nachbarin zu ihrer Linken.

Neben meinem Eimer habe ich immer ein altes Tapeziermesser. Für das Kleinhacken der Stauden im Herbst. Circa fünfzig Zentimeter lang. Und über den niedrigen Gartenzaun kommt sogar ein trächtiger Chowchow.

Ich wartete in der Hocke hinter der Bio-Mülltonne, die neben der Terrassentür stand. Als die Gestalt zurückkam, ging mein Puls so lasch wie bei Länderspielen der deutschen Nationalelf. So was macht mir nichts aus. Körperlich war ich immer überlegen. Da gibt es andere Belastungen! Ich wartete, bis die schattige Figur die Tür zuzog. Sie hatte offenbar einen Schlüssel und suchte das Schlüsselloch.

Die Gestalt war kleiner, als ich vermutet hatte, und ich hielt das Tapeziermesser etwas zu hoch, rutschte weg, die Figur unter mir fort, drehte sich und hielt plötzlich eine Pistole auf meinen Kopf gerichtet.

„Keinen Ton!“ flüsterte sie.

Eine junge Stimme. Irgendwoher kannte ich sie. Ich tippte auf eine der dauernd wechselnden Aushilfen hinter der Kasse meiner Tankstelle. Da hat man leider nie Zeit, sich die Stimmen einzuprägen. Wie in Sonjas Laden. Aber die Tankstellenkassierer werden ja meist überfallen und überfallen nicht selbst.

„Sie legen sich auf den Boden! Zählen Sie bis Hundert!“

Ich kniete mich hin, um den Kotau zu machen, da erkannte ich sie. Der Halbmond gab gerade genug Licht für das Mondgesicht vor mir.

„Marga!“

„Herr Pfühl! Ach, du Scheiße!“

Marga war meine Schülerin! Marga Anders. Zwölfte Klasse. Ich hatte sie in Chemie und Philosophie.

Es war Dienstag, der dreizehnte. Am Morgen hatte ich noch gedacht: Dienst-Tag und dreizehn hört sich vermurkster an als Frei-Tag und dreizehn. Dienstags hatte ich Marga gleich drei Stunden. Und zwar die beiden ersten und die sechste. Rahmenkomposition. Und jetzt noch um Mitternacht! Das war gegen alle Fürsorgepflicht!

Sie schien vor mir zu stehen wie eine Amazone, die man beim Schwätzen ertappt hat. Immer noch das Eisen auf meinen Kopf gerichtet.

„Marga, um Himmels willen, tun Sie das Ding weg!“

Sie reagierte nicht. Marga war ein intelligentes Wesen und im Unterrichtsgespräch immer für überraschende Reaktionen gut. Mein Puls regte sich. Wenn sie nun durchdrehte? Und ihre Stimme klang scharf:

„Geben Sie mir ihren Eisenprengel da! Der hat mir fast die Nase abgerissen!“

Marga fühlte sich offenbar gar nicht wie beim Schwätzen ertappt. Ich regte mich nicht. Nur mein Gehirn machte sich bemerkbar.

„Geben Sie mir die Pistole, Marga! Seien Sie vernünftig! So was ist kein Abiturientenstreich!“

Wir raunten und zischten uns zu, und niemand bewegte sich einen Millimeter. War das hier ein dämlicher Traum?

„Lassen Sie Ihre coolen Sprüche! Sie haben jetzt Feierabend, Herr Studienrat! Ich komme jetzt langsam auf Sie zu und werde Sie zu Boden schlagen, wenn Sie nicht …“

Ich schob augenblicklich das Messer über den Waschbeton zu ihr rüber. Dieses Mädchen war vollkommen überlegt! Mein Puls ging jetzt wie vor der La-Source-Kurve. Meine Schülerin hatte mich ausgebremst.

Vorsichtig hob sie mit links das Tapeziermesser auf und warf es hinter sich ins Dunkel auf den Rasen. Es blinkte kurz im Mondlicht und schlug matt auf. Ein Vieh flog schreiend in die Höhe. Das Kind vor mir verbreitete Wirkung.

„Was machen Sie eigentlich hier, Herr Pfühl? Haben Sie einen Nebenjob als Wach- und Schließmann? Sie sind Beamter! Das ist nicht erlaubt! Außerdem stinken Ihre Hände penetrant nach irgendeinem Kraut!“

Ich war verdutzt. Das Mädchen war eine pummelige Provinzgymnasiastin mit fettigen langen Haaren und redete wie Barbarella.

Meine Hand wies vorsichtig nach drüben:

„Ich wohne da – nebenan.“

Es trat eine Pause ein. Immer noch kniete ich vor Marga. Sie war vielleicht einssechzig groß und halb so breit. Ich ärgerte mich. In so eine Würdelosigkeit war ich nur gerutscht, weil ich diese Neugier noch nicht im Griff hatte. Mein Trainingsprogramm für den Sommer stand fest. Marga bewegte ein Bein, aber sagte immer noch nichts. Sie ließ mich vor der Mündung ihrer Pistole zappeln. Dann:

„Hören Sie! Wir gehen jetzt rüber zu Ihnen. Sie immer drei Meter vor mir. Drinnen setzen Sie sich im Schneidersitz auf den Boden! Los!“

Ich weiß nicht, wie lange ich auf dem Wohnzimmerteppich gesessen hatte. In einer Art Schneidersitz. Mit dem Rücken zu meiner Schülerin. Sie hatte zweimal mit einem „Halten Sie den Mund!“ ein pädagogisch wertvolles Gespräch abgewürgt, und keiner sagte was. Ich lebte in einer Art Zwischenzustand. So mußte dem Königssohn auf dem Weg zum Frosch zumute gewesen sein.

Mein linker Fuß war eingeschlafen, der Rest wollte gerade nachziehen, als mich plötzlich ein Schluchzen aufschreckte.

Vorsichtig drehte ich mich um. Marga saß zusammengesunken auf meinem schwarzen Nappalederfernsehsessel und bebte und wimmerte. Ich stand auf und wäre beinahe umgeknickt. Mein linker Fuß war ein dicker Pelz, und ich stützte mich auf den kühlen Marmortisch, um zu ihr zu tapsen.

Sie sah auf. Ihre Augen waren verheult. Sie reichte mir die Pistole. Eine P 1. Neun Millimeter. Aus Bundeswehrbestand wahrscheinlich. Mein Nachbar war als Hauptfeldwebel aus dem Dienst ausgeschieden. Ein bißchen kannte ich mich da aus. Vor dem Studium war ich beim Bund gewesen, und Schießübungen hatten mir gelegen.

Marga hatte den Sicherheitshebel nicht umgelegt. Einen schnellen Schuß hätte sie so nicht abgeben können. Sie war also doch keine Barbarella!

Sie schluchzte immer lauter und wischte sich mit ihren kurzen Fingern die Augen. Die Nase hatte tatsächlich was abgekriegt. Es tropfte aus ihr – aber nicht nur rot. Marga hatte sich mit meinem Sofakissen bedient.

Ich ließ das Magazin herausgleiten und steckte es in meine Gesäßtasche. Es war noch voll. Marga hatte die P 1 nicht mal fertiggeladen! Mein Pulsschlag hatte völlig umsonst zugelegt. Mein linker Fuß wurde wieder lebendig. Ich selbst ebenfalls. Die Welt bekam wieder Ordnung, und ich reichte Marga mein Taschentuch. Frau Brinkmann hatte es exakt gebügelt.

Dann setzte ich mich aufs Sofa.

„Marga, am besten Sie gehen jetzt. Über den Rest reden wir später."

Ich schlurfte zur Vitrine und holte Sherry und Glas heraus.

„Trinken Sie das!"

Sie nippte, kippte dann schniefend den Medium herunter und sah mich mit geröteten Augen an. Wie ein Albino.

„Nein, ich will noch nicht gehen. Bitte noch ein bißchen!"

Um Mitternacht mit einer geschlechtsreifen Halbwüchsigen neben mir und einer Pistole vor mir abgemalt zu werden, hatte ich nun wirklich keine Lust. So was ähnliches hatte ich in einem früheren Alptraum hinter mich gebracht.

„Seien Sie jetzt nicht auch so cool, Herr Pfühl!" flennte sie weiter. Sie hatte sich übernommen wie tausend andere in ihrem Alter, und nun trieb sie nach Gewohnheit unserer subventionierten Jugend die gutmütigen Pädagogen aus den Gräben.

„Ich hab da eigentlich nicht eingebrochen."

„Marga, hör auf! Später, ja?"

Mir war zufällig das ‚Sie' entglitten. Das hatte gleich Wirkung: Sie hörte auf zu heulen, sah wieder auf und wischte sich mit dem Ärmel übers Gesicht.

„Ich muß Ihnen aber sagen, warum ... Markus war mein Freund. Von ihm hatte ich den Schlüssel, damit ich immer ... Sie wissen schon."

Nicht schon wieder der Sohn vom linken Nachbarn! Jetzt erinnerte ich mich, Marga ebenfalls auf der Beerdigung gesehen zu haben. Eine tragische Liebesgeschichte war im Anmarsch! Ich mußte das Kind stoppen!

„Sie wollten also den Schlüssel zu einem günstigen Augenblick zurückbringen und bei der Gelegenheit die Pistole für den Nachhauseweg durch den dunklen Wald ausleihen. Wegen des bösen Wolfes ...!?"

„Herr Pfühl, hören Sie bitte auf! Ich muß das jetzt sagen. Bitte!"

Mein Erziehergewissen stoppte mich.

„Na, dann los!"

Ich ärgerte mich und sah erkennbar auf die Uhr. Kurz nach null Uhr! Eine bescheidene Situation! Und meine Hände stanken nach Tomatengrün!

„Herr Pfühl, ich brauche die Pistole. Das heißt … Ich denke, daß ich sie brauche. Markus ist nämlich nicht zufällig gestorben. Markus hat nur leichte Sachen genommen. Das Heroin hat ihm einer gesetzt, der ihn anfixen wollte. Das weiß ich sicher!"

Ich atmete tief durch. Eine schöne Bescherung! Meine Ruhe war schon wieder im Eimer, und alles ging von vorne los!

Das Mädchen zog ab und zu den Rotz durch ihr Sommersprossennäschen und strich ihre fettige, rötliche Haarpracht nach hinten. Während sie weitersprudelte, schlug sie dauernd die Knie ihrer kurzen Beine aneinander, als wollte sie auf diese Weise nach der Toilette fragen.

„Den Dealer habe ich nämlich gekannt. Das war ein Säufer. Er hat sogar zugegeben, daß er Markus das Zeug verkauft hat! Er wußte aber nicht, daß ich mit Markus gegangen bin. Und als ich erfuhr, daß er Nichtschwimmer war, habe ich den Kerl nachts ins Freibad gelockt und ins Springerbecken geschubst."

Ich fuhr hoch:

„Was haben Sie getan?"

Damit hatte ich nicht gerechnet. Dieses Pummelchen war mir im Job schon öfter frech gekommen. Aber so was!

„Das stand sogar in der Zeitung. Das war ich! Markus war doch mein einziger Freund. Ich werde die alle erledigen! Die Schweine! Die haben alle Markus auf dem Gewissen!"

Sie heulte wieder los. Ich goß ihr noch einen Mädchenschnaps ein. Eine Zeitlang starrte ich auf den schwarzen Caballero der Flasche. Die Zufälle wuchsen sich zum Schicksal aus!

Ich hatte vor vier Jahren dieses Haus nur gekauft, weil der Garten einen als Lärmschutzwall aufgeschütteten Südwall besaß. Natürlich für meine Tomaten. Seit Jahren das einzige erwerbbare Haus dieser Art in der Gegend. Und jetzt so was! Eine Klarheit ohnegleichen überkam mich: Es gibt das Schicksal! Und es ist nichts anderes als eine dumme Verkettung von noch dümmeren Zufällen!

Irgendwann kam ich aus der philosophischen Versenkung wieder hoch.

„Marga, wissen Sie, daß das ein Russe war?"

Sie blickte mich erstaunt an. Ich biß mir auf die Lippen. Daß ich das wußte, hätte ich ihr nicht auf die verschrammte Nase binden müssen.

„Woher wissen denn Sie das? Ich hab das allerdings gewußt. Natürlich! Es gibt aber noch mehr …"

Sie weinte hemmungslos. Plötzlich wollte sie aufs Klo. Ich zeigte es ihr. Als sie wieder herauskam, hatte sie aufgehört zu flennen. Sie bat mich um ein weiteres Taschentuch. Ich war zu faul, in mein Schlafzimmer raufzusteigen, und reichte ihr eine Serviette mit Segelschiffchen drauf.

„Herr Pfühl. Sie dürfen nichts sagen von dem hier. Meine Eltern würden das nicht überleben. Bitte!"

Jetzt plötzlich die armen Eltern! Sie ließ sich wieder in ihren – meinen – Sessel fallen. Die Teenager heute haben Gehirnwindungen wie das EKG von Rumpelstilzchen! Ich sah auf sie runter:

„Ich verspreche gar nichts. Sie sind ausgerastet und müssen die Folgen tragen. Alt genug sind Sie!"

In meinem Kopf kombinierte einiges. Marga würde dann sicherlich die Polizei auch darüber informieren, daß ich den Russen kannte! Dennoch schlug mein pädagogisches Gewissen, gepaart mit so einer Art unverbindlicher Sympathie für unser Grundgesetz.

„Marga, ich würde an Ihrer Stelle sofort zur Polizei gehen. Machen Sie sich keinen Streß. Bringen Sie's hinter sich!"

„Ach, hören Sie auf mit den Bullen! Die sind doch zu blöd, einen Dealer vom Hotzenplotz zu unterscheiden! Und die cleveren machen beide Augen zu oder lassen es mit einem schmierigen Verwarngeld gut sein. Ich geh da nicht hin, bis ich die anderen auch habe! Die muß man auf einen Schlag abliefern! Aber besser, man macht alles selbst!"

Ihre Argumente saßen. Die kannte sich aus! Dennoch schüttelte ich den Kopf und wollte …

Sie fiel mir ins Wort:

„Dafür brauche ich die Pistole. Geben Sie sie mir zurück! Ich knalle alle ab! Einen kenne ich noch. Der wird mir die anderen auch verpfeifen. Ich werde Markus rächen! Mein Leben ist sowieso kaputt."

Das wurde ja immer schlimmer! Marga war wirklich gefährlich! Ich hing in der Patsche. Die Pistole durfte sie natürlich nicht zurückhaben. Ich legte das Ding auf den Vitrinenschrank. Der war zu hoch für die Kleine. Ich mußte etwas sagen. Als ihr Lehrer sozusagen:

„Marga, Sie sind erst achtzehn …!“

„Neunzehn! Die zehnte hab ich zweimal durch. Und einseinundsechzig groß – morgens, abends nur einsneunundfünfzigeinhalb. Dick, häßlich, Akne …“

„… sieht man doch gar nicht …“

„… und habe nicht mal reiche oder nette Eltern. Markus war der einzige, der mich echt geliebt hat. Dem machte das alles nichts. Ich hatte noch nie Chancen bei Jungen. Ich kriege nie einen anderen! Mir ist jetzt alles egal! Ich will die Knarre!“

Wieder flennte sie los. Vor Pubertätsgeständnissen hatte ich mich in den letzten Jahren gehütet wie der Teufel vor dem Rosenkranz. Doch jetzt war die Situation da. Und noch nie so ernst. Ich gehe niemals mehr bei Mondlicht im Garten spazieren! Da sieht man Sachen, die man gar nicht sehen soll! Diese verdammte Neugier!

Es mußte etwas geben, was Marga ruhigstellte. Die machte sonst auch ohne Pistole weiter! Ich hörte mit halbem Ohr hin, wie sie sich weiter ausgoß.

„Der Markus, das war wenigstens noch ein Mensch: Nie war er ironisch oder so. Der gab einem das Gefühl, daß er gerne zuhörte. Und wie toll er sich die Entwicklung der Menschheit vorstellte, daß alle satt würden und ohne Krieg und so! Und er spielte Gitarre, alle Sachen, und sollte bald in einer Band mitmachen. Das waren die schönsten Stunden in meinem Leben, in meiner oder seiner Bude!“

Genauer wollte ich es wirklich nicht wissen und holte Luft, aber zu langsam …

„… und der konnte Gedichte! Sogar eins von Goethe! Wissen Sie, wie das ging? Das ging so:

Über allen Gipfeln
Ist Ruh,
In allen Wipfeln
Spürest du
Kaum einen Hauch;

Die Vöglein schweigen im Walde.
Warte nur, balde
Ruhest du auch.

Das konnte ich mir sofort merken. War Markus' Lieblingsgedicht."

Sie sprach es andächtig. Wie ein Vermächtnis von Markus und nicht von Goethe. Es war eine lyrische Stimmung in meinem Wohnzimmer, und ich wartete darauf, daß sie zum Fenster ging, um das Gedicht auf den Fensterrahmen zu kritzeln. Doch sie heulte und redete wieder los:

„Markus wollte immer Ruhe und über allem sein. Helfen Sie uns! Wenigstens, daß die in den Knast kommen!"

Ich bin für Dichtung durchaus empfänglich. Ich mag zum Beispiel Heinrich Heines „Fragen". Aber jetzt ging es auf ein Uhr zu! Meine strapazierten Gehirnwindungen machten den letzten verzweifelten Versuch.

„Marga, passen Sie auf. Ich hab einen Ausweg für Sie! Haben Sie was zu fahren dabei?"

„Papas Golf. Um die Ecke."

„Gut. Sie fahren jetzt nach Hause, und ich verspreche Ihnen, daß die Leute, die Sie Schweine nennen, bis zum Ende der Sommerferien im Knast sind. Wenn nicht, können Sie mit dem Schießeisen da selbst auf die Pirsch gehen. Okay?"

Ganz plötzlich hatte mich eine detektivische Lust überfallen. Da war doch was ganz ohne die Polizei zu machen! Ich spürte geradezu, wie mein altes Ego aus dem Glas herauskletterte und „Schönes Wetter!" quakte. Zumal Marga gleich lächelte und nickte. So schlimm häßlich war sie gar nicht, dachte ich, als sie rasch aufstand und sich noch einmal mit meinem Seidenkissen abtrocknete. Dann gab sie mir die Hand.

„Einverstanden, Herr Pfühl. Aber nur bis Mitte August! Möglichst eher! Und alle bei der Polizei abliefern!"

„Und Sie melden sich morgen telefonisch – nach drei aber erst! Ein bißchen mehr muß ich ja noch über die Sache wissen."

Als sie verschwunden war, wusch ich mir sofort gründlich das Tomatenkraut aus den Poren. Ich pfiff und rieb mir unter dem Wasserhahn rhythmisch die Hände. Das würde was geben! Ich hatte zwei

Monate Zeit gewonnen und konnte mich dann entscheiden, ob ich den Drogenring ohne oder zusammen mit meiner spätpubertierenden Mörderin bei der Polizei abliefern würde.

Ich fühlte mich großartig. Doch lagen meine Gefühle falsch. Der Frosch sollte noch ziemlich böse auf dem Bauch landen!

4

Ich hasse Badeanstalten fast so wie Friedhöfe. Aber es war hübsch warm geworden, und ich konnte mich überwinden. Gegen sieben Uhr abends rückte ich mit Badetuch und Badehose an. Zwar versuchte einer dieser modernen Drehkreuzautomaten, mein Eindringen zu verhindern, aber eine ältere Dame half mir mit Kleingeld aus. Der feierabendliche Zeitpunkt war günstig gewählt: Die Wahrscheinlichkeit, auf Schüler zu treffen, war stark gesunken, und der Widerstand der Schwimmeister gegen ein indiskretes Schwätzchen eilte dem Zustand der Erlahmung entgegen, hoffte ich.

Ich hasse Badeanstalten auch wegen des Bodenbelags. Und der war zu Tagesende besonders schmierig. Daran hatte ich nicht gedacht. Dieser septische Aufstrich aus Duschrückständen, Pilzkeimen und Kinderurin! Zwar hatte ich Badesandalen an den Füßen, doch zog ich mich trotzdem auf freier Wiese an einer Bank um und war froh, ein überlanges T-Shirt angezogen zu haben, welches mir eine unverdächtige Umkleide ermöglichte.

Ich stieg durch das Durchgangsbecken in der Nähe des Sprungturms, ließ die Dusche links liegen und stellte mir einen Torkelgang bis zum Sprungbecken vor. Zwei Jungen bibberten mit bläulichen Lippen an mir vorüber. Andere Unentwegte sprangen wie die Pinguine im Zoo vom Rand, kaum daß die Aufseher nicht hinsahen.

Ich beschloß, nicht ins Wasser zu gehen. Das konnte hier tödlich enden!

Ein braungebrannter, stark behaarter Schwimmeister mit Silberkettchen latschte vor mir über die Platten, hob ein Kaugummipapier auf und warf es in einen verrosteten Müllkorb. Ich wollte gerade einen nutzbringenden Dialog eröffnen, als dem Becken eine Schönheit entstieg, deren Körperlichkeit meine Augen wie an einem Band zog. Sie warf ihre langen, blonden Haare nach hinten und wrang sie über der rechten Schulter aus. Die dabei unumgängliche Drehung stand ihr. Ich zog unwillkürlich meinen Bauch ein. Auch das habe ich von Robert Mitchum mitgekriegt.

Als sie an mir vorbeitippelte, lächelte sie wie Leonardos Lisa.

Die Augen des Bademeisters kreuzten sich mit meinen. Ich ersparte ihm peinliche Sekunden.

„Abends ist es ruhiger …"

„Ja, sonst findet man hier nur das Alter."

Über diese Antwort mußte ich kurz nachsinnen. Dann sprang ich vor:

„Aber die Jugend kommt sogar nachts!"

Ich war gespannt, ob er anbiß.

„Das ist schon immer so gewesen."

„Aber seit neuestem auch tödlich."

„Schlimmer sind die, die sich einen Spaß draus machen, eine Flasche am Beckenboden zu zerkloppen – natürlich an der tiefsten Stelle."

Meine Mimik mußte sich arg verstellen, um Mitleid zu zeigen.

„Und ihr habt dann die Scherben …"

„… das kann ich Ihnen sagen! Is 'n Scheißjob, morgens für solche Idioten den Eisbären zu machen!"

Der Eisbär – besser gepaßt hätte Braunbär – kam in Fahrt. Ich lenkte ihn vorsichtig um:

„Aber die Pulle von dem Ersoffenen war ja noch heile und …"

„Das hätte noch gefehlt! Allerdings an dem Morgen hatte Britta Dienst. Da hätte die runtergemußt."

Der Zottelbär zeigte auf das Schwimmeisterhäuschen mit der großen Scheibe. Britta war da. Ich hatte Glück.

„Na, also! Schönen Abend noch!"

„Auch so!"

Britta entpuppte sich als ehemalige Schülerin. Eine originelle Mischung aus Lady Di und Pippi Langstrumpf. In der Zehn abgegangen. Aber bei mir hatte sie in Chemie erfreulicherweise eine Drei bekommen. Sie fand ihren Bildungsgang interessant. Ich erinnerte mich kaum. Nur das Gesicht. Sie freute sich, daß ich ihren Namen behalten hatte. Ich ließ sie in dem Glauben. Zuerst machten wir Witze über die Penne und irgendeinen meiner gewagten Chlorgasknallversuche. Dann kam ich zur Sache:

„Du hast also den Kerl gefunden. War ein Schock, was?"

Ich duze ehemalige Schüler immer. Das gibt mir das wohlfeile Gefühl von lebenslanger Verbundenheit. Und die Ehemaligen mögen das auch. Menschen brauchen die Illusion, daß ihr Lebenslauf ein großes Ganzes, sozusagen eine runde Sache ist.

„Schock? Nö. Ich hab gleich die Polizei angerufen. Dann erst den Notarzt. Das sieht man, wenn da einer an der Oberfläche treibt und nichts mehr zu machen ist."

Ich trat vertraulich auf die Schwelle des Badehäuschens. Weiter gedachte ich nicht in diese Rumpelkammer aus liegengelassenen Handtüchern und Unterhosen, Schwimmreifen und Badekappen einzutreten.

„Und der war wirklich ganz unbekleidet, so wie sie in der Zeitung geschrieben haben?"

Britta gefiel es, wie sich die ehemaligen Rollen vertauschten und daß sie diesmal die klugen Sachen wußte. Sie übertrieb ein wenig, holte Atem und warf sich in ihre sportlich flache Brust.

„Tja, Herr Pfühl, splitterfasernackt."

Plötzlich erschien die blonde Körperlichkeit an der Sitzbank vor dem Badewärterhäuschen und begann sich zu frottieren. Das war ungünstig. Ich wußte: Wenn ich jetzt deutlicher hinschaute, konnte ich das Gespräch mit Britta vergessen. Denn Britta trug keine dieser typischen Gummilatschen, sondern was Aufwendigeres mit Steg zwischen den Zehen. Ihre Shorts waren enger als nötig. Sie war eitel!

Also sah ich nur sie an. Britta überwachte meine Augen und die der Dame an der Bank. Ich konzentrierte mich mit aller Kraft auf die Shorts. Mein Interview ging in die entscheidende Runde. Da durfte ich nicht schlapp machen.

„Seine Sachen lagen aber irgendwo herum?"

„Ja, da am Durchgangsbecken, wo Sie auch durch ... Ich habe Sie natürlich sofort erkannt. Sonst habe ich Sie noch nie hier gesehen. Im Hallenbad auch noch nicht."

„Ich muß aber dringend anfangen!"

Mit einem witzigen Zwinkern patschte ich an meinen Bauch, blieb aber eng am Ball.

„Und der ist wirklich so einfach ertrunken? Kein Blut?"

„Das hätte noch gefehlt, Herr Pfühl! Nur ..."

„Ja?"

Britta erfreute sich an meinem verkrampften Blick, den sie falsch deutete.

„... nur, daß der ..."

Ich verschärfte mein Interesse an ihrer herrlichen Erscheinung.

„Also, ich fand, daß der einen ziemlich kaputten Arm hatte. Mit zig Einstichen. Daß die Polizei so was nicht an die Zeitung gibt, ist mir voll klar."

Das reichte mir, und länger waren meine Augen auch nicht zu halten. Die Dame an der Bank hatte sich abgetrocknet und kämmte ihr rapunzellanges Haar.

Es war mir klar, daß ich hier böses Blut machte, wenn ich nicht peinlich aufpaßte. Also verabschiedete ich mich artig von Britta und ging stracks – bis auf zwei, drei Augenverkantungen – zu meinen Sachen auf meiner Bank. Abzutrocknen hatte ich mich nicht.

In meinem Wagen fühlte ich mich wieder wohl. So ein Auto ist ein trockenes Zimmer mit einem Schlüssel innen. Man dreht dran, und die Welt kommt in Bewegung.

Marga hatte den Russen für einen Säufer gehalten. Ich mußte herausbekommen, wie groß die Junkieszene war, wer den Stoff besorgte und was die Polizei darüber wußte. Letzteres erschien mir am schwierigsten.

Marga kannte noch jemanden, hatte sie gesagt, aber sich bisher nicht gemeldet. Ich habe keinen Anrufbeantworter. So ein Ding fehlte mir noch! Man kommt nach Hause, und der Abhörstreß geht los. Die Post reicht mir schon vollkommen.

Ich fuhr ein bißchen schneller als empfohlen durch die Stadt. Marga hatte es in der Tat schon häufiger versucht und kündigte für morgen ein Zeitungsfoto an, auf dem sie einen Kerl bzw. „so ein Schwein" wiederentdeckt hatte, der bei Markus und dem Russen einige Male aufgetaucht sei. Ich hatte das Gefühl, diesem Mann das Leben retten zu können. Denn Marga sprach wieder von der P 1 und rief mir das Ultimatum in Erinnerung. Sonst war Marga nie so pünktlich, vergaß auch schon mal die ein oder andere Unterrichtsstunde oder die Hausarbeit. Aber hier? Und alle frei Haus bei der Polizei abliefern!

Als ich etwas mehr über ihr Mordopfer wissen wollte, wurde sie biestig: Ich solle das eklige Schwein nicht erwähnen.
Es kommen für mich nur drei sportliche Stellungen in Frage: liegend, sitzend, stehend, d. h. Formel 1, Schach und Golf. Im Winter bleibt nur das Sitzen. Jetzt fand ich mich an einem Fußballfeld wieder. Zwar sind mir große Grünflächen nicht zuwider, aber dieses publikumsumrahmte Gehetze auf ihm erinnert mich an die Büffeljagden vom Zug aus.

Zumal ich wegen meines Nickerchens verärgert war. Ausgerechnet um fünfzehn Uhr war Anpfiff! Verspätetes Freundschaftsspiel zweier Kreisliga-A-Clubs: Westfalia Rostwick gegen unsere Schwarz-Weißen. Mehrmals holte ich meinen Zeitungsausschnitt aus der Brusttasche, bis ich den Mann gefunden hatte. Leider wieder eine Amateuraufnahme. Marga hatte ihn mir eingekreist. Wenn der wüßte, daß er in Todesgefahr schwebte: Rainer Schürmann, Mittelfeldspieler.

Ich wanderte um die Reling und horchte mal bei den Kennern des lokalen Kickings. Rainer Schürmann, so Mitte Zwanzig, Netzer-lange Haare und pralle Oberschenkel, genoß Ansehen. Seine Ballkontakte wurden viel kommentiert: „Was der heute wieder leistet!“ – „Mannschaftsdienlich bis zum Umfallen!“ – „Wieder der Ackergaul!“ – „Nicht zu stoppen!“ Ich selbst sah ihn eher wie eine Züchtung aus Büffel und Dampflok. Aber ich mischte mich nicht ein. Ich bin eben Ästhet.

Rainer Schürmann erschien mir jedoch in dem Getümmel tatsächlich als herausragend. Statistisch gesehen hätte er jedes zweiundzwanzigste Mal den Ball berühren müssen – Schiedsrichter ausgenommen. Er hatte jedoch bei sicherlich jeder zehnten Ballberührung seinen Schuh dazwischen. Ich konnte dem Mann meine Anerkennung nicht versagen.

Drei zu eins für unsere Jungs ging schließlich in Ordnung. Allerdings erschien mir zweimal Fünfundvierzig für dieses Spiel entschieden zu lang. Ich stellte mich an den Weg zum Vereinshaus. Die Gladiatoren marschierten vollzählig zurück. Alle den Ausdruck von Wesentlichkeit im Gesicht. Bei immerhin über hundertfünfzig Zuschauern verständlich. Als letzter Mann kam Rainer. Er schwatzte lachend mit dem Torwart der Gegner. Plötzlich aber stürzte er zur Tür, hielt sich den Mund zu. Ein Stollengeklapper, Türschlagen. Direkt vor mir zwei ältere Herren:

„Der hat sich heute überarbeitet."

„Paß auf, Jupp! Der endet noch wie Kalle!"

Ich habe manchmal Ohren wie Rhabarberblätter und drängte mich dummdreist dazwischen:

„Welcher Kalle?"

„Na, Kalle Grotthoff. Is aber schon lange her."

Jupp, ein Rentnertyp mit dunkelrandigen Augen mischte sich ein: „Is ja auch egal", und zog seinen Kollegen zur Seite.

In meinem Wagen notierte ich in meinen ‚Grass': 17. 6./16 Uhr 55 Rainer Schürmann erbrochen; Jupp: „Kalle Grotthoff endete ebenso." Mein ‚Grass' ist eine Erstausgabe von „örtlich betäubt". Zum Glück sind die Seiten fünfunddreißig bis dreihundertzwanzig unbedruckt. Der Fehldruck, der bei mir seit 1969 zwischen Gramscis Büchern und Grimms Märchen stand, war seit vorgestern mein Notizbuch.

Ich schloß die Kostbarkeit in die Mittelkonsole ein – und ging dann doch zum Vereinshaus zurück. Da gab es ein großes Treffen von Freund und Feind. Nach und nach trudelten die geduschten Spieler ein. Ihre Mädels warteten auf sie. Rainer konnte ich nicht entdecken.

Bei jeder Party gibt es Außenseiter. Ich brauchte nicht lange zu suchen. Einer mit geöffneten Nasenporen saß an der Theke vor Pinneken und Bierglas. So Mitte Sechzig. Typ Pflasterer oder Handlanger. Immer einen roten Kopp.

„Noch frei?"

„Ja, klar!"

Er freute sich. Ich bestellte Pils und Korn. Einhändig kommst du hier nicht weiter. Ich eröffnete. Das muß man bei diesem Volksstamm immer.

„Zufrieden?"

„Ja, klar. Unsere Jungs werden in der neuen Saison den Aufstieg packen."

Ich tat erfreut und ging in die Offensive:

„Wenn der Rainer fit bleibt, sieht's gut aus."

„Ja, klar. Ohne den läuft nichts. Is 'ne Kanone, unser Rainer."

Der Rotköpfige trank seinen Korn und goß ein halbes Pils hinterher. Ich prostete ihm zu.

„Nur übernimmt er sich manchmal.“

Mein Nachbar wischte sich den Schaum vom Mund und zündete sich eine an. Ich drehte mir eine.

„Wissen ’Se, der ist noch einer wie wir früher. Der schont sich nicht, geht immer ins Volle.“

Ich nickte: Früher hätte ich auch gespielt. Das seien Zeiten gewesen! Ich verschluckte mich und gab mir Feuer. Dann sei ich hierher gezogen und nicht mehr aktiv geworden. Aber jedes Spiel von Schwarz-Weiß gesehen! Dann wieder weggezogen. Verfluchte Mobilität heutzutage! Jetzt wieder hier.

„Damals ist der Kalle noch groß dabei gewesen.“

„Ja, klar, Kalle Grotthoff!“

Ich bestellte zwei Pils-Korn.

„Ja, daß der damals … Ist auch schon – Moment …“

Ich sah fragend rüber.

„… ja, klar. Schon sieben Jahre her. Weiß ich genau. 1992 war meine Frührente gerade durch.“

Das Bestellte wurde vorgesetzt. Ich deutete ein kumpelhaftes Schulterklopfen an.

„Daß da noch einer dran denkt! Die anderen haben den Kalle längst vergessen.“

„Ja, klar. Nur der Franz, wissen ’Se, der die Wäscherei hat, der Franz …, na – Franz Belau, der auch die Klamotten von unsern Jungs für lau mit durchnudelt, der wird sich mit seinem Bein ewig erinnern.“

Ich schaute blöd. Mein Kumpel trumpfte auf. Er wußte wieder was aus alten Tagen.

„Der hat doch damals beim Kalle mit im Auto gesessen …“

Ich hörte kaum noch zu, denn dieser Jupp, der mir schon vorhin unangenehm aufgefallen war, kam um die Ecke und redete mit einem Altersgenossen. Beide verschwanden in Richtung des Toilettenpfeils.

„Tschuldigung, ich muß mal.“

„Ja, klar.“

Ich mußte hinterher und sah beide in einer Tür verschwinden, die sie nicht schlossen. Ich stellte mich daneben.

„Mensch, Rainer. Nu machste mal ’ne Pause! Du kippst uns …“

Einer knallte die Tür zu. Pech! Ich rannte um den Bau und suchte das richtige Fenster. Es stand auf Kipp. Leider ist das Vereinshaus von allen Seiten einsehbar, seit die Vereinsmeier die Bäume abgeholzt haben, damit die Werbung von der Straße aus einsehbar wird. Die Bäume waren Eigentum der Stadt. Weshalb die Stadt auch die Wiederaufforstung dieses versehentlich beabsichtigten Kahlschlags bezahlt … Ich stellte mich wie zum Pinkeln in den Rosenstreifen. Das sah blöd aus, aber ich konnte in der Stellung nicht erkannt oder dumm angequatscht werden.

„… und du fährst jetzt mit Hermann nach Hause und gehst in die Poofe!“

Ich hörte Schritte und Türschlagen. Vorsichtig lugte ich und hätte fast in die Augen von Jupp gesehen, der sich gerade in Richtung Fenster schneuzte. Hinter ihm saß auf einer Umkleidebank ein anderer Veteran. Ich dachte an Sartres Lauscher-Szene und kam mir irgendwie beobachtet vor. Man fühlt sich ausgeliefert, wenn ein anderer einen beim Lauschen ertappt. Vor allem in meiner Stellung!

„Heut abend wieder bei Ferdi?“

„Aber sicher!“

„Fahr’n wir mit deinem Wagen?“

„Bin ich dran?“

„Ja, das letzte Mal ist Hermann gefahren, davor ich.“

„Scheiße! Und am Montag bin ich schon wieder?“

„Ja, kommt dumm hin. Aber ich fahr wohl mit. Zehn Uhr bei der Post. Ich muß da noch ’n Päckchen hinbringen, Rücksendung nach Neckermann.“

„In Ordnung. Aber erstmal heute abend! Dat et mit de’ Weibers läuft!“

Ich hörte, wie die beiden Alten auflachten. Hätten das die „Weiber“ gehört: Ich weiß nicht …

Es wurde Zeit, meine Pinkelpause zu beenden. Wer mich beobachtete, mußte denken, ich hätte Gott weiß was getrunken oder was medizinisch Ausgefallenes. Sartre kam mir nicht aus dem Sinn.

An der Theke saß mein Kollege noch immer allein. Meine Bestellung war bis auf den letzten Tropfen runter.

„Ich dachte, Sie wären abgeh …, also weg. Da dachte – ich dachte …“

„Schon in Ordnung.“

Ich wiederholte die gönnerhafte Andeutung des Schulterklopfens und sah dann erschrocken auf meine Uhr.

„Ist das wirklich schon kurz vor fünf?“

„Ja, klar.“

Er wies mit seinem hochroten Haupt auf die Vereinsuhr. Die zweimal Fünfundvierzig liefen hier über dem Tresen.

„Schitt! Das gibt Ärger zu Hause. Aber wenn ich mal über Fußball am Reden dran bin …“

Mein Thekenhänger lachte auf und rülpste vornehm. Er schien auch eine Frau zu Hause zu haben. Schnell zahlte ich und eilte mit einem „Guotgoan!“ raus. Frische Luft! Fußball ruiniert Körper und Muttersprache.

Bei Ferdi! Ich wußte, was die meinten. Bei Ferdi, das war eine Kneipe in meiner Nähe, die eigentlich „Zum Paolbüorger“ hieß. So eine urwestfälische Kneipe, wo man Zwiebelsuppe von Knorr und die Bouletten von Bo-Frost kriegt. Dazu Peter Alexander und rosa Mäanderkacheln auf dem Klo. Da hatte mal eine Putzfrau von Sonja ihren fünfundfünfzigsten gefeiert. Schnapszahl! Ich hätte mich damals brutaler wehren müssen. Aber Sonja hatte mich penetrant bekniet: Ich könne sie doch zu so was nicht alleine … Und saubere Putzfrauen seien heute so schwer zu halten.

Dahin also mußte ich noch einmal. Zur Rache sagte ich Sonja für den Abend ab. Meine Mutter hätte mich mal wieder zu sich befohlen … Das tut sie wirklich ab und zu. Und ich spiele dann den lieben Sohn, den Ödipus. Die einzige Freude, die ich meiner Mutter noch machen kann. Sonja war nicht im mindesten böse:

„Pepa, ist doch in Ordnung. Ich komme schon hin.“

Alle Frauen wünschen sich solche Söhne.

Bei Ferdi gibt es natürlich einen Spielautomaten. Ich warf Geld hinein und drückte irgendwann irgendwo. Um halb acht erschienen in Ausgehkleidung Jupp, Hermann und Nummer Drei, tranken ein Pils und machten Bemerkungen, die jede Lektorin aus dem Manuskript streicht. Ich bin nicht prüde, aber bei dämlich hört die Pornographie auf.

Die drei Rentner zahlten nach zwei, drei Pils. Ich zahlte ebenfalls.

Verfolgungen hatte ich noch nie gefahren. Mit meinem roten Mazda-Kabrio ist das auch so eine Sache. Mitte Juni ist es um diese Zeit noch taghell, und aufzufallen ist der Tod jeder Observation. Aber ich verlor die Drei in ihrem Silber-Vectra nicht, obwohl ich mich immer im fünften, sechsten Glied halten mußte. Die A 43 rauf, dann die A 1 Richtung Dortmund. Gefährlich war es nur geworden, als einer von ihnen auf einen Parkplatz mußte. Ich fuhr auf den nächsten, wartete an der Ausfahrt und fluchte, während ich mir eine drehte, auf senile Blasen. Zum Glück kriegte ich sie wieder ein, fuhr mit ihnen Kamen Zentrum ab, irgendwann rechts. Ich hielt hundert Meter weiter, drehte dann und sah sie in einer exklusiven Anlage namens „Si" verschwinden. Ich parkte ebenfalls da.

Eisentür mit Spion, dicker Türsteher, Bühne. Das Übliche eben. Ich bekenne, daß ich so was kenne: aus meiner Bundeswehrzeit. Nürnberg. Danach hatte ich es mir leisten können, für mein Vergnügen nicht mehr bezahlen zu müssen.

Die dargebotenen Szenen waren live, unsere damals auf Videowand. Das ist im Prinzip gleich. Nur meine Rentner fanden das nicht. Hier war mit Anfassen und Mitmachen! Und sündhaft teuer! Die Bienen vom horizontalen Gewerbe schwirrten herum wie zwischen Frühlingsblüten. Die Atmosphäre war aufgeladen und schwül. Eine erotische Kirmes.

Ich hatte meine liebe Not, in der Nähe meines Trios zu bleiben. An der Bühne steckten Geschlechtsgenossen den Damen immer wieder Geldscheine in die Variationen der spärlichen Bekleidung. Ich achtete auf Jupp, Hermann und Nummer Drei, die sich in finanzieller Hinsicht vollkommen zurückhielten und kaum ins verschwenderische Ambiente paßten. Doch schien das die Darstellerinnen nicht zu stören. Sie spreizten sich trotzdem über den Alten.

Es fiel mir nicht leicht, bei nur einem dieser gesalzenen Getränke zu bleiben. Ich mußte es verteidigen wie die sieben Zwerge ihr Schneewittchen und gleichzeitig die Bienen abwehren wie das tapfere Schneiderlein die Fliegen. Eine hielt sich dennoch an meiner Seite: Nicole ließ sie sich nennen, eine Polin mit deutschem Akzent. Sie trank ihre üblichen sektfreien Piccolos für fünfzig Mark das Stück.

Nicole war eine von den fleischig Untersetzten. Sie ähnelte darin Sonja. Kein Tänzerinnentyp. Nettes Gesichtchen. Nur die Zähne etwas schräg zwischen den aufgemalten Lippen. Obwohl das Mädchen nur halb so umwerfend duftete und in ihrer stattlichen Barbusigkeit immer noch doppelt soviel anhatte wie die anderen, tat ich charming und zeigte mich großzügig, bevor ich das Thema unseres dämlichen Geredes auf das Rentnergestirn lenkte. Ich war ja nicht zum Vergnügen hier.

„Die sind witzig, was?"

Ich deutete auf die Bühne.

„Ach, du meinst die Alten!"

„Die haben richtig Spaß hier – ohne einen Pfennig."

„Aber sind um zwei Uhr wieder draußen. Die kriegen einen Stoß bezahlt und dann raus. Für dich, wir haben Besseres!"

Ich guckte nachhilfebedürftig aus der Wäsche.

„Ehrlich, da hinten gemütlicher: Wasser, Sauna, Dreier, Vierer. Alles."

Ich ließ mich nicht überrollen.

„… und Séparée Zweier?"

Sie sah mich liebevoll wie eine Ehefrau an:

„Ich bin auch gutt, ehrrlich!"

Ich hob die Augenbrauen und grinste. An der Bühne gab es Mißverständnisse. Jupp wurde böse. Er wollte die da oben, aber ein feiner Herr trat dazwischen und schob ihm eine kleine Thai zu, die Jupp erst nicht wollte. Dann doch. Hermann und Nummer Drei kamen, ebenfalls asiatisch bedient, hinterdrein. Global education. Global playing. Global investment. Solche tragenden Begriffe strömen mir durch den Kopf, wenn ich die Provinz auf Müllers Wanderlust ertappe.

Nicole zerrte an mir. Ich war unschlüssig – nämlich, ob ich auf die flotten Dreier warten oder gleich gehen sollte. Ich hatte Lust, mir eine zu drehen. An frischer Luft. Deshalb drückte ich Nicole zwei Fuffziger hinten in den Slip und stand auf.

„Netten Abend noch!“

Sie sah enttäuscht auf und wollte mich zurückziehen. Aber soweit kommt es noch, daß ich solche Mädels aus Mitleid nehme! Ich klopfte ihr auf den Hintern. Es knisterte dezent. Wie bei einem Wickelkind. Draußen atmete ich auf und rauchte auf der gegenüberliegenden Straßenseite, die Tür im Blick.

Um Mitternacht war ich wieder zu Hause. Fast hätte ich meine Einfahrt verpaßt. Ich dachte an Nicole … Aber es blieb dabei: Nichts dafür zu zahlen ist eine Sache der Ehre.

Auf meiner Terrasse drehte ich mir mein Betthupferl. Meine Nachbarn zur Linken waren wieder da. Die Kiste lief. Das übliche Licht spiegelte sich im Fenster ihres Gartenhäuschens. Wahrscheinlich wieder einer dieser langweiligen Erotikthriller. Gut, daß ich hier wohne! Außerdem hatte Fritz heute nachmittag den Rasen gemäht. Hier ist noch alles in Ordnung!

5

Bis gegen elf verlief mein Sonntagmorgen, als wenn die Welt noch die alte wäre. Ich hatte meine detektivischen Exkursionen noch nicht ins Bewußtsein geladen und befand mich in einem Zustand paradiesischer Unschuld. Der Morgen hatte mir schon ein marmeladensüßes Bettgeflüster mit Sonja im Hörer gegönnt, einen Gang durch meine Tomaten und einige Takte Coleman Hawkins aus den Vierzigern. Jetzt komponierte ich ein Rezept für den Montagabend mit Sonja.

Ich dachte an Meerwolf auf weißer Tomatenbutter mit Kürbis und Zuckerschoten. Die überreifen Tomaten gemixt mit Gemüsebrühe und Knoblauch, alles aufgekocht und den Fond eingekocht. Später Butter einrühren, mit Balsamessig verfeinern, Sahne unterziehen. Das gibt den Spiegel, auf den die zweimal in Olivenöl gebratenen Fischfilets mit Kürbisrauten, Tomatenwürfeln und gegarten Zuckerschoten gelegt werden. Jetzt mußte ich mich entscheiden: Bohnenkraut dazu oder Knoblauch und Schalotte. Vielleicht beides?

In dieser entscheidenden Phase der Komposition klingelte es. Am Apparat war Marga. Ich schluckte und fluchte unfein.

„Ich wollte nur eben wissen, wie weit Sie …“

„Ach!“

Ich legte meine Rezeptpartitur nicht beiseite, war trotzig. Meine Stimme klang nach Geschirr.

„Ich komme voran. Aber wir hatten abgemacht: Ferienende. Ich warte, ehrlich gesagt, erstmal darauf, daß die Ferien ausbrechen und ich keine Schüler mehr …“

„Ich wollte nur wissen …“

„Schon gut! Es geht voran.“

„Herr Pfühl! Nur damit Sie das wissen: Es ist mir sehr wichtig! Sie müssen diese Dealer kriegen und bei der Polente abliefern. Ich denke Tag und Nacht an Markus. Ich kann auch gar nicht mehr in die Schule. Sie müssen … ich schaffe das sonst nicht …“

Sie schluchzte. Ich entschied mich, Bohnenkraut alleine zu nehmen – nur etwas mehr, und wartete, bis Marga ausgelaufen war. Ich hatte noch was mit ihr.

„Hören Sie mal, Marga! Eine Frage hätte ich noch."

„Ja, Herr Pfühl?"

„Der geschubste Russe konnte kein Deutsch. Wie hast du dich mit ihm überhaupt unterhalten können?"

Diesmal entglitt mir das „Sie" absichtlich. Ein taktisches Duzen, sozusagen. Am anderen Ende war Schweigen. Ich mußte wieder an Knoblauch und Schalotten denken. Sonja ist Lauchfan, und ich komme ja sowieso immer auf Knoblauch.

Wahrscheinlich würde Marga sagen: auf Englisch. Aber ich wurde überrascht.

„Ich, ich … Herr Pfühl, das ist so: Ich – hab den gar nicht umgebracht! Echt nicht. Könnte ich gar nicht, so was!"

Das haute mich in die Lehne.

„Bitte?"

„Ich weiß ja nicht mal, wie man einen Mann anquatscht. Nur mit Markus …"

Wieder hatte ich Rotz und Wasser in der Leitung. Ich finde so was am Gehörgang nicht angenehm. –

„Ich hab das nur … Sie hätten mich ja nur bei der Polente wegen Einbruch abgeliefert – oder auch gar nicht. Und nichts würde mit den Schweinen passieren. Da kann ich nicht mit leben, Herr Pfühl. Der Markus, an den muß ich dauernd … Und andere kriegen von den Schweinen auch so'n Stoff und werden angefixt. Da hab ich mir zuerst die Pistole von Markus' Vater besorgt, weil ich wirklich selbst … Und dann bin ich auf Sie gestoßen. Und Sie sind doch so einer, der sich durchsetzt. Finden alle in der Penne. Und cool drauf ist und so."

„Danke."

„Sie sind wenigstens nicht so ein Softy, der uns die Bergpredigt runterkaut, immer mit den bösen Nazis kommt, aber keine Ahnung vom Leben hat. Da hab ich in der Nacht gedacht: Der kann das für dich! Und damit Sie mich überhaupt ernst nehmen, hab ich die Story mit dem Russen erzählt, von dem ich zufällig in der Zeitung gelesen hatte. Auf eigene Faust – das hätte nie geklappt! Außerdem war Markus voll gegen Waffen und Gewalt und so."

„Alles aus dem Stegreif?"

„War gut, nicht?"

„Doch, doch.“

„Aber bitte, Herr Pfühl: Sie müssen die ganze Dealer-Szene hier, alle die Schweine kriegen und abliefern, sonst …“

Ich war nicht mal sauer. Eher im Gegenteil. Das machte meine Recherchen leichtfüßiger. Das Ultimatum war damit Schnee von gestern, und Marga bestand nur noch aus einer hilflosen Bitte.

„Ich mache weiter, Marga, keine Sorge! Ich bin einmal angefangen, und das wird zu Ende gebracht. So, und jetzt muß ich …“

„Ist klar, Herr Pfühl. Und danke! Jetzt ist mir echt wohler. Echt! Danke! Vielen, vielen Dank.“

„Na, prima.“

Sie verabschiedete sich mit gemischtem Geheul, und der Sonntagvormittag war im Eimer. Als Pädagoge bist du immer dran. Wie ein Arzt. Nur schlechter bezahlt. Und ich mußte noch dreizehn Jahre …

Eigentlich war wieder alles in Ordnung: Sonja und Helmut waren zufrieden, Marga keine Mörderin, ich selbst überhaupt nicht betroffen. Nur – ich konnte nicht aufhören! Wie bei einem Spieler hatten sich in meinem Kopf Züge, Kombinationen und Konstellationen breitgemacht und ließen sich nur einige paradiesische Morgenstunden lang verbannen. Und in meinem ‚Grass‘ waren erst zwei Seiten gefüllt. Ich habe eine kleine Handschrift, aber wenigstens die nächsten zehn Seiten sollten noch voll werden.

Also rief ich Frau Brinkmann an. Frau Brinkmann ist seit dreizehn Jahren meine Perle, wie man so sagt. Von fester Statur und großer Wirkung für meine Wäsche, meine Fußböden, Fenster etc. In der alten Wohnung wie im neuen Haus. Frau Brinkmann hatte mir schon häufiger ihren weißen Astra-Caravan ausgeliehen, wenn ich große Sachen oder auch nur Schüler zu befördern hatte. Sie kriegte dann mein Kabrio. Für sie „eine Wucht“. Vor allem im Sommer. Meinen alten Roadster von 1990, auf den ich mich gleich nach seiner Einführung in Europa gestürzt hatte, hatte ich im Frühjahr verkaufen müssen. Das 98er Modell hatte mir einige Verbeugungen vor dem Chip-Zeitalter zuviel. Aber Frau Brinkmann war davon begeistert.

„Ich brauche den Astra erst morgen, aber wenn ich ihn schon heute abholen könnte …“

„Aber sicher, Herr Pfühl. Gerne, immer!“

„Das ist nett, Frau Brinkmann. Und bevor ich’s gleich vergesse: Wenn Sie morgen früh putzen, könnten Sie auch mein Bett frisch überziehen? Mir ist da heute morgen mit einem Marmeladenbrötchen ein Mißgeschick …“

„Aber, Herr Pfühl, gerne, gerne!“

Sie kicherte. Frau Brinkmann ist Typ Kegelclub.

„Liebe Frau Brinkmann: Ich habe heute morgen allein gefrühstückt. Ob Sie es glauben …“

„… oder nicht. Lassen Sie’s, Herr Pfühl. Ich gönne es Ihnen von Herzen.“

Frau Brinkmann hat nicht nur einen unauffälligen Kleinwagen, sondern auch ein großes Herz und mich darin fest eingeschlossen. Sie mag offenbar Mitchum-Typen. Sie selbst hat was von Heidi Kabel. Aufdringlich ist sie nie. Ein bißchen „Fräulein Moneypenny“ – wenn ich mir den Vergleich erlauben darf.

Am Montagmorgen meldete ich mich krank. Seit gestern hätte ich Durchfall, Schüttelfrost. Vielleicht wieder ab übermorgen … Ich dachte: Wenn schon, denn schon. Kurz vor den Ferien läuft eh nichts mehr, was den Bildungsverfall der Republik aufzuhalten in der Lage wäre.

Um Punkt zehn Uhr stand ich gegenüber der Post an einem Juweliergeschäft. Neben mir auf dem Trottoir hatte eine offenbar riesige Töle einen Haufen hingesetzt, der mir den Ekel in die Speiseröhre steigen ließ. Ein Fußabdruck in dem Haufen ließ erahnen, daß sich hier in den Morgenstunden ein Drama abgespielt hatte.

Jupp tauchte bald auf. Kurz darauf kam Nummer Drei heraus. Man begrüßte sich wie unter erfolgreichen Männern und ging zum Parkplatz hinüber.

Gerade wollte ich hinterdrein, als sich an der Ecke ein stoppelhaariger Mann vom Studium der Auslagen eines Schuhgeschäfts löste und den Alten folgte. Ich hielt sofort: Das war Andrej, der Sohn der Babuschka vom Übergangswohnheim! Als Jupp und Nummer Drei in den Vectra stiegen, schoß er um zwei Autoreihen herum und tauchte ebenfalls in einen der Blechkästen.

Ich hatte den Wagen von Frau Brinkmann im hinteren Teil des Parkplatzes abgestellt, wartete am Schuhladen, um die Szenerie zu beobachten und sah, wie sich ein weißer BMW 524 in einigem Abstand hinter dem Vectra der Alten in Bewegung setzte. Beide Wagen holte ich dann mit meinem Wagen hinter der nächsten Kurve vor der Ampel ein. Beide waren doppelt besetzt. Jetzt hieß es Nerven zu bewahren und nicht zu dicht aufzufahren!

Zur Vorsicht hatte ich einen Hut, eine dicke Hornbrille und einen Karnevalsschneuzer mitgenommen. Auch ein Fernglas. Man fuhr Richtung Autobahn. Über Land hätte ich keine Chance gehabt. Ich dachte mir, wohin es ging und geriet nicht in Panik, als die Alten einen Parkplatz ansteuerten. Wieder Blasenprobleme! Der BMW vor mir fuhr weiter und nahm die Abfahrt danach, um an der Auffahrt, kurz vor der Beschleunigungsspur, wieder zu halten. Ich hielt weiter entfernt an einer weniger riskanten Stelle. Aber sicher war es hier an dieser Autobahn ohne Altvegetation nirgends. Nichts höher als ein Gummibaum. Der Asphalt lag über der Landschaft wie ein Brett auf dem Rasen. Ich duckte mich ein wenig. Es dauerte Gott sei Dank nicht lange, dann ging es in der gewohnten Prozessionsordnung weiter.

Gronau – Enschede: Der alte Drogen-Wildwechsel! Auf der Gronauer Stau- und Flaniermeile, an der McDonalds, Aldi, Klaas & Kock und ähnliche regional typische Läden sich aneinanderreihen, kurz vor der holländischen Grenze, wurde es unübersichtlich. Jede Ampelkreuzung konnte das Aus für meine Observation bedeuten. Doch fuhr man brav die Straße geradeaus, durch die unsichtbaren Zollschranken, an denen nur eine Reihe von Banken und Restaurants und natürlich die Tafel über die Geschwindigkeitsbestimmungen des Nachbarlandes das Ende des Vaterlandes verkünden. Dann weiter Richtung Enschede. Noch vor der Umgehung, da hätte ich fast gepatzt und wäre brav hinter dem 524er auf den Parkplatz eines Baumarktes gesteuert. Gut, daß da „Let op!“ zu lesen stand. So hielt ich eine Station weiter an einem Imbiß-Stop, setzte die erste Requisite auf den Kopf und ging zu Fuß zurück.

Nur den BMW, dachte ich, dann hast du immer beide. Doch sah ich zuerst, wie Jupp und Nummer Drei im Baumarkt mit Namen

„Praxis“ verschwanden, und wartete auf die beiden 524er. „Doe Het Zelf“ stand da zu lesen. Die beiden aus dem 524er sah ich nicht. Ich schlenderte durch die parkenden Reihen, bis ich sie an ihrem Wagen ausmachte. Andrej lehnte an der offenen Beifahrertür und sah nach links hinüber. Dort stand der silberne Vectra der Alten!

Irgendwann näherten sich dem Wagen zwei junge Kerle, die jeder einen orange-weißen Farbeimer trugen. Weiße Wandfarbe mit diesen Eimerbügeln, die einem in die Finger schneiden. Sie öffneten die nicht verschlossene Kofferraumhaube, stellten ihre Eimer hinein, holten zwei offenbar leichtere Eimer derselben Marke heraus, schlugen die Klappe zu und verschwanden in einem dunklen Volvo. Kennzeichen irgend etwas mit „LN-RS …“

Andrej hatte genau hingesehen, stieg jetzt ein, und sein BMW fuhr langsam hinter dem Volvo her. Ich blieb und wartete auf meine beiden alten Herren. Sie erschienen zwei Minuten später, sahen in den Kofferraum, und zurück ging die Fahrt. Als das Blasenmanöver sich wiederholte, fuhr ich diesmal weiter. Ich wollte dem Silbervectra am Eingang unseres Städtchens auflauern, um herauszukriegen, wo Jupp wohnte.

Jupp wohnte, wie alle diese Leute wohnen: Kleines Mäuerchen mit Geländer, dahinter Rasen, Blumeninselchen, Sträucherstreifen, Staudenbeete, kein Unkräutchen, alles pikobello. Sogar eine Hortensie über der Garageneinfahrt. Als Jupp kam – ohne Nummer Drei – fuhr er seinen Wagen gleich in die Garage und warf das Tor herunter.

Vorne kam seine Frau aus der Tür geschossen, fuchtelte herum und klapperte mit dem Maul. Jupp beeilte sich, verschwand hinter ihr und kam nach fünf Minuten mit Gattin, aufgetakeltem Blumenstrauß unterm Arm und steifem Sakko wieder heraus. Eilig ging es um die Ekke. Ich wartete einige Zeit und fuhr dann vor.

Frau Brinkmann hatte in ihrem Wagen ein Kostüm mit Folienüberzug von der Reinigung liegengelassen. Das schnappte ich mir und klingelte. Auf dem romantischen Klingelschildchen stand zu lesen: Josef Rensinghoff. Ich drückte mehrmals, tat sauer und ging, das Kostüm auffällig vor mich haltend, durch das Schmiedeeisentor zwischen Garage und Haus.

Die Terrassentür war offen. Ich benutzte mein gebügeltes Taschentuch und drückte auf. Jupp sollte mehr Bildzeitung lesen, dann würde das nicht passieren! Drinnen lag auf einem abgewetzten Orient ein Langhaardackel. Ein zahnloses Vieh, das aus Pflichtgefühl knurrte und nicht mal aufstand. Ich warf ihm ein Vademecum-Gum zu. Damit hatte er zu tun. Den Autoschlüssel fand ich auf einer Bastschale an der Garderobe. Wahrscheinlich Bastelarbeit der Tochter zum Muttertag. Die Garage war hinten auf. Ich holte mir die Farbeimer heraus.

Alles ging glatt. Nur der Weg zu meinem Wagen mit diesen Pötten und Frau Brinkmanns Kostüm kam mir sehr lang vor – wie Hans im Glück die ersten hundert Meter. Niemand schien mich zu bemerken.

Zu Hause wieder diese fingerschneidende Schlepperei. Verdammt! Auch in Holland mußte es doch ab zwölf Kilogramm solche Drahtgriffe mit Holzröllchen zum Tragen geben! Aber: „Axiprijs“ stand als Drohung auf dem Etikett. Dann diese verfluchten Eimerdeckel.

Als der erste orangefarbene Plastikdeckel mit den üblichen Spritzern endlich aufsprang, war ich enttäuscht: nur Farbe! Weiße Wandfarbe, wie es draufstand: „Alabastine. Sructuurverf. Professionele Kwaliteit. Goede Dekking. Extra wit“. Beim zweiten Eimer dasselbe. Ich stand im Keller zwischen meiner Hobelbank und dem Heizungskessel und hatte gute Lust, das Zeug gegen beides zu werfen. Der ganze Aufwand umsonst! Und das Risiko! Nicht auszudenken, wenn Jupp Bildzeitungsleser wäre und statt des halbtoten Dackels ein Dobermann ... Und wenn Jupp mich erwischt hätte: Ich hätte nicht einmal was in der Hand gehabt, um ihn zum Schweigen zu bringen.

Ich wollte die Deckel wieder zudrücken, als es funkte: Ein Rührholz machte alles klar. Das Zeug steckte in der Farbe!

Frau Brinkmanns Haushaltshandschuhe übergezogen, hob ich die Schätze, ließ sie abtropfen und barg sie in der Wäschewanne. Das Säubern war eine Schweinerei sondergleichen. Doch es lohnte sich: Eine halbe Stunde später lagen zwei dicht verschnürte Pakete auf meiner Hobelbank, die zusammen etwas über neun Kilo auf die Waage brachten. Das mußte auf jeden Fall einige Hunderttausend wert sein! Ich hatte in ein Wespennest gestochen.

Der Inhalt der beiden Pakete glich unseren alten Weihnachtspäckchen in die DDR. Alles, was das sehnsüchtige Herz begehrt: liebevoll abgepackte Pillen, Pulver, Tütchen, Schachteln. Es fehlten nur Zweiglein und Kärtchen. Ich setzte mich erst einmal. Es mußte entschieden werden: Ich hatte drei Drogenkuriere an der Leine. Was nun? Sollte ich die armen Kerle auf ihre alten, lustigen Tage ans Messer liefern? Die hatten eh ihre Strafe in Aussicht: das Ende der wohlfeilen Abende im „Si“ und den Streß mit Rainer Schürmann. Die Kuriere sind die kleinen Fische. An die hielt sich die Drogenfahndung seit ihrer Entstehung. Die großen aber sieht man nicht. Das konnte kein aufrechter Bürger wollen. Und Marga wollte die Anfixer bzw. die verantwortlichen „Schweine“ für Markus' Tod haben. Aber meine drei Alten hatten mit Sicherheit weder damit noch mit dem Tod des Russen etwas zu tun. Ich brauchte die Abnehmer des Stoffs!

Diese Erkenntnis ärgerte mich. Mit meinem forschen Einsatz in Flur und Garage hatte ich den Verkehrsfluß dahin unterbrochen! Ein Anfängerfehler! Die Drogengangster dagegen waren schlauer: Durch diese Eimer roch kein Spürhund was von dem Inhalt. Eine verdammt clevere Schmuggelei war das!

Ich war sauer auf mich selbst und schwang mich von meinem Sitz. Die Lust, eine Ausweg auszutüfteln, war mir vergangen. Erst einmal war nun ein Versteck für die Lieferung aus Holland zu finden. Denn es würde Leute geben, die darauf Jagd machten. Die Lösung für das erste Päckchen war einer der Erdhaufen in den Lichtschächten der Kellerfenster, die meine Hausratte regelmäßig aufwühlte, wenn sie von unten durchstieß. Ich schwor ihr hoch und heilig, da kein Gift mehr hinzustreuen. Die Lösung für die zweite Partie war weniger aufwendig: der Schmutzbeutel des alten Staubsaugers, der Späne und Sägemehl von der Kreissäge absaugte. Eigenkonstruktion! Die Farbeimer fülle ich mit Wasser, verschloß sie wieder und ließ sie stehen, wo sie standen.

Es war später Nachmittag geworden, und ich hatte noch den Opel zurückzubringen. Frau Brinkmann wohnte am Eastend unseres Städtchens. Als ich klingelte, rührte sich lange nichts, obwohl Licht war. Schließlich kam meine Perle: in Schürze und einen Eßlöffel im Mund.

Sie war mir trotz ihrer Tätigkeit bei mir immer wie eine Dame erschienen. Jetzt war ich verwirrt.

„Ach, Herr Pfühl. Schön!“

„N’ abend, Frau Brinkmann. Ich wollte nur eben …“

Sie entfernte den Löffel.

„Ja, ja. Ich hatte nur eben den Zuckerguß aufzugeben. Da muß man dranbleiben. Morgen hat die Tina vom Kegelclub Fünfzigsten. Ich mache die Kuchen.“

Ich ließ die Schlüssel wippen. Jetzt wirkte sie wenigstens wieder wie Heidi Kabel.

„Kommen Sie rein, Herr Pfühl! Ich bin gleich soweit.“

Sie zwinkerte mir zu und faßte mich herzlich am Arm. Ehe ich mich versah, saß ich zum ersten Mal in ihrem Wohnzimmer – in einem hochmodernen Schwinger aus Metall, Rattan und Leder, hatte einen Cognac vor mir und schaute mich um: Meine Frau Brinkmann, junggebliebene Witwe, hatte einen exquisiten Geschmack, der zwischen Gelsenkirchener Barock und ‚Domicil‘ changierte. Ein scheußlicher Sonnenuntergang hing über einer Venus aus Milo und Müll – ein höchst eigenständiges Kunstwerk. Eine Kuckucksuhr konkurrierte mit einer Pendeluhr, deren Pendel zwischen zwei dezent aufgetragenen Hügeln hin- und herschwang und in einem dunklen Dreieck auslief. An verschiedenen Stellen hingen Bilder aus der eigenhändigen Fotoproduktion meiner Haushälterin: Stilleben mit Kegelkugel und Flaschen, Gartenzwerge in Reih und Glied vor Sonnenuntergang, ältere Damen von hinten mit Hut oder Herrenunterwäsche triefend über Wäscheleine. Der Couchtisch bestand aus einer Art Glasring, in dessen schalenförmige Mitte man Zeitungen und Illustrierte vom „Grünen Blatt“ über „Hör zu“, „Cosmopolitan“ bis hin zur Lokalpostille werfen konnte. Auf dem Ring lag ein Vergrößerungsglas. Drumherum standen außer dem Schwinger ein Zwei- und ein Dreisitzer, die mit plüschigem Blümchenfell strapaziert waren. Die Tapeten gingen in eine ähnliche Richtung. Hier war jemand dabei, Leben nachzuholen.

„Sie gucken, Herr Pfühl?“

„Och …“

„Die Hälfte ist noch von meinem Mann. Ich kann mich einfach nicht davon trennen.“

Ich war nicht im Zweifel, welche Hälfte sie meinte. Sie setzte sich in das Plüsch – ohne Schürze und Löffel. Hier war sie der Chef und schien mir jetzt mehr in Richtung Katherine Hepburn zu gehen. Menschen in ihrer Umgebung sind immer anders. Insofern muß man der Milieutheorie im engeren Sinn Recht geben.

„Ich will Ihnen was zeigen, Herr Pfühl."

Ich nippte am Cognac.

„Aha?"

„Ja, schauen Sie mal!"

Unter einem klobigen Gelsenkirchener Kissen zog sie einen schwarzen Gegenstand hervor, der mir augenblicklich bekannt vorkam.

„Woher haben Sie die?"

„Von Ihrem Vitrinenschrank! Alle drei Monate entstaube ich die Schränke von oben. Noch nicht gemerkt? Na, ja. Jedenfalls heute war es wieder soweit."

Sie hielt mir die Pistole vor die Nase.

„Lassen Sie das bitte, Frau Brinkmann! So was kann losgehen."

„Ja, dafür ist sie gebaut, glaube ich. Aber ohne Magazin und Patrone ist wenig zu befürchten." Sie grinste spöttisch. „Es betrifft unser Arbeitsverhältnis. Ich mag nicht bei einem Mörder, vielleicht Frauenmörder …"

„Bitte, Frau Brinkmann. Nun ist es aber gut!"

„Aber mit Frauen haben Sie' s doch, Herr Pfühl!"

Sie zwinkerte mir streng zu. Ich kenne so ein Getue aus meinem Unterricht.

„Aber nicht mit toten, bitte sehr!"

Sie tat noch einmal wie vor einem albernen Schüler.

„Also! Woher? Die muß neu sein. Ich kenne bei Ihnen jeden Winkel!"

Ich wurde wahrscheinlich rötlich. Die Hitze dazu fühlte ich und versuchte, Haltung zu bewahren. Da es kein Telefonat war, gelang es mir halbwegs.

„Tatsächlich? Die Pistole da" – ich drückte das unangenehme Ding zur Seite – „wäre leicht zu erklären, wenn es nur um mich ginge. Aber ich kann nicht einfach andere …"

„Doch, doch! Sie können! Sie müssen sogar!“

Die enggefaßte Milieutheorie! Sie war für mich bewiesen. Hier war ich kein Arbeitgeber mehr, kein Akademiker. Nichts! Meine Perle war der Chef. Und sie stand mit der Pistole auf, legte sie auf eine Kommode, griff in eine der Schubladen und holte vorsichtig ein Gerät heraus, das ich ebenfalls wiedererkannte: meine Tomatenmachete!

„Das habe ich auf Ihrer Terrasse gefunden – ganz links zu Ihrem Nachbarn hin. Als ich mein Zigarettenpäuschen gemacht habe.“

Frau Brinkmann raucht wie ich nur unter freiem Himmel. Auch in ihrem Haus. Ich roch hier nichts. Sie griff sich das Vergrößerungsglas, das sie offenbar auf dem Tisch bereitgelegt hatte, und hielt mir beides hin.

„Und?“

„Das hier. Setzen Sie sich Ihre Lesebrille auf!“

Ich gehorchte und sah auf die Stelle, auf die sie, drohend über mir stehend, tippte. Da war ein winziger roter Fleck zu sehen. Kaum wahrnehmbar.

„Tomatenmark, was?“

„Könnte sein. Wahrscheinlich sogar.“

Ich verfluchte meinen Nachbarn. Hatte der einfach die Machete auf meine Terrasse geworfen, statt sie mir dezent in den Briefkasten zu stellen! Meine Perle griff noch einmal unter das dicke Barockkissen und holte ein Seidenkissen hervor. Ich brauchte ein bis zwei Sekunden: mein Kissen! Taschentuch und Serviette hatte ich in den Restmüll befördert, aber das Kissen hatte ich vergessen. Schuld war das Klatschmohn-Muster.

„Herr Pfühl! Sie wissen: ich mag Sie …“

Sie legte das Tapeziermesser auf den Tisch und die Pistole daneben. Sie hatte ein Gefühl für Effekte.

„… aber als Ihre Hausfrau …“

„Haushälterin, Frau Brinkmann, maximal Haushälterin!“

„… als Ihre Hausfrau bin ich berechtigt zu erfahren, was in Ihrem Hause vor sich geht. Ihr Kopfkissen – das hatte wirklich einen Marmeladenfleck. Ich hab dran geleckt. Aber der Rest ist Blut! – Haben Sie Probleme, Herr Pfühl?“

„Ich? In den letzten vierzehn Jahren nicht. Ich mache das hier" – ich zeigte auf die Waffen – „nur so in der Freizeit."

„Wie bitte?"

Frau Brinkmann hatte hübsche Beine und schlug sie nunmehr, nachdem sie sich wieder gesetzt hatte, sichtlich übereinander.

„Ich bin vorübergehend – na, ja, so eine Art Privatermittler."

Meine Perle kreuzte ihre Arme über der Brust.

„Ihr Talent" – sie wies auf das Couchtisch-Arsenal – scheint Sie nicht gerade dazu auserwählt zu haben."

Dabei lächelte sie im Mittel zwischen Katherine Hepburn und Ava Gardner. Mir gefiel diese Situation plötzlich. Irgendwann bricht meine Spielernatur immer durch. Der Mensch ist nur da ganz Mensch, wo er spielt. Schiller! Ich grinste retour – wie weiland der Mitchum.

„Haben Sie Geduld, Frau Brinkmann. Ich bin erst am Anfang."

Und dann packte ich aus. Haarklein und in genauer Abfolge der Ereignisse. Als ich zur Badeanstalt und Britta kam, schloß sie die Fenster. Bei der Fußballepisode holte sie für sich ebenfalls ein Cognacglas und füllte es leicht über das schickliche Maß. Ich selbst hatte noch. Als ich mit ihr ins „Si" kam, schien der Cognac ihre Wangen zu röten. Der heutige Montag aber hielt sie nicht mehr am Platz. Während ich von meiner forschen Aktion bei Jupp erzählte, riß es sie herum.

„Wieso denn das? Das war ein Fehler!"

Ich mußte staunen. Meine Perle hatte Verstand!

„Ich weiß. Und nun?"

„Nun gehen Sie einfach zu diesem Kerl, machen einen rücksichtslosen Eindruck und lassen ihn seine Abnehmer nennen. Was sollte er dagegensetzen? Und für Sie ist das ohne Risiko."

„Eben. Ich lasse offen, wer ich bin. Ob von der Polente, von einem anderen Ring oder privat. Nicht schlecht. So wird's gemacht. Gleich morgen."

Ich trat unerschrockener und sicherer auf, als mir geheuer war. Mein Patzer war mir peinlich. Und ihre Hilfe nicht weniger.

„Herr Pfühl, Sie sind richtig! Übrigens würde ich die Polizei da auch rauslassen. Die verderben einem jedes bißchen Spaß."

Mich erfaßte eine warme Sympathie für meine „Hausfrau“, und ich prostete ihr mit leerem Glas zu. Sie schenkte mir rasch nach. Jetzt hatte ich mich vollkommen wieder gefangen und lachte sie an:

„Sie dürfen mich Pepa nennen.“

„Und Sie mich Gertrud.“

Sie setzte sich wieder mit übergeschlagenen Beinen.

„Und weiter ‚Sie‘, bitte – wegen des Arbeitsverhältnisses.“

„Sie haben recht, Pepa. – Leider.“

Sie seufzte übertrieben und wippte mit den Beinen: Keine Frage, das waren die von Ava Gardner. Auch deren Augen: so ein Anflug von Leopardendame.

Als ich ging, gab sie mir zu verstehen, sie stehe – in dieser Sache – jederzeit weiter zu meiner Verfügung. Ich hatte in meiner Detektei die erste Mitarbeiterin eingestellt!

Kaum saß ich in meinem Kabrio, sah ich auf die Uhr. Gott sei Dank, erst kurz vor achtzehn Uhr. Es gab schließlich auch Wichtiges! Ich hatte noch einzukaufen. Vor allem Knoblauch und den Meerwolf. Sonja ante portas!

6

Am Dienstagmorgen hatte es ein herrliches Frühstück mit Sonja gegeben. Mein Referendar mache die ersten beiden Stunden Chemie Grundkurs für mich, hatte ich zu Sonjas Beruhigung gesagt. Als Mutter ist sie über jeden Stundenausfall besorgt und hätte keinen Bissen getan. Daß es seit Jahren keinen Chemienachwuchs mehr in den Schulen gibt, konnte sie nicht wissen. Welcher Chemiestudent wird heute noch Lehrer? Der gehörte geprügelt, wenn es die Prügelstrafe noch gäbe.

Danach stand ich gegen zehn Uhr vor der Wäscherei und Reinigung von Franz Belau. Eine unansehnliche Schaufensterfassade mit einer Dekoration aus Preistafel, Veranstaltungsplakaten wie „Schwoof im …“ oder „Brecht am …“, dem Hinweis: „Sprühsauger-Mietstation“ und einer Stechpalme aus Plastik. Eine lederhäutige Dame fragte nach meinem Wunsch und führte mich nach skeptischer Nachfrage am Meisterbrief für Franz Belau vorbei die Treppe rauf in eine Art Wohnzimmer, in dessen dunkler Ecke der Chef saß.

„Oppa“ – sie sprach das „o“ so kurz wie das von „hoppla“ aus – „sitzt immer im Dunkeln. Wegen seine Kopfschmerzen. Er freut sich immer über Besuch. Nich, Oppa?“

Oppa sah zittrig hoch. Die Dame blieb ungeniert an der Tür stehen. Das Wohnzimmer war ein kahler Raum. Ohne Teppich und Gardinen. Kein Plüsch- oder Holzmobiliar. Aufgesperrtes Fenster mit halb runtergelassenen Rollos. Eine zweite Sitzgelegenheit gab es hier nur in Form einer Art Fußbänkchens aus Metall. Ich setzte mich drauf. Wie ein Enkel zu Großvaters Füßen.

„Ich heiße Pfühl und bin ein eingeheirateter Verwandter von Grotthoffs. Da wollte ich mal nachfragen, wie das mit Kalles Unfall damals war.“

Der Alte sah wieder hoch und hustete, daß die Rollos wackelten.

„Kalle – Grotthoff? Ich weiß nicht …“

„Entschuldigung, geht’s Ihnen nicht gut?“ Ich kam mir ziemlich hilflos vor und sah die Dame ärgerlich an. Endlich begriff sie, daß sie hier nicht paßte und verzog sich. Die Tür ließ sie jedoch offen.

„Stören Sie sich nicht daran. Ich hab nur MCS."

„Was?"

„Das ist englisch. Multiplexe chemische Sensibilität oder so. Kommt vom Geschäft. Mein Gehirn hat 'ne Menge blaue und violette Stellen. Haben die mit ihren Farbfotos in Bad Emstal festgestellt. Ist aber nicht ansteckend."

„Ach."

„Nur die Kopfschmerzen, das Zittern, die Müdigkeit und der Husten. Und ab und zu ein Krampf. Und mit die Erinnerung isses auch Essig."

„Schade!"

Das kam mir von Herzen. Ich kenne nicht alle zehn Millionen chemische Substanzen, nicht mal die fünfzehntausend gesundheitsgefährdenden oder die – ich gebe das zu – zweitausend erforschten. Welche davon dem Alten vor mir das Leben schwer machten, konnte ich nicht sagen. Wahrscheinlich irgendein Pentachlorphenol-Cocktail, der bis vor zehn Jahren noch bei uns gang und gäbe war. Franz Belau sah ins Dunkle seiner schadstoffarmen Wohnung. Ich sah zu ihm hoch.

„Und den Kalle Grotthoff …?"

„Ich weiß nicht."

Ich ließ dem Alten Zeit. War er Mitte Fünfzig oder Siebzig? Unmöglich zu definieren. Zittrig versuchte er eine Art Konzentration. Ich half ihm. Ich hatte schließlich an dem Tag noch was vor.

„Ihr Bein hat bei dem Unfall was abgekriegt, glaube ich."

Da wachte es in ihm auf, und er griff sich an sein rechtes Bein.

„Ja, ja. Damals. Lange her. Der Kalle. Kein schlechter Kerl. Nur die Bömskenschluckerei. Und ich hab im Auto gesessen. Da schrie er plötzlich: Kind auf der Straße! Aber ich sah keins. Und er hat den Wagen in die Leitplanke … Mensch, der Kalle. Kein schlechter Kerl. Und ein Spitzen-Fußballer. Nur die Pillenschluckerei."

„Welche Pillen?"

Franz Belau hustete wieder gegen die Rolläden. Als er fertig war, drohte er einzunicken, und ich klopfte gegen sein rechtes Bein.

„Welche Pillen?"

Er sah mich plötzlich mit großen Augen an, als sei er aus dem tiefstem Schlafe herausgerissen. Vor der Tür schien sich was zu bewegen.

„Der Kalle sagte immer: seine Bömsken, seine Smarties oder seine Leckereien."

„Amphetamine? So was?"

„Was?"

Ich holte tief Luft:

„Na, Weckamine. Pervitin, Elastonon, Captagon. Tabletten eben."

„Tabletten? Wie hießen die?"

„Woher hat er denn seine Bomßen gekriegt?"

„Woher? – Ja, woher?"

Ich gab auf, als der Alte zu gähnen begann. Sein Zittern wurde stärker, er schloß die Augen und drehte den Kopf zur Seite. Als er eingeschlafen war, stand ich von dem Höckerchen auf und ging. Ich hatte den Eindruck, als liefe jemand vor mir die Treppe hinunter. Unten bedankte ich mich bei der Dame des Hauses. Sie antwortete nicht und sah durch die Schaufensterscheibe hinter mir her. Ich hatte ein merkwürdiges Gefühl.

Bevor ich zu Jupp Rensinghoff fuhr, drehte ich mir eine und trank einen Espresso im Eis-Café am Marktplatz. Natürlich war das gewagt. Falls ein Schüler oder Kollege hereinplatzte, mußte ich gut sein. Ein Spiel. Aber es ereignete sich nichts dergleichen. Ich kehrte zu meinem Wagen auf dem Parkplatz zurück und freute mich, daß ich meine Parkgroschen gespart hatte.

Ich mache immer ein Spielchen, bei dem ich hundert Mark verlieren kann: Ich muß es einmal im Monat schaffen, an Parkuhren zu parken, die sich um die eigene Achse auf die andere Seite drehen lassen. Falls ich es schaffe, einen dieser vier Parkplätze zu ergattern und sie so zu drehen, daß ich vom Parkgroschen eines gegenüberliegenden Parkers profitiere, habe ich gewonnen. Sonst kriegt Misereor hundert Mark. An diesem Dienstagvormittag hatte ich endlich Glück. Leider hatte der Wagen schräg gegenüber nun ein Knöllchen. Das kann natürlich passieren.

Innerlich also bestens gestimmt klingelte ich zehn Minuten später bei Jupp. Er öffnete in kurzer Hose und Hühnchenbeinen und sah mich fragend an. Ich hatte meine Sonnenbrille aufgesetzt, was ihm bei dem Wetter erst ungewöhnlich vorkam, als ich sie im schattigen Flur nicht abnahm. Ich wollte das Überraschungsmoment ausnutzen, war eilig eingedrungen und ließ ihm kaum Luft.

„Ist Ihre Frau da?"

„Wieso? Die ist einkaufen."

„Setzen wir uns ins Wohnzimmer. Falls sie kommt, bin ich ein Sportsfreund."

„Ja, ja, bitte. Was …, eh, worum geht's?"

Wahrscheinlich hatte Jupp in Alpträumen öfter vor solch einem Besuch gestanden. Oder dachte er bereits an seine verschlampten Eimer? Er schien mir schicksalsergeben und seine Führerrolle bei seinem Rentnertrio schon im Entree abgegeben zu haben.

Der mir bereits vertraute Langhaardackel lag zwischen dem Sitzmobiliar im abgedunkelten, angenehm kühlen Zimmer und bewegte zu meiner Begrüßung – oder es war der Dank für das Kaugummi – ein Ohr. Jupp war da munterer. Er ging mir mit der Nase bis zur Brusttasche und schien immer kleiner zu werden. Der Sessel, in den er sich drückte, war eindeutig zu groß für ihn. Wie eine Spielzeugpuppe aus dem falschen Puppenhausprogramm. Jupp war mir unsympathisch. Ich wußte zu viel von diesem sauberen Kleinstadtbürschchen.

„Also, wir haben das Zeug. Sie sollten übrigens Haus und Garage abschließen, auch wenn Sie nur für zwei, drei Stunden um die Ecke feiern gehen. Ich will es kurz machen. Sie sagen mir, wohin Sie und Ihre Kumpels liefern, und Sie sind für den Rest Ihrer paar Jahre endlich die für Sie viel zu gefährliche Schwarzarbeit los. Also?"

Jupp guckte spitz. Er schien zu überlegen, in welche Richtung er mich stecken sollte. Ich spielte mit dem Autoschlüssel, indem ich ihn in die hohle Hand schlug. Heute war meine Spieletag, und dieses Spiel war auch nicht schlecht.

„Ich weiß nicht, was Sie wollen. Ich verstehe nicht …"

Jupp begann, mich zu testen. Ich erhob mich und trat auf ihn zu. Das Kerlchen mußte unter Dampf gehalten werden.

„Quatschen Sie nicht! Wenn Sie mir ohne Mucken alles sagen, können Sie sich die schlimmsten Unannehmlichkeiten wegen der verschwundenen Eimer sparen. Zeit ist Geld. Ich kann auch anders! Also?“

Jupp begriff durchaus augenblicklich. Er mußte schlaflose Nächte wegen seiner kostbaren Wandfarbe gehabt haben. Schöpfte er Hoffnungen oder kroch in ihm die nackte Angst hoch?

„Wenn ich wüßte, was Sie …“

Ich hob Jupp, der auch körperlich kaum über Gewicht verfügte, aus dem Sessel, setzte ihn auf die Kacheln des rustikalen Couchtisches und hielt ihn am Kragen.

„Ich hab wirklich keine Zeit, Herr Rensinghoff. Also an wen liefern Sie das Zeug?“

„Mein Gott. Ja, natürlich. Warten Sie! Ich liefere immer an, also zu …, wenn ich …“

Da ging die Terrassentür. Eine Stimme, die ich mir augenblicklich als exakt die der Kamm- und Apfelverkäuferin bei Schneewittchen vorstellte, rief was von „Mensch, so’n Andrang bei Lidl“ und „de Kisten laß ich in Auto!“ Dann fing es an zu klappern und zu bollern. Ich griff fester zu.

„Machen Sie sich keine Hoffnungen! Ihre Frau wüßte sicherlich auch gern was über das ‚Si‘, nicht wahr?“

Die letzten zwei Worte waren im falschen Ton. Ich lebte mich aber ein.

„Also, zack-zack jetzt, sonst …“

„Ich, also wir, ich bringe die Sachen immer am Dienstagabend danach weg. Ich bin ja nur alle sechs Wochen dran.“

„Wann genau? Wo genau? Wie? Mensch, legen Sie los, sonst …“

Ich übte das Raunen und den Ansatz eines Würgegriffs, während in der Küche und auf der Kellertreppe der Teufel los war. Frau Rensinghoff liebte das geräuschvolle Arbeiten und lieferte zwischendrin Erklärungen: „Hätt’ ich doch de Äppel gleich mit in Keller …“ oder: „Jupp, dat Hakle-feucht is wieder auf’m Klo.“

Jupp legte endlich ebenfalls los, angespitzt durch das Vorbild seiner Gattin. Wahrscheinlich rechnete er sich nun aus, so aus der Affäre mit den verschwundenen Eimern herauszukommen.

„Immer neunzehn Uhr. Auf der Straße zwischen Gescher und Reken, wo man kilometerweit in beide Richtungen sehen kann. An der Bushaltestelle, bei dem Motorradtreff."

„Und an wen?"

„Letzte Zeit immer an einen mit vorne Stoppelhaaren und hinten lang. Kurt, also mein ..." – Jupp unterbrach sich, und ich kannte endlich den Vornamen von „Nummer Drei" – „... der meinte, der spielt in einer Band. Er hat ihn auf einem Plakat erkannt und mit ihm auch mal gesprochen, als er schlecht drauf war und auf den Stoff wartete. Der kommt immer mit unterschiedlichen Autos. Wahrscheinlich Leihwagen."

„Wie heißt die Band?"

„Ich kann kein Englisch. Ich hab was von ‚Doppelfischen' verstanden."

„Und wohin liefert der?"

„Keine Ahnung. Wirklich. Bei uns weiß ja keiner was vom anderen. Wissen Se ja selbst."

Jupp schätzte mich also wie geplant ein. Ich gab seinem Hals nur das Nötigste. Jupp schwitzte.

„Wie liefern Sie? Im Eimer?"

„Nee, im Paket. Schön sauber gemacht."

Der Alte tat mir leid. Er mußte die ganze Schweinearbeit hinter dem Rücken seiner umtriebigen Frau machen. Und ohne eine weiße Farbspur zu hinterlassen!

„Und die Bezahlung?"

„Wir? Im ‚Si', da ..."

Zu genau wollte ich die Art dieser Bezahlung gar nicht wissen. Ich hätte lachen oder weinen müssen.

„Schon gut. Ich meine die Bezahlung der Ware."

„Keine Ahnung. Hatten wir nie was mit zu tun."

„Sonst noch was Wichtiges? Denk gut nach, Alterchen! Ich komme nicht gern nochmal zu Besuch!"

Der Alte schwitzte immer doller am Kragen, und meine Finger waren ölig davon.

„Also, sonst noch was?"

„Sonst nichts."

Jetzt mußte ich mich noch einmal für den Generalangriff zusammenreißen, faßte jedoch Jupp statt am Hals an den Schultern. Ich hielt den Schweiß nicht mehr aus.

„Und wer war der Dämlack, der diesem jungen Kerl vor vier Wochen den goldenen Schuß gesetzt hat? Na?"

„Wer das war? Also ..."

Ich krallte meine Finger hinter sein Schlüsselbein. Jupp jammerte los.

„Also?"

„Also – der, der Stoff – der kam vielleicht von uns. Aber so eine Dosis wirkt mal so mal so."

„Wer es war, hab ich dich gefragt."

Endlich hatte ich das Siezen weggekriegt. Das paßte nicht zur Rolle. Ich wurde schmerzhafter, Jupp japste.

„Ich, ich hab's auch nur gehört ..."

„Und? Los, Mann!"

„Dieser Musiker, der mir die Sachen abnimmt, nimmt selbst das Zeug, wahrscheinlich ist das sein Anteil. Mein Kollege meint, an dem Dienstag vor vier Wochen hätte der so einen kaputten Eindruck gemacht und herumgejammert, alles sei Scheiße. Jetzt würde er die Pfoten davonlassen. Am nächsten Tag stand es dann in der Zeitung von der Überdosis."

Jupp schien geradezu erleichtert. Als wenn sein Gerede und mein Griff ihm Absolution und Buße in einem wären.

„Beschreib den Kerl genauer! Komm schon!"

„Lang und dünn, vielleicht knapp über Zwanzig, wenn man von seinem Gesichtsalter fünf Jahre abzieht. Und immer in Lederhosen mit solchen Schnüren an den Seiten."

Ich lockerte meinen Griff. Mir taten die Finger weh.

„Und wie sind ..., also bist du an den Job rangekommen?"

Jetzt ließ ich Jupp los und wies auf seinen Riesensessel. Er setzte sich dahin und wirkte noch mickriger als vorher. Seine Beine kamen kaum bis zum Boden. Ich blieb vor ihm stehen.

„Und?"

„Im ‚Si' haben uns zwei angesprochen, als wir das erste Mal ... also ... vor – acht Jahren, zum Sechzigsten von Herm ..., also der wollte damals mal endlich so richtig einen drauf machen. Irgendwer hatte unser Geld geklaut, aus der Jacke. Und da haben die, weil – wir konnten ja nicht zahlen“ – ich mußte über den alten Trick grinsen – „die haben uns den Vorschlag gemacht von diesen Fahrten … Alte Leute würden nie gefilzt. Stimmte auch.“

Ich sah ihn zorniger an, als meine Rolle es zuließ. Da stiegen die Reste des Pädagogen in mir hoch. Jupp merkte nichts davon, während er sein Schmuddelleben bewältigte, und entschuldigte sich sogar:

„Sonst hätten es andere gemacht.“

Ich wurde sauer und deutlich.

„Ja, wie wir jetzt! Du läßt das in Zukunft uns machen. Und klär das mit deinen Kollegen: Ist nichts für alte Leutchen! Und noch was: Kannst du dich an den Ersoffenen in der Zeitung vor zehn Tagen erinnern?“

Jupp überlegte nicht lange:

„Ja.“

„Weißt du was darüber?“

„Nee.“

Ich beugte mich über ihn und stützte meine Arme auf die Lehne hoch über ihm.

„Wenn du schwindelst, Kerlchen, kriegen wir das raus und hängen dich hier wie nasses Klopapier über die Lehne! Also noch mal: Weißt du was darüber?“

Jupp war weiß im Gesicht und sah zu mir hoch.

„Nee, wirklich nicht.“

Ich richtete mich wieder auf. Das Treiben in Keller und Küche ebbte ab. Die Dame des Hauses mußte uns jetzt hören.

„Ich bin ein Sportsfreund, klar?“

Ich setzte mich auf das Rustikalsofa. Ein hartes Teil, auf dem man saß wie eine Tomate auf einem Tablett. Da guckte Jupps Gattin auch schon rein.

„Ach, Besuch!“

„Ein Sportsfreund vom Schwarz-Weiß, Elli.“

Ich nickte nur, stellte mich aber nicht vor. Elli wartete wohl drauf. Dann:

„Hast du ihm nichts angeboten?“

Ich beeilte mich:
„Doch, doch. Aber danke, vielen Dank!“
„Wenigstens ein Wasser bei der Affenhitze!“
„Nein, wirklich.“
„Dann geh ich ebend die Betten machen.“
Elli verschwand wieder, ließ die Tür aber auf. Ich winkte mit dem Kopf. Jupp sprang auf und schloß sie leise. Der Mann wurde immer kooperativer. Sein Gesicht bekam ein sanfteres Profil, und er hörte mit dem Schwitzen auf. Ich blieb wie ein netter Besuch sitzen. Falls wir nochmal gestört würden.
„Wie läuft die Verbindung in Holland? Immer an diesem Baumarkt?“
„Seit drei, vier Jahren, ja. Wir rufen im Baumarkt eine Nummer an und geben unser Autokennzeichen und den Standort an. Und dann kommen die und stellen uns das Zeug in den Kofferraum.“
Jupp schrieb mir ohne zu zögern die Telefonnummer auf.
„Und was war mit Rainer Schürmann?“
Ich hatte mich die ganze Zeit gefragt, ob Jupp mich wiedererkennen würde. Wir hatten uns ja vor dem Vereinhaus bereits gesehen. Aber Jupp hatte nicht den Anschein gemacht. Jetzt sah er mich musternd an. Es trat eine Pause ein.
„Na, was war? Wir wollen alles wissen!“
„Der Rainer braucht die Pillen. Das ist sonst ’ne arme Sau. Der kann ohne die das Tempo nicht die erste Halbzeit halten.“
„Amphetamine?
„Zuerst nur Ephedrin.“
„Wer hat ihm das angeboten?“
Jupp stockte. Das Thema brach in sein gerade freigespültes Gewissen wie eine neue Verstopfung ein.
„Er kam damit, als er eine Krise hatte und fast schlapp gemacht hätte. Liebesgeschichten und Job. Nichts lief mehr. Irgendwann kam er zu Hermann. Der war damals Mannschaftsbetreuer. Dann brauchte er das Zeug dauernd und kam dann auf Captagon.“
„Und wie kommt ihr an die Pillen? Nehmt ihr euch was raus aus den Lieferungen?“

„Nee. Die sind vorher längst abgepackt. Wir bestellen ab und zu am Baumarkt telefonisch eine Kleinigkeit dazu. Das geht bis zu einer gewissen Menge so durch. Die Pillen legen die uns auf den linken Hinterreifen, wenn sie die Eimer reinstellen. Wir tragen ja sowieso das Zollrisiko."

Ich hatte nichts davon bemerkt. Aber vielleicht war gestern auch nichts bestellt worden.

„Und Kalle Grotthoff?"

Jupp sah überrascht aus, als wollte er sagen: Sie wissen aber auch alles!

„Kalle? Den hat Hermann damals auch bedient. So ähnlich wie bei Rainer. Krise: Familie, Job. Ist aber schon sechs Jahre her."

„Sieben Jahre. Und ihr seid seit acht Jahren im Geschäft und vergiftet den halben Verein, was?"

„Wir sind nichts Besonderes. Gucken Sie sich Thomas Ernst an …"

Ich sah ihn fragend an.

„Na, der Torhüter von Bochum. Auch Ephedrin. Und ist nicht mal ein Feldspieler! Wenn der Teamarzt sagt, daß ihm leider die Doping-Bestimmungen entfallen sind, lacht unsereins. In kleinen Clubs geht das eben über Ehrenamtliche." Ich mußte mich schütteln. „Ehrenamtliche!" Ich bin sprachlich sensibel. „Und Amphetamine sind nur Super-Ephedrin. Soll man die Jungs hängen lassen? Die haben doch nichts anderes als den Verein! Und in so 'ner Krise schon gar nichts anderes!"

Jupp schien es egal zu sein, wen er vor sich hatte. Er ließ all die Entschuldigungssprüche los, die sich die drei Rentner wahrscheinlich regelmäßig um die Ohren geschlagen hatten, um sich abzuhärten. Schließlich hatten ja ihre erotischen Spezialtouren auf dem Spiel gestanden! Damit war jetzt Schluß. Und trotzdem schien Jupp da vor mir in seinem Sessel ganz gute Laune zu haben. Die Erleichterung über das Ende seiner Dienstfahrten überwog offenbar. Ich sah ihn kalt an. Ich mußte das Spiel wieder aufnehmen.

„Hör mal, Bürschchen. Es ist mir so was von scheißegal, warum ihr das macht. Jetzt übernehmen wir. Wenn das nicht läuft, gibt's Haue. Wir werden uns noch melden, wie und wann ihr die Kunden an uns weiterreicht. Die Tour heute abend jedenfalls kannst du dir schon sparen."

Da stand plötzlich Elli in der Tür. Sie hatte leise geöffnet. Ich fuhr herum, als sie ertönte.

„Ach, dann bist du ja heute abend zu Hause! Da läuft ja die ‚Versteckte Kamera' mit dem Ohrner. Das ist immer so schön! Und dann trink doch wenigstens was. Bei der Hitze! Du weißt schon!"

Jupp guckte verspannt und schloß die Tür hinter seiner Elli wieder. Ich stand auf, stieg über den Wachhund und begegnete Jupp, als er sich drehte.

„Das war's. Oder doch noch was Wichtiges vergessen? Ich frage nur wegen deiner Gesundheit, Opa!"

„Nein, nein", kam die schnelle Antwort.

Ich schob mich eilig aus dem Hausflur. Draußen atmete ich durch und drehte mir eine. Ich dachte an Robert Mitchum. Der hatte auch viel Mist spielen müssen. Freiwillig tut man so was nicht.

Mein Kabrio hatte ich um drei Ecken geparkt. Hinter der ersten Ecke nahm ich meine Sonnenbrille ab und hätte sie am liebsten in den Gulli geworfen. Aber ich mußte bei klarem Verstand bleiben und durchgehen, was im ‚Grass' festzuhalten war. Das war eine Menge. Und eben das war ein Erfolg.

Die Mittagszeit nutzte ich für die Pflege meiner lieben „Tumatln", wie sie in ihrer Heimat genannt werden. Besonders meiner neuen Sorte „Tiny Timm Sperling's Mini", einer kirschgroßen Spaliertomate, die wie Trauben an langen Rispen wachsen. Herrlicher Anblick! Sie gedieh prächtig! In bester Laune aß ich eine Leichtigkeit, mein Mittagsschläfchen brachte die verdiente Erholung, der Kaffee die nötige Frische.

Da klingelte das Telefon. Marga!

„Jetzt reicht's, Marga! Sie machen doch sonst auch gerne mal Pause von den Paukern. Sogar zwischendurch! Hören Sie gut zu: Wenn Sie mich auch nur noch einmal stören, bevor meine verdienten Ferien vorbei sind, schmeiße ich den Krempel hin!" Dann fiel mir ein: „Außerdem bin ich krankgeschrieben. Mir geht's nicht so gut."

„Ja, ja, Tschuldigung. Echt, Herr Pfühl! Aber Sie müssen die Kerle sofort abliefern, wenn Sie irgendeinen haben. Das haben Sie mir versprochen!“

„Bitte? Ja, natürlich. Was soll das, Marga?“

„Wirklich!“

Eine Pause trat ein. Ungewöhnlich bei Marga. Dann:

„Herr Pfühl. Sie müssen nämlich wissen, daß ich Ihre Zahnbürste habe.“

„Was? Was haben Sie?“

„Ja, Ihre Zahnbürste vom Gäste-WC. Die hab ich.“

Ich habe da immer eine Zahnbürste deponiert, damit ich nach dem Mittagessen nicht nach oben muß. Die Zahnbürste hatte ich nicht vermißt. Frau Brinkmann wirft schon mal eine weg, wenn sie sie abgelaufen findet. Ich stelle dann aus meinem Bürsten-Depot eine neue hin. Das läuft seit Jahren so, und ich hatte mir nichts dabei gedacht.

„Und warum, verdammt, hast du die geklaut? Marga, raus mit der Sprache!“

Langsam verlor ich meine Kontrolle. Dieses Duzen war das deutliche Zeichen.

„Na, ja. Ich dachte mir in der Nacht damals, daß Sie vielleicht nicht so rangehen, wie ich das nötig finde. Und da hab ich mir als kleines Druckmittel ...“

„Erpressung ist das. Miese Erpressung! Das lasse ich nicht mit mir machen!“

Ich glaube, ich schrie ins Telefon. Meine alten Erinnerungen meldeten sich mit Wucht. Du hängst schon wieder drin! Gegen so eine Zahnbürste hat man im Zweifelsfall keine Chance. Zahnbürsten sind so beweiskräftig wie angetrocknete Präsidentenflecken am Kleidchen. Ich war außer mir, rannte mit dem Schnurlosen im Wohnzimmer herum und ließ böseste Drohungen los. Marga schwieg unbeeindruckt. Dann schließlich:

„Sie gehen noch heute zur Polente, Herr Pfühl! Dann schmeiße ich die Zahnbürste weg. Versprochen. Aber noch heute! Jetzt gleich! Ich weiß, daß Sie schon ein paar Dealer haben!“

„Marga! Mensch! Spinnst du? Was soll das? Ich fasse es nicht. Ich hab doch nur kleine Fische, die entscheidenden Figuren habe ich noch gar nicht ge…“

Da knackte es. Marga hatte aufgelegt. Aus Spiel war Ernst geworden. Der Frosch, der damals „Schönes Wetter!“ gequakt hatte, war abgestürzt. Mir war zum Schülerprügeln. Aber wenn man mal einen braucht, ist keiner zur Verfügung.

Natürlich fuhr ich nicht zur Polizei – da kriegen mich seit meiner wilden Studentenzeit keine elf Pferde hin. Ich fuhr zu Frau Brinkmann alias Gertrud und bat sie, Marga zu beobachten. Irgendwie mußte das Mädchen es ja anstellen, über meine Aktivitäten auf dem Laufenden zu sein. Ich gab Gertrud die Adresse von Marga Anders. Vorher sollte sie den Weg von mir zur Polizei abfahren, um nach Marga Ausschau zu halten. Meine Beschreibung war klar, deutlich und wenig schmeichelhaft.

„Die finde ich unter hundertausend heraus, Pepa.“

„Vielleicht sitzt sie auch im Golf ihres Vaters.“

„Ich werde die Göre schon aufstöbern. Keine Angst. Endlich kommt Leben ins Leben!“

Gertrud war nicht mehr zu halten und hatte schon den Autoschlüssel aus der Handtasche gekramt. Doch zog sich ihr Aufbruch hin. Im Flur stehend fingen wir noch eine Unterhaltung über Motive und Charakter meiner Schülerin an. Gertrud war nicht zimperlich.

„Die Zahnbürste können Sie vergessen. Machen Sie sich da mal keine Sorgen drüber. Aber diese Marga ist trotzdem ein Biest und will Sie zu was benutzen. Das kann gefährlich werden. Ich trau der nicht.“

Ich fand das übertrieben und sah hinter so einer Diagnose eher Gertruds Wunsch nach prallem Leben. Ich kannte Marga und wußte, wie sprunghaft sie war. Der Tod ihres einzigen – leider wahrscheinlich wirklich einzigen – Freundes im Leben machte sie rücksichtslos und unberechenbar. Sie hielt die Welt nicht mehr aus und brauchte ein Ventil: Rache. Nicht in zwei Monaten, sondern jetzt gleich. Da würde sie über Leichen und Lehrer gehen. Das war mir klar. Aber im Grunde war sie sensibel und idealistisch, nur darin furchtbar und zum erstenmal im Leben verletzt. Gertrud mußte das natürlich anders sehen. Sie war kein Pädagoge, sondern Haus- und Lebefrau. Da sieht man Probleme anders.

Unser Aufbruch stockte ein zweites Mal, weil Gertrud dann plötzlich alles über meinen Auftritt bei Jupp Rensinghoff wissen wollte. Ich erzählte gern. Gertrud zwinkerte mir zu, fand mich gut. Ich mich auch. Das konnte ich nach diesem katastrophalen Telefonat mit dem Teenager gebrauchen. Langsam kam wieder Ordnung in meinen Seelenhaushalt, und ich berichtete von der Dienstagabenddealerei auf plattem Land. Gertrud wurde plötzlich besorgt.

„Pepa, das kann gefährlich werden. Diese Kerle sichern sich garantiert ab, wenn sie zu solchen Treffs kommen."

Sie faßte mich am Arm. Ich fühlte mich wie der Krieger am Tipi-Ausgang – bemalt und stolzgeschwellt, seine tränenaufgelöste Squaw – oder war's die Mutter? – beruhigend.

„Das wird harmlos werden. Sie werden sehen, Gertrud. Diese Süchtigen sind keine von der eiskalten Sorte."

Gertrud griff auf die Hutablage der Garderobe und zog unter einem knatschgrünen Ding, das eher einem Abtropfsieb als einem Hut glich, meine Pistole hervor.

„Das Magazin haben Sie ja noch. Tun Sie mir den Gefallen und stecken Sie sich das hintern Gürtel – über die Pobacken."

Gertrud lächelte einschlägig dazu.

„Bitte, Pepa!"

Sie übergab mir das Schießeisen mit Gefühl und ließ nur ungern von meiner Hand ab. Ich lächelte zurück und fand das Leben wieder zu schaffen. Gertrud war eine wirkliche Perle. Rundherum! Daß ich das bisher übersehen hatte!

„Gut, ich nehme sie mit. Weil Sie's sind."

„Danke", sagte sie, halb hauchte sie es.

Dann trennten wir uns. Ich war über den Berg.

7

Das Problem war wieder mein kleiner Roter. Er fällt zu sehr auf. Also parkte ich ihn am Motorradtreff, steckte mir die Pistole an die Stelle in den Gürtel, wo Gertrud es gut fand, und marschierte sonnenbebrillt in Richtung Bushaltestelle. Die Abendsonne schien mir auf die Stirn. Ein ziemlich detaillierter Plan bewegte sich in meinem Kopf. Wieder ein Spiel. Spieletag eben.

Schon von weitem sah man den armen Teufel. Dürr und länglich. Ein Don Quijote der Junkieszene. Die Haare wie ein Reiserbesen: vorne kurz, hinten lang. Der lange, magere Schatten der abendlichen Sonne an der häßlichen Wand der Haltestelle spottete seiner nicht.

Ruhig stellte ich mich neben ihn und begann mir eine zu drehen. Als wenn ich auf den Bus wartete. Unweit stand ein dunkler Escort. Nicht nur die Gestalt, auch das Gesicht des armen Kerls hatte was von Hänsels vermeintlichem Finger, der nicht fetter werden wollte.

Gegen Viertel nach sieben hielt er es nicht mehr aus. Er hatte auf den Busfahrplan gesehen und bemerkt, daß ich als Fahrgast um diese Zeit nicht durchging. Auf dem Land fahren die Busse zum Schulbeginn oder wenn in Bonn eine Bauerndemo ist.

„Also, schieß los! Du willst doch was."

Die Stimme meines Edlen de la Mancha klang nach einer langen Dürre.

„Ich, nee. Ich warte hier auf den Bus. Aber Sie warten wohl auf was anderes. Freundin oder ADAC?"

Ich wies auf den Escort. Er reagierte prompt auf diese Anmache, ließ mich stehen, ging seinem Gefährt zu und setzte sich rein. Dann ließ er den Motor an, sah zu mir herüber und wartete eine knappe Minute. Schließlich stellte er den Wagen wieder ab und stieg aus.

Als er mit seinem klapprigen Schatten wieder neben mir stand, wurde er deutlicher.

„Los, rede schon, wenn was ist!"

„Auf wen warten Sie denn?"

„Auf ein älteres Modell."

„Mit ein, zwei Päckchen vielleicht?"

„Sicher sogar."

Plötzlich hatte ich was dünnes Hartes in der Seite. Ich hatte ihn unterschätzt. Deshalb dieser theatralische Gang zum Wagen! Nun kriegte ich meine Unvorsichtigkeit zu spüren. Gute Gertrud! Wie recht sie hatte!

„Was willst du hier? Raus mit der Sprache!"

„Ich wollte Sie treffen."

Ich blieb höflich und korrekt, wie es meine Art ist, und sah in die Eidottersonne.

„Und warum?"

„Wegen der ein, zwei Päckchen. Sind Sie dran interessiert?"

Er sah um meine Figur herum. Ich trug nur ein dünnes Hemd mit Weste.

„Wo sind sie? Warum bist du hier und nicht ...?"

„... einer von den harmlosen alten Knackern?"

„Und?"

„Die drei sind einfach zu alt. Wir haben ihnen angeraten, in Rente zu gehen. Man hat ja Fürsorgepflichten. Und wenn Sie hier das Ding nicht bald wegnehmen, machen wir für Sie hinterdrein den Vorruhestand fertig." Mein Gott! Wenn mich Sonja oder Helmut oder Gertrud so hören könnten! Ich redete absolut ruhig und war meiner Sache vollkommen sicher. Der Junkie war eine Schlange. Aber was konnte er tun? Er mußte liefern, nicht ich. Und ich hatte das Zeug nicht dabei. Das hatte er längst gemerkt.

Der arme Mensch bekam eine immer fahlere Gesichtsfarbe. Der Gilp. Typisch. Endlich steckte er seine Waffe weg und grinste, als er meine Überraschung bemerkte.

„Das ist kein Kugelschreiber. Kugel schon, Schreiber nicht. Probier's nicht aus! Täte mir leid um deine Wohlstandsfigur."

Er steckte das Ding in seine enge Lederhose und fummelte darin nervös herum.

„So ist schon besser reden. Wenn Sie die Hand etwas ruhiger hielten, hätten wir beide was davon."

„Mensch! Zieh hier keine Show ab! Was willste eigentlich?"

„Ich will Ihnen das Zeug abliefern. Heute und in Zukunft. Unsere Ware, eure Kunden. Sie verstehen. Dazu brauchen wir allerdings Ihren guten Willen – und Ihre ruhige Hand. Sie sollen Ihren Anteil zum Drücken weiter haben. Ist doch klar!“

Ein Flackern lief durch dieses dünne Hemd, das die Sonne wie zum Abschied durchleuchtete.

„Also: Interesse?“

Er atmete rasselnd durch und sah seine Lage ein.

„Interesse!“

„Gut, dann lassen Sie uns den Weg da langgehen. Im Gehen denkt’s sich leichter. Wußte schon der alte Aristoteles. Ich bin keiner von den Primitiven. Die kotzen mich an. Ich bin für die kaufmännische Art.“

„Okay.“

Er schloß seinen Wagen ab und folgte meinem freundlichen Vorschlag. Wir bogen in einen Weg ein, der direkt in die Abendsonne führte. Von hinten mußten wir wie ein romantisches Pärchen wirken. Mein Begleiter hustete einige Male, wischte sich ab und zu über den Mund und schien doch noch mit sich zu ringen. Aber er hatte keine Wahl. An einem Hinweisschild für die Pättkesfahrer unterbrach ich seinen einsamen Kampf und half ihm.

„Wohin liefern Sie?“

Er blieb stehen und sah in die Sonne, die ihm das Gesicht zu durchstrahlen schien.

„An eine Disco.“

„Genauer!“

„Ans ‚Tonwerk‘.“

„Und? Wie geht das so vor sich?“

Wir setzten uns wieder in Bewegung.

„Ich stelle meinen Wagen da am Parkplatz ab, rufe den Dealer an, gebe ihm meine Autonummer durch und so und lege den Schlüssel auf den rechten Vorderreifen. Das ist mein ganzer Job.“

Die Methode kannte ich schon. Sie roch nach zentralem Konzept.

„Leihen Sie sich den Wagen selbst aus?“

„Nein. Eine Frau macht das und stellt mir die Kiste alle zwei Wochen pünktlich hin. Ich hab sie noch nie gesehen.“

„Wissen Sie, was dann an der Disco passiert?“

„Na, ja. Eigentlich nicht. Ich gehe dann immer für ein paar Stunden weg.“

„Ich brauche aber die Gewohnheiten der Szene hier, Mann! Wie sollen wir den Laden sonst ohne Lärm übernehmen? Denken Sie gut nach, sonst fliegen Sie aus der Reihe raus! Ich muß hier wohl für uns beide denken, was?“

Wieder lief ein Zucken durch seinen hageren Körper. Er brauchte das Gift. Wahrscheinlich auch Amphetamine, um überhaupt den Tag angehen zu können.

„Aber – ich meine … Ich hab schon mal … Der Dealer kommt, guckt hinten in den Wagen und verschwindet in die Disco. Nach einiger Zeit kommen ab und zu Leute raus, die aufschließen und das ein oder andere rausholen und wieder zuschließen.“

„Lieferung nach Bestellung, was? Setzen wir uns!“

Wir waren nicht weit von der Stelle entfernt, an der ich das eine Paket deponiert hatte. Die Bank war eine Spende der Volksbank Gescher. Das Sitzen mit einer P 1 zwischen den Arschbacken hat was Ungemütliches. Ich drehte mir eine. Die Sonne sah aus, als wollte sie mir Feuer geben.

„Wissen Sie, wer das Risiko hat?“

„Na, klar. Immer die, die das Zeug am Mann haben. Die Wasserträger in der Disco, ich und die Alten. Ist doch klar.“

„Uns liegt an zufriedenen Mitarbeitern. Wenn Sie für uns angenehm wirken, werden wir für Sie den Anteil erhöhen.“

Der Junkie sah mich an wie meine Kinder früher zu Weihnachten. Ich nickte verbindlich.

„Aber noch ein paar Infos, bitte! Ja?“

Ob er mich für einen Bullen hielt? Ein verkanteter Blick aus den Augenwinkeln. Kurze Pause. Dann:

„Okay.“

„Zuerst: Du hast Scheiße gebaut! Mit diesem jungen Kerl, der vor vier Wochen die Überdosis hatte. Wie ist das passiert? Das macht Aufsehen und ist ganz übel. Wir mögen uns nicht mit Stümpern rumärgern.“

„OD’s sind nie zu vermeiden. Nicht bei Janis und nicht bei Sid Vicious. Nicht bei Brian und nicht bei Billie Holiday.“

Ich nahm einen tiefen Zug und stieß in Ringen aus.

„Billie starb nicht an Overdose. Ist ’en dummes Gerücht. Ich will aber keine Leichenreden, sondern, daß solche Sachen nicht mehr vorkommen. Schafft die Leute dann hundert Kilometer weiter! Also, erzähl!“

Das Skelett neben mir wackelte unruhig. Ich wollte schon sagen: Brav, du kriegst ja gleich dein Freßchen, als er zu beichten begann:

„Ich hab damit nur indirekt, weil … Das war, also das war – na ja. Aber ich hab da nichts mit … Das war Igor, der … Na, ja, der hat eben mit dem Stoff dumm rumgemacht.“

Ich wurde hellhörig.

„Igor – ein Russe?“

„Ja, eine arme Sau im Grunde. Einer aus der Konkursmasse drüben. Der war süchtig drauf, andere anzufixen. Wie ein Blöder! Der legte es darauf an. Weiß der Geier, warum.“

Mein Partner schlingerte mit dem Kopf, als wollte er Schikanen in die Abendluft malen.

„Der war ein Schwein eigentlich. Aber dieser Junge, der Markus, – der, der … Verdammt, der war … auch kein schlechter Musiker.“

Neben mir auf der Bank wurden zwei Augen feucht. Man schniefte zu dem Todesfall. Rührend.

„War der auch in eurer Kapelle? Wie heißt ihr noch?“

Daß ich einiges und noch mehr über die lokale Szene wußte, machte ihn nicht ruhiger.

„Double Vision. Wie das Stück von den ‚Foreigner‘. Nee, der Markus war nur ab und zu bei den Proben und danach, wenn …“

„Wenn …?“

Ein Fahrradfahrer fuhr mit seinem Köter vorbei. Ein massiger Typ mit kurzbeinigem Vieh. Ein unfairer Ausflug! Ich trat meine Zigarette aus.

„Wenn …?“

„Wenn … Na, ja. Danach eben. Da hat der Markus meist nur Gras geraucht. Aber Igor hat ihn rumgekriegt.“

„Und dann zum Güterbahnhof geschafft?“

„Ja, der Igor, das Schwein!“

„Schwein“ kam mir nun bekannt vor. Ich dachte an Marga. War das derselbe Russe, der ertrunken war? Wahrscheinlich. Dann war der Fall damit abgeschlossen. Ich konnte Marga erzählen, das „Schwein“, das ihren Markus auf dem Gewissen hatte, sei verrückterweise der Tote aus der Zeitung, mit der sie mich zuerst rumgekriegt hatte. Komisch war das alles schon. Ich wunderte mich, daß ich nicht vor Freude in die Luft sprang. Das mußte an der heiklen Situation liegen, in der ich mich gerade befand.

Mein Nachbar wackelte immer nervöser.

„Immer mit der Ruhe! Wir sind ganz nahe an deinem Stoff. Ich hab ihn hier verbuddelt.“

„Wo? Mensch, wo?“

„Langsam, langsam. War dieser Igor vielleicht der Mann, der ertrunken ist?“

„Ja, ja. Wo liegt das Zeug versteckt?“

Der Bursche begann zu schwitzen wie Jupp heute morgen. Plötzlich drehte er sich nach allen Seiten um, sprang auf und hatte schon wieder diese Waffe auf mich gerichtet. Etwas länger und schmaler als ein normaler Kugelschreiber. Eher wie ein Filzstift.

„Los! Jetzt war’s genug! Jetzt her mit dem Zeug!“

„Ja, ja. Keine Panik! Da drüben. Komm mit!“

„Du gehst vor. Los!“

Ein Kind oder sonst wer hatte einen Stock an den Stamm der Birke neben der Bank gelehnt. Ehe er es bei der niedrigen Sonne gemerkt hatte, war ich herumgefahren, und hatte ihm mit dem Stock die Waffe aus der Hand geschlagen. Im Golfspiel komme ich an König Monty mit seinen berühmten Eisen-7-Schlägen nicht ran. Aber es reichte bei dem Hemd hier allemal mit meiner Rasensportkunst. Ich bückte mich schnell, hob sein Gerät auf und steckte es an meine Brusttasche.

„Danke! Behalte ich mir als Souvenir für diesen erquickenden Abendspaziergang. Schreibt der eigentlich auch?“

Keine Antwort. Die Panik fuhr über dem Gesicht des armen Jungen hin und her. Meine Frage war zu viel für ihn. Ich winkte ihm.

„Hier. Das hat der Osterhase versteckt. Spannend, nicht? Die andere Hälfte telefonisch. Gib mir deine Nummer und Adresse. Komm schon!“

Es war das Paket aus meinem Staubsaugerbeutel. Ich hatte es vom Sägemehl gereinigt und vor dem Treffen unter einem Haufen von abgemähten Brennesseln im Straßengraben versteckt.

Noch immer stand ihm der Mund offen. Er hatte schiefe und schlechte Zähne. Nach seiner dämlichen Aktion hatte er eine Tracht Prügel erwartet. Damit, daß ich ungerührt freundlich zu ihm blieb, war er reichlich überfordert. Plötzlich aber schnappte er nach der Plastiktüte und sprudelte nach einem gierigen Blick hinein einige Namen und Zahlen hervor. Er heiße Ulli Wolters und wohne in Billerbeck.

Den Weg zurück trug er die Tüte im Arm wie einen Säugling mit vollen Windeln. Er beschleunigte den Schritt ständig. An seinem Wagen tat ich, als würden wir uns an der Disco wiedersehen und verabschiedete mich kurz, aber verbindlich. Seine Abfahrt war eine mit durchdrehenden Reifen und staubigem Nachlaß. So sind die Junkies, wenn sie müssen.

Gut gelaunt fuhr ich zu Gertrud. Obwohl Marga zu einer realen Bedrohung avanciert war und ich noch vor wenigen Stunden in Panik gestanden hatte, hielt ich nunmehr alles für halb so wild. Gertrud hatte mich beruhigt, und ich erwartete von ihr die Lösung. Meine Mitarbeiterin war zu Hause und saß auf der Terrasse zwischen Terrakottatöpfen und -plastiken. Irgendwo dazwischen hielt eine Bande von glasierten Gartenzwergen ihre kitschigen Rotnasen und -bäckchen in die Terrassenbeleuchtung.

„Und?“

„Selber und. Zuerst Sie, Pepa.“

Es machte mir Vergnügen, mein Theaterstück zu erzählen. Gertrud warf ein „Seh’n Se“ ein, als ich zum Kugelschreiber an meiner Hüfte kam und ihr das Gerät zeigte. Sie bewunderte es wenig respektvoll, lachte und holte, während ich weitererzählte, ein zweites Glas und schenkte auch mir vom Cidre ein. Nicht der billigste, aber zu süß. Ich nippte höflich. Bei „Igor“ stürzte sie ein halbes Glas auf ex hinunter, bei meiner Golf-Einlage sprang sie auf und küßte mich auf die Backe – wie eine Weinkönigin.

„Pepa, den haben Sie verdient. Alle Achtung! Mit Ihnen läßt sich was in dieser Welt anfangen.“

Ich war geschmeichelt, ich hatte immerhin den Fall gelöst. Vor mir lagen die herrlichsten Ferien, die meine Kultusministerin zu bieten hatte. Meine Laune jedoch blieb gedämpft.

Ich hatte eine ungute Vorahnung. Baute Gertrud mich hier – ein bißchen zu übertrieben – auf, damit ich das aushielt, was danach kommen würde? Ich wollte es sofort wissen.

„Sie sind herzensgut, Gertrud. Aber jetzt müssen Sie erzählen."

Ich kippte ebenfalls auf ex, hatte vorher schon den Mund verzogen und schüttelte mich nachher.

„Herben habe ich leider nicht."

„Macht nichts. Erzählen Sie!"

Gertrud goß nach und holte eine neue Flasche. Mir wurde mulmig, und ich drehte mir eine – auch gegen die Süße des Getränks. Gertruds Zigarettenmarke lag neben dem Ascher: „Eve 120". Ein hübsches Blumenband zierte die überlange Schachtel. Unten las ich mit Anstrengung in großen Buchstaben: „Rauchen verursacht Krebs!" Das war Gertrud. Romantisch und illusionslos zugleich. Als sie zurückkam, machte sie alles umständlich, ja im Zeitlupentempo.

„Bitte, Gertrud. Raus damit! Behandeln Sie mich nicht wie eine Abiturientin nach dem Mündlichen!"

Sie steckte sich eine von ihren 120ern an und schoß endlich los.

„Auf dem Weg zur Polizei und an der Polizei war die auffällige junge Dame nicht aufzutreiben. Also bin ich zu dieser Webergasse gefahren. Keine schicke Gegend. Schadhafter Putz und so. Häßliche Plastikfenster neben altem Holz. Na ja. Nach einer Dreiviertelstunde kam Ihre Marga mit einem alten Golf aus dem Innenhof. Ihre wenig schmeichelhafte Beschreibung stimmte exakt. Ich bin hinter ihr her. Sie fuhr zum Hermann Löns-Weg. Da wohnt man um Etagen besser. Unter dem Straßennamen stellt man sich was Simpleres vor. Der sollte besser was mit ‚von' drin haben. ‚Hermann von Löns-Straße' wäre passender."

„Bitte, Gertrud. Ich bin wirklich keine Abiturientin, die schwach auf Brust und Hirn ist."

„Pardon, der Herr. Also. Sie parkte den Wagen neben einem Mercedes und verschwand in dem Haus Numero einundzwanzig. Nach zwanzig Minuten kam sie dann wieder raus und schob einen Rollstuhl vor sich her."

„Bitte?"

„Einen Rollstuhl. Beziehungsweise einen älteren Herrn. Ziemlich mitgenommen. Ein schiefer Mund beim Reden. Ich denke, halbseitig gelähmt. Irgend so etwas. Marga schob ihn bis zur Burg Angeleck."

„Bis zur Burg?"

„Ja, den ganzen Weg. Und zwar mit einer Hingabe im Gesicht, daß mir ganz anders wurde. Sie hielt zwischendurch an, zeigte auf Blumenbeete, begann Gespräche mit Passanten, lachte den alten Herrn an und führte mit ihm das herzlichste Gespräch."

„Ich werd verrückt!"

„Warum? Sie haben das Mädchen doch selbst als idealistisch, sentimental und so weiter beschrieben. Geborene Krankenschwester."

Gertrud drückte ihre lange Frauenmarke aus.

„Und dann?"

„Und dann ging's in die Burg, mitten ins Café. Ich machte es mir da nach einer Anstandspause ebenfalls gemütlich. Der Alte kriegte Milkshake mit Strohhalm, Marga ein Bananensplit-Eis mit Sahne, und ich habe einen Erdbeerboden …"

„Bitte, Gertrud!"

„Dann wurde es spannend. Ein Herr schaute durch die Tür. Blickkontakt mit Marga. Sie klopft dem Alten im Rollstuhl auf die Schulter und geht hinaus. Ich greife mir mein Täschchen und gehe ebenfalls raus – Richtung Toilette. Ich mußte sowieso. Marga steht da mit einem Kerl, der aussieht wie Lafontaine und …"

„Wie wer?"

„Lafontaine. Na, der Politiker."

Ich hatte meine Zigarette ohne einen weiteren Zug abbrennen lassen und klopfte den Aschestengel in den Ascher. Gertrud fuhr fort:

„Als ich mich vorbeischlängle, stockt ihre Unterhaltung. Marga hatte plötzlich einen überraschend harten Gesichtsausdruck. Und als ich zurückkomme, ist der Mann weg und Marga wieder bei ihrem Alten. Der hatte das Glas mittlerweile ausgetrunken. Mein Zahlen zog sich zäh hin. Als ich rauskam, war dieser Lafontaine mit seinem Eierkuchengesicht längst weg. Auch auf dem Parkplatz an der Auffahrt zur Burg war er nicht mehr."

Die Terrassenbeleuchtung entfaltete mit untergehender Sonne ihre ganze Kraft, und die Gipszwerge glänzten mit ihren lackierten Visagen und Schürzchen in unsere Zweisamkeit. Ich fand das provozierend und muß die Bagage zwischen dem irdenen Zeug ziemlich böse angestiert haben. Gertrud fiel es auf.

„Die sind noch von meinem Mann. Er liebte seine Zwerge wie Kinder und hat sie nach jedem Regen abgeduscht und poliert. Ich mache das heute noch aus Pietät."

„Was halten Sie davon, Gertrud?"

„Ich selbst mache mir nicht viel aus Gartenzwergen, aber ..."

Sie hob die Augenbrauen in meine stattliche Richtung, doch ich war zu nervös für Augenflirts.

„Ich bitte Sie, Gertrud. Ich meine doch Margas Verhalten."

„Ach so. Was mich beunruhigt, sind diese Extreme. Margas eiserne Miene vor diesem Mann – und dagegen diese unglaublich gefühlvolle Art mit ihrem Kranken im Rollstuhl. Das paßt zu dem, was ich von Ihnen gehört habe. Das war auch von jeder Seite was. Pepa, das ist kein Teeny, jedenfalls nicht nur."

Jetzt sah sie beinahe sorgenvoll aus. Die Cidre-Flasche war fast leer, und ich hatte ganz gegen meinen Geschmack auch was dazu beigetragen.

„Gertrud, so schlimm kann das nicht sein. Neunzehn Jahre! Was kann schon dahinterstecken?"

„Jetzt werden Sie mir naiv, Pepa! Aber so naiv sind Sie gar nicht. Sie sind so beunruhigt, daß Sie sogar Ihre Zigarette vergessen haben und das süße Zeug da trinken. Ich werde das Kindchen so oft beobachten, wie ich kann. Das macht mir nichts aus. Diese nudeldicke Dirn hat Verbindungen, die nicht von Pappe sind. Und was dieser Fixer Ihnen erzählt hat, glauben Sie doch selbst nicht! Auf Tote läßt sich bequem alles abschieben. Ich muß Sie schon bitten! Der Fall ist nicht abgeschlossen, sondern beginnt jetzt erst, lieber Herr Pfühl!"

Der Abend war dahin. Mein Tag hatte nicht geendet wie geplant. Als ich mein Kabrio in der Garage abgestellt hatte, saß ich noch einige

Zeit im Wagen, schrieb ein paar Zeilen in meinen ‚Grass' und mochte gar nicht ins Haus gehen. Fast wäre ich im Autositz eingeschlafen. So geschafft hatte mich plötzlich der Tag. War ich nun wirklich krank?

Ich schleppte mich irgendwann doch hinein, ließ das Zähneputzen, machte Katzenwäsche und haute mich in Boxershorts ins Bett. Den Kugelschreiber und die P 1 legte ich unter die Taschentücher ins Nachtschränkchen. Bei offenem Fenster schlief ich rasch ein. Trotz der Hitze. Trotz meiner Gedanken. Und trotz des Vollmondes.

Gegen zwei Uhr fuhr ich plötzlich hoch. Ein Knall war durch das halboffene Fenster gefahren, als wenn der Froschkönig die Goldkugel durch die Scheibe geworfen hätte. Augenblicklich stand ich kerzengerade neben meinem Bett, brauchte ein paar Sekunden, sah, daß das Fenster heile war und raste die Treppe hinunter. Es war mir klar, daß der Knall aus dem Garten gekommen war. Ich schnappte mir die Taschenlampe, fuhr in die Sandalen und rannte in den Garten. Das Licht des Mondes fiel wie ein Scheinwerfer auf die Erde.

Ich stieg den Wall hinauf und sah das Malheur: mein Treibhaus! Ein riesiges Loch im Glasdach!

Als ich hineinleuchtete, entdeckte ich sofort die Platte. Eine Betonplatte, wie man sie auch als Trittstein im Garten verwendet. Das Isolierglas sah aus wie von einer Rakete durchschlagen. Am Rahmen war das Lüftungsfenster getroffen. Die gesamte Gerüstkonstruktion aus Alu-Profilen war verzogen. Einige Scheiben hatten Risse. Die Schattiervorhänge waren mitsamt dem Ventilator vollkommen heruntergerissen, eine Auflageplatte aus der Verankerung gebrochen, eine Spezial-Leuchtstofflampe dahin, das Hygrometer samt Hygro- und Thermostat im Eimer. Die Heizung selbst war als einziges Bauteil unversehrt, ein Teil der angezüchteten Pflänzchen ebenfalls.

Mein Messerschmidt-Universal-Gewächshaus war ein Trümmerfeld. Ich schrie unversehens „Scheiße!" in die Nacht.

Die Nachbarn schienen nichts mitgekriegt zu haben. Die Fenster blieben jedenfalls dunkel. Ich hatte Glück im Unglück. Nur etwas einsam war mir vor der Glasruine.

Ich hastete den Wall weiter hinauf, dann auf der anderen Seite zwischen Sträuchern und jungen Birken wieder hinunter. Meine nackten

Beine kriegten eine Schramme nach der anderen ab. Ich würde am nächsten Tag aussehen wie ein Tiroler nach dem Brombeerpflücken.

Am Rand der Umgehungsstraße schaute ich mich um: Natürlich war hier niemand mehr. Als ich den Boden ableuchtete, waren die Reifenspuren im Böschungsgras nicht zu übersehen. Die Sachlage war klar.

Der volle Mond nickte mir zu. Jetzt mein einziger Freund und Mitarbeiter. Er allerdings stand nicht in den Niederungen des menschlichen Sumpfes. Er hing am Himmel und ließ sich die Sonne auf den Balg scheinen. Immer Ferien! Immer auf Urlaub, der gute Alte!

Im Wohnzimmer schob ich was von Billie Holiday in den Player. Das lag nahe. Während sie sang, mußte ich mich andauernd an den Waden kratzen. Da waren offenbar auch Brennesseln dazwischen gewesen. Irgendwann kam „Good morning, heartache" von 1946. Es traf mich tief. Lady Day sang mehrmals: „Stop hunting me now!" Und wer jagte mich gerade? Verdammt! Der Fall war wirklich nicht abgeschlossen. Er begann erst! Gertrud hatte recht.

Doch zu kriminalistischen Kombinationen war ich überhaupt nicht in der Lage. In meinem Gehirn tobte es nur wie der Lärm der Bremer Stadtmusikanten. Der Esel schrie: „Idiot, selbst schuld!" Der Hund: „Du taugst nicht für die Jagd!" Die Katze: „Deine Spielchen gehen gewaltig ins Auge!" Und der Hahn in meinem Kopf krähte: „Erst hauen sie der Glashütte was aufs Dach und danach dir den Kopf ab!"

Das einzige, wozu ich fähig war, war das Überfliegen der Bedingungen meiner Glasversicherung für das Gewächshaus. Nur das Glas war versichert. Allerdings auch gegen Vandalismus. Ich atmete auf.

Dann jedoch faßte ich mich an den Kopf: Natürlich wollte die Versicherung eine Anzeige bei der Polizei mit Tagebuchnummer sehen! Und daran haperte es bei mir. Prima! Ich hatte also alles selbst zu bezahlen. Meine Aktiengewinne vom Vorjahr würden draufgehen. Das war's!

Ich war ziemlich alle und legte noch Chick Webb auf. Der heiße Beat des kleinen Drummers ließ mein Nervensystem abdampfen. Gegen vier Uhr und nach einigen Gläschen schlurfte ich ins Bett. Diesmal schloß ich das Fenster und zog die Bettdecke über meine Ohren. Das hatte sogar der alte Goethe gemacht, wenn „die Welt zu sehr andrängte".

8

Am nächsten Morgen klingelte trotz alledem der Wecker. Einer dieser eiskalten Automaten. Wie meine Haustürklingel. Ich mußte glücklicherweise erst zur zweiten Stunde. Da hatte mein zerrütteter Kreislauf also eine Chance.

Auf einen Blick aus dem Fenster hatte ich verzichtet. Nur während des Unterrichts trat mir das Trümmerfeld dauernd vor die Augen. Ich hätte heulen können. Die liebevolle Arbeit von Jahren! Wer immer die Kerle gewesen waren: Das gab eine Abreibung extra!

In der fünften Stunde begegnete ich Rolf. Rolf spielt Drums in einer Lokalband. Ein Bursche, der mit was Feinerem auch gar nicht umgehen konnte. Auch nicht im Fach Chemie. Dem hätte ich nie ein Reagenzglas mit Salpetersäure in die Hand gegeben. Dafür kannte er sich in der Szene aus.

Als ich ihn nach dem Unterricht nach vorne winkte, kriegte er sein simples Erstaunen um die Augen. Ich fragte ihn aber nur nach etwas, was er wissen konnte:

„Sag mal, Rolf. Da gibt's doch eine Band, die sich ‚Double Vision' nennt. Ich habe zwei Karten geschenkt bekommen – von meinem Neffen. Lohnen sich die?"

An Rolf mußte man sich mit leichten Fragen herantasten. Sonst wurde er nervös, und es kam dann lange nichts mehr. Daß ich mir so einen Krach anhören wollte, erschien ihm normal.

„‚Double Vision'? An sich gute Kapelle. Spielen Stones, Sex Pistols, Jimi Hendrix, Blondie. Eigentlich so eine eigene Mischung davon. Aber … Na ja …"

„Was – na ja?"

Rolf sah sich hilfesuchend nach seinem Kumpel um, aber der hatte sich schon aus dem Staub gemacht. Ein Kerl in Skaterhosen – die mit den vollen Pampers – und in diesen Schlabberschuhen, deren Schnürsenkel unsere Jugend verachtet und hinter deren Zungen sie Schaumstoff klemmt, um wenigstens irgendwo dick auftragen zu können.

„Na ja … Die … Ich meine: Die sind nicht so mein Fall, weil die gucken zu tief in die Szene."

„Was gucken die?“

„Na ja. So eben. Wie die Leute, von denen sie ihre Mucke haben. Eben so. Ich muß jetzt aber! Herr Feine wird immer sauer, wenn man zu spät kommt.“

Weg war der dicke Rolf. Ich zog mir die unbenutzte Tafel runter und malte ein paar Kettensilikate an. Die Sauerstoff- bzw. Siliciumatome waren Ulli Wolters, Andrej, Jupp, Marga, Igor und Markus. Als ich mein Netz betrachtete, war ich so schlau, wie es Rolf beim letzten Test gewesen war: ungenügend. Ich wischte den Kreidekram wieder fort.

Zur sechsten Stunde kam ich zu spät. Machte nichts. Die Schüler sind da nicht sauer, und das Thema verlangte geradezu nach einer Spontandemonstration: „Arnold Gehlen: Der Mensch als Mängelwesen“. Der Mensch ist aufgrund von Instinktreduktion in seiner Existenz ständig bedroht und sieht sich einer ständigen Überfülle an Eindrücken gegenüber. Als die Hälfte meiner Dichter- und Denkerschar mal wieder nichts kapierte – die Zensuren waren bereits verlesen –, wurde ich etwas engagierter als gewohnt. Ein deutliches Zeichen! Ich brauchte dringend Ferien.

Am Nachmittag dann Zeugniskonferenz. Eine tödliche Veranstaltung mit quicklebendigem Ausgang. Aussichtslosigkeiten wurden einmal mehr von unseren Pädagogen zur Nachprüfung schlaugeredet und keiner widersprach, weil es sonst noch länger gedauert hätte.

Die Oberstufe kommt gesammelt dran. Ich schaute währenddessen ein paar Sachen für den morgigen Unterricht durch, als der Problemfall „Marga Anders“ aufgerufen wurde. Ich begann zum erstenmal zuzuhören. Man ging Margas Defizite und Fehlstunden durch – ein ganzer Haufen. Letztere aber klug in Grenzen gehalten, und alle mit eigenhändig unterschriebenen Entschuldigungszetteln, auf denen „Übelkeit“, „Kopfschmerzen“ oder „Monatsschmerzen“ notiert war. Dann ihre verdorbene Hausaufgabenmoral – clever ausgeglichen durch punktgenaue Beiträge im Unterrichtsgespräch. Blitzschnelle Auffassungsgabe, das war die allgemeine Einschätzung. Schließlich ihre Renitenz – auslegbar als Lebensklugheit und Willensstärke.

Ich wurde hellwach, als ihre langjährige Mitarbeit in der Theater-AG der Kollegin Rumbach angesprochen wurde. Darauf ihre – mir blieb die Spucke weg – erfolgreiche Teilnahme auch in diesem Halbjahr an der Russisch-AG. Kollege Ostkamp lobte Lernwillen und Kenntnisse über den grünen Klee. Kollegin Frankowski erinnerte sich, daß Margas sprachliche Fähigkeiten auch im Deutschkurs in Erscheinung getreten seien, als sie Goethes Gedicht „Über allen Gipfeln ist Ruh“ mit eindrucksvollem Sprachgestus vorgetragen habe.

Ich kriegte einen Hustenanfall. Kollegin Große-Lembeck-Hüskens meinte besorgt, ich hätte doch ein, zwei Tage länger zu Hause bleiben sollen.

„Du bist kein Referendar mehr!“

Ich hörte einen seufzenden Unterton. Sie hält sich gern in meiner Nähe und gibt sich mütterlich bis romantisch. Alleinstehend. Aber da wird nichts draus. Keine Konkurrenz für Sonja.

Gegen halb sieben war auch diese Konferenz geschafft. Den Problemfall „Marga“ sollte der Jahrgangsstufenleiter der Zwölf im Auge behalten. Weitere Ausfälle könne sie sich nicht mehr leisten.

Und was war mit meinem Fall? War aus dem Fall „Markus“ ein Fall „Marga“ geworden?

Eine Stunde später saß ich auf meiner Terrasse und sah zu meiner Ruine hinauf. Ich dachte nicht mehr an die Konferenz oder Marga. Ich dachte an meine Ruine, an mein zerbombtes Gewächshaus. Gegen neun Uhr war ich ziemlich betrunken.

Als das Telefon klingelte, wollte ich zuerst nicht rangehen. Doch hielt ich nicht durch. Gertrud war dran. Sie wollte was über Marga loswerden. Sie fand das alles aufregend und war emsig gewesen.

Kaum hatte sie jedoch ein paar Silben von mir gehört, rief sie mir in die Muschel:

„Lieber Gott, Pepa! Ich bin sofort bei Ihnen!“

So schlimm betrunken, wie diese hypersensible Gertrud tat, war ich gar nicht. Sie warf gleich die Kaffeemaschine an und stellte resolut den Rotwein in den Kühlschrank. Als ich draußen mit einem müden Wink auf die Ruine im Mondlicht deutete und murmelte „Gestern Nacht, zwei Uhr“, war sie nicht wenig geschockt. Sie holte den Rotwein wieder aus dem Kühlschrank und besah sich mit einem Glas in der Hand den Schaden von Nahem. Einige Nachbarn waren zu sehen.

Ich dachte, sie würden sich wenigstens an Gertrud herantrauen. Aber es wagte sich keiner.

Ich bemerkte kaum, daß Gertrud wieder neben mir saß und den Kaffee bereits eingegossen hatte.

„Haben Sie eine Ahnung, wer das gewesen sein könnte?"

Ich zuckte mit den Schultern und schlürfte den heißen Muntermacher.

„Mit 'ner Betonplatte haben sie's gemacht, die Vandalen!"

Gertrud sagte „Aha" und fuhr fort:

„Gehen wir mal alle Möglichkeiten durch. Zuerst dieser musikalische Fixer. Na?"

Ich stierte auf mein geschändetes Gewächshaus. Gertruds Unermüdlichkeit interessierte mich nicht die Bohne. Da vor mir stand im sanften Licht des Mondes, meines vertrauten Freundes, diese Ruine.

„Also, der fällt aus. Wenn der sich gestern Abend mit guten Gründen so hektisch fortgemacht hat, dann konnte der nicht um zwei Uhr nachts hier Betonplatten schleppen. Und falls der tatsächlich vor seinem Trip noch seine Kumpane angerufen hat: Wie konnte er dann Ihre Adresse wissen? Nee, der fällt doppelt aus. Oder?"

Ich hatte keine Lust mitzudenken und zu reden. Das ganze Alu-Gestell war verzogen. Da war nichts mehr gerade zu biegen. Selbst in den heile erscheinenden Gläsern waren sicher Haarrisse und Sprünge. Ich mochte gar nicht genauer hinsehen. Wenigstens das komplizierte Fundament war weiter zu benutzen. Und die Zeichnungen und Berechnungen hatte ich fein säuberlich abgeordnert.

Als meine Meinung ausblieb, machte meine Gertrud weiter.

„Käme Jupp an die Reihe. Allerdings haben Sie ihn mir viel zu memmenhaft geschildert, als daß der so eine Aktion hätte durchführen können. Solche Leutchen halten außerdem was von Ordnung und geregelter Bürgerlichkeit. Spießer betrügen zwar Zoll und Steuer und Ehefrauen, aber werfen nachts keine Scheiben ein."

Ich hätte ihr widersprechen können. Aber mein Argument war einundsechzig Jahre alt, und ich war zu müde und unzureichend vorbereitet für einen historisch-soziologischen Disput. Ich zuckte nur mit den Achseln und dachte an dic Beseitigung des Mülls. Da mußte eine feinsinnige Firma ran. Und vorher die Gewächshäusler Messerschmidt aus Göppingen. Nicht daß da mehr abgeräumt wurde als unbedingt nötig!

„Und außerdem kann dieser Herr Rensinghoff ja ebenfalls nicht wissen, wo Sie wohnen.“

Gertrud holte einen zweiten Kaffee.

„Hören Sie mal, Pepa! Sie machen ein Truthahngesicht wie dieser – dieser Robert Mitchum. Ich weiß ja, daß die Tomaten Ihr Lieblingsgemüse sind …“

„… Liebesäpfel!“

„Was, bitte?“

„Meine Liebesäpfel. Wenn schon. Die Ungarn nennen sie ‚Liebesäpfel‘.“

„Ah so. Na ja. Jedenfalls wollte ich sagen, daß sich um diese roten Gummibällchen nicht die Welt dreht.“

„Das sagen Sie so.“

Ich war ein bißchen beleidigt wegen der „Gummibällchen“ und begann mir eine zu drehen. Gertrud bediente sich ihrer Langstieligen.

„Ja, allerdings. Das sage ich so! Dann dieser Andrej mit seinen Genossen. Wenn die den Rentnern hinterhergefahren sind, können das eigene Leute gewesen sein – zur Überprüfung – oder die Konkurrenz. Aber die können von Ihnen ja ebenfalls nichts wissen. Fallen also auch weg.“

Ich zuckte nochmal mit den Schultern. Ich dachte daran, daß ich eine ganze Züchtungssaison verloren hatte durch diese Barbaren. Die hätten mir ja die Haustür zerdeppern können. Ist auch Glas dran. Aber dazu waren sie zu feige und sind durch die Sträucher und Brennesseln gekrochen. Hoffentlich mit kurzen Hosen!

„Bleibt unsere Marga. Aber sich die mit so einer Betonplatte auf dem Wall vorzustellen … Dann schon eher dieses Eierkuchengesicht, dieser Lafontaine.“

Sie lachte auf.

„Der Rollstuhlkranke fällt ja flach. Also Marga und ihre Verbindungen. Die weiß, wo Sie wohnen, hatte Ihr gläsernes Knusperhäuschen sicherlich registriert und meinte, daß das effektvoller und effektiver sein dürfte als Ihre Zahnbürste. Nur – gleich so ein Mittel? Da geht es um was! Da ist gewaltig was im Busch! Ich hab’s mir gleich gedacht! Heute hat sie wieder ihren Kranken besucht und hat eingekauft. Zahncreme, Brot, Wurst, Batterien, Salat, Milch, Toilettenpapier, Süßigkeiten, Margarine, Fernsehzeitung, Bananen, Möhren und, und. Sie war längere Zeit bei ihm, kam dann plötzlich rausgefegt, sprang auf ihr Fahrrad und weg war sie. Ich hatte keine Chance. Die ist nicht echt."

„Und kann Russisch."

„Was?"

„Und Goethe."

„Goethe?"

„Und Theater spielen."

„Pepa, nu langt's! Entweder Sie werden jetzt nüchtern – und zwar ganz – oder ich gehe jetzt! Ich habe damals gedacht: Das macht Spaß mit dem. Der Pfühl ist der Richtige für so ein bißchen Abwechslung. Und nun hängen Sie hier durch wegen dieser blöden Tomatenhütte! Sind Sie ein Spielverderber? Oder ist das Feigheit vor dem Feind, der sich sogar an Ihren Liebesäpfeln vergeht? Denken Sie gut nach! Geben Sie eine vernünftige Antwort! Sonst bin ich hier weg!"

Sie drückte ihre ‚Eve' unzeitig aus und sah mich böse an. Bella Block, dachte ich. Nicht Heidi Kabel, nicht Katherine Hepburn, nicht Ava Gardner. Diese Hannelore Hoger, die isses. Wer konnte wissen, ob meine Perle mit der Drohung ihre Mitarbeit in der Angelegenheit Markus, Marga und Co. meinte oder ihre weitere Tätigkeit in meinem Haushalt? Da ich es nicht darauf ankommen lassen wollte, riß ich mich zusammen und nahm einen kräftigen Schluck Kaffee.

„Haben Sie Geduld, Gertrud! Diese Zerstörung, diese Gewalt hat mich wirklich umgehauen. Geben Sie mir noch einen Tag! Dann bin ich wieder dabei. Jetzt erst recht! Diese Banausen schnapp ich mir schon wegen der Ruine da!"

„Na, Gott sei Dank! So mag ich meinen Pepa! Wacker so! Dann erzählen Sie mir, was Marga mit Goethes russischem Theaterstück zu tun hat!"

Ich nahm einen tiefen Lungenzug, trank den lauwarmen Rest vom Kaffee und versuchte es mit einem amtsdeutschen Bericht über meine neuesten Erkenntnisse in Sachen Marga.

„Das hört sich ja an wie Deckel auf Topf, Pepa!"

Ich assoziierte mehr „Faust auf Auge".
„Na ja. Hab ich mir auch gedacht. Eben."
Meine Zigarette wollte nicht ausgehen. Ich versengte mir im Ascher fast meinen Daumen. Sie beobachtete meine Ungeschicklichkeit.
„Andererseits: Nicht so schnell. Da ist was. Das ist klar. Aber: Russisch zu lernen, ist kein Verbrechen. Heute nicht mehr. Theaterspielen – daß ihr das liegt, ist mir klar. Ich spiele ja selbst auch gerne – wenn mich die Kolpingfamilie mal wieder braucht. Wir machen da so kleine Volksstücke und …"
Ich sah sie böse an. Sie unterbrach sich. Aus Heidi Kabel wurde wieder Bella Block.
„Und dieses Goethe-Gedicht, das kannte sie eben von ihrem Markus und hat sich damit gleich billig eine gute Zensur verdient. Aber ich gebe zu, daß das alles ziemlich nach einer Marga Anders riecht, der es hinter den Ohren drückt. Es bleibt dabei. Wir müssen dieses Mädchen im Auge behalten!"
Ich nickte.
„Gibt es keine Personalakten über Schüler bei Ihnen oder Klassenlehrer, die dieses Mädchen und ihre Familie kennen?"
„Ich kümmere mich morgen drum."
„Soll ich es Ihnen aufschreiben oder geht es so?"
„Ach, schreiben Sie es mir auf, Gertrud! Das tut mir sicherlich gut."
Sie grinste.
„Endlich wieder der Alte. Ich gehe jetzt."
Sie zwinkerte mir zu, steckte ihre ‚Eve' ins Handtäschchen und suchte sich was zu schreiben. Dann wünschte sie mir nachdrücklich eine gute Nacht.
„Gehen Sie nicht zu spät ins Bett! Sonst versäumen Sie was!"
Wieder grinste sie, und weg war sie.

Im Schulsekretariat besorgte ich mir die Personalakte von Marga. Die ältere unserer Sekretärinnen, Sabinchen, tut alles für mich. Bietet mir schon mal den Chef-Kaffee an. Sagt mir Bescheid, wenn die Schulleitung mit belegten Brötchen oder Kuchen feiert, so daß ich zufällig erscheinen kann. Oder nimmt so ab und zu meine Privatpost mit in die Schulpost. Dafür tanze ich auf Abi-Bällen mit ihr. Das wertet sie auf. Die jüngere, Frau Miesholt-Horbeck, ist eine Korrekte. Ich nenne sie zur Belohnung „Fräulein Miesbeck".

Die Personalbögen von Marga aus der Mittel- und Oberstufe sah ich mir gleich in der ersten Stunde an. Meine Schüler ließ ich moderne Gruppenarbeit machen. Stärkung der Eigenaktivität.

Marga Anders hatte sich in der Mittelstufe sehr ordentlich gehalten. In der zehnten Klasse unter der Kollegin Rumbach hatte es einen furchtbaren Einbruch gegeben. Alle Lernfächer unterm Strich. Wiederholung unter Rainer. Rainer hat Zug in seinen Klassen. Aufwärtstrend. Dann Oberstufe. Ab der Zwölf/Eins dann wieder ein plötzlicher Knick. Eltern: sie Hausfrau, er Versicherungskaufmann. Angehefteter Brief der Eltern wegen zweiwöchigem Unterrichtsversäumnis: Ihre Tochter sei vierzehn Tage „von der Bahn gekommen". Man habe ein ernstes Wörtchen … Marga habe versprochen … Man bitte die Lehrerschaft um Nachsicht und eine harte Hand …

Sabine stellte mir einen Kaffee hin und blieb vorgeneigt stehen.

„Macht Ihnen die Anders wieder Sorgen?"

„Na ja, Sabine. Man sollte schon über seine Schüler Bescheid wissen."

Sabinchen könnte bei den Jacob-Sisters mitmachen. Sie besitzt sogar einen dieser Schoßhündchen und hat ein weiches, ansehnlich abgepolstertes Herz.

„Sie sind gewissenhaft, Herr Pfühl. Die Personalsachen holen sich nur die Klassenlehrer und dann nur vor den Zeugnissen."

„Danke, Sabine. Alles nur Pflicht."

„Kommen Sie zum Abi-Ball?"

Sie sah mich an. Gott sei Dank klingelte das Telefon. Eine Mutter entschuldigte ihr erkältetes Söhnchen. Ich schlug die Bögen zu und drückte sie in Sabinchens freie Hand, hauchte ein „Danke, natürlich komme ich" und verschwand.

In der großen Pause paßte ich die Kollegin Rumbach ab. Es gehört viel Glück dazu, sie anzutreffen. Eine von denen, die unser Berufsethos zum Thema ihres Alltags machen. Typ Rita Süssmuth für Kreativpädagogen. Ihr Vorname war tatsächlich Rita. Wir unterhielten uns im Türrahmen zum Lehrerzimmer.

„Die Marga Anders? Ach, wissen Sie, die ist so eine, die unter diesem System leidet. Leiden muß. Ihre Kreativität ist enorm. Ihre Intelligenz überdurchschnittlich. Aber wo nur Sitzfleisch und Unterordnung gefragt sind, da ist so jemand natürlich falsch. Ich werde mich für Marga freuen, wenn sie das alles hier hinter sich gebracht hat."

„Was gab's denn damals in der Zehn?"

Ich machte mich dünn. Zwei Schüler drängten gelangweilt mit dikken Papprollen ins Lehrerzimmer, von denen mich eine mit ihrer frischen, roten Wasserfarbe streifte. Normalerweise hätte ich die pubertierenden Pappkameraden zusammengestaucht. Aber nicht vor der Pädagogistin Rita Rumbach. Die beiden unterbrachen ungerührt unser Gespräch, um nach dem Kunstkollegen zu fragen. Kollegin Rumbach zeigte freundlich, wo der gesuchte Lehrer stand. Ich holte tief Luft und begann an meinem Hemd herumzuwischen.

„Also, warum hat sie so abgebaut?"

„Sie war sogar für einige Wochen verschwunden. Sie sagte mir, sie sei abgedriftet. Das müssen die jungen Leute heute einfach mal ..."

Zwei Schülerlein trugen einen Overheadprojektor herein.

„Frau Klein-Häuschen hat gesagt, wir sollten den hier ..."

Frau RR ermahnte die Kinder in Kasperlestellung, ihre Lehrerin hieße Frau Große Lembeck-Hüskens und führte die beiden geduldig zum Medienraum, schloß auf. Ich tippelte hinterher. Im Medienraum fragte ich weiter.

„Und das restliche Jahr über?"

„Instabil. Sehr instabil. Da wurde dann auch nichts mehr draus. Und wo gibt's denn noch Kollegen mit Geduld und Engagement? Ich habe ein ganzes Halbjahr ihre Deutsch-Hausaufgaben durchkorrigiert und Musterlösungen druntergeschrieben."

„Alle Achtung!"

„Na ja. Unsere Pflicht, Herr Pfühl. Oder?"

Ich wagte nicht aufzusehen und rieb angestrengt an der farbverschmierten Stelle meines Sommerhemdes.

„Jedenfalls war sie dann bei mir auf eine Vier gekommen."

„Verstehe. Und gab es da konkrete Punkte in ihrem Verhalten?"

Ein kleiner Schüler stand plötzlich zwischen uns, sah herauf und fragte fröhlich, wo er hier einen Tageslichtprojektor herkriegen könne. Kollegin Rumbach drückte dem Kerlchen, nachdem sie einige Geräte angehoben hatte, den leichtesten Overhead-Projektor in die Hände und half ihm noch zur Flurtür hinaus. Wir standen wieder im Durchzug.

„Konkreter? Das Übliche heutzutage: Rumtreiberei. Drogen. Jungens."

„Jungens?"

„Ja. Traut man ihr nicht zu. Aber ..."

Ich unterbrach:

„Nee, sieht man ihr nicht an."

Ein giftiger Blick wies mich zurecht.

„Marga hat was, mit den Jungen umzugehen. Ich würde mich dazu vorwagen, es intellektuellen Charme zu nennen. Auch eine gewisse Weltklugheit, auch Raffinement. Ja, auch das. Und Überlegenheit – sogar gegenüber uns Erwachsenen."

Sie verzog ihr Gesicht. Es spiegelte einige empfindliche Verletzungen aus der Zeit mit Marga wider.

„Und Margas Eltern?"

Frau Rumbach seufzte, als nähme sie noch immer heftigsten Anteil an Margas gefährdeter Existenz.

„Nicht der beste Eindruck. Nein, nein. Das muß ich leider sagen. Wenig Hilfe. Sehr wenig. Ihre Mutter drohte bei Gesprächen permanent in Tränen auszubrechen. Der Vater zeigte kaum Interesse und glaubte, Erziehung durch law and order ersetzen zu können. Mein Gott! Was habe ich geredet und geredet!"

Ich fingerte an meinem Hemd herum, während sie über ihre pädagogischen Leitlinien dozierte. Als sie Luft holte und einen Augenblick zu lange sinnierte, hakte ich nach:

„Wußten die Eltern denn überhaupt, wie es um ihre Tochter stand?"

„Ich glaube schon. Aber sie wissen ja, was sich die Eltern heutzutage für Illusionen machen. Die wußten sicher nicht, wie begabt Marga eigentlich ..."

Ein pickeliger Schüler, baumlang, schiefe Haltung, unterbrach uns:

„Frau Rumbach, das mit de Stellwände, das geht so nich. Wir haben nur zwei Eckständer. Die andern haben auch überall was kaputt."

Meine Kollegin war schon fast weg.

„Pardon, Herr Pfühl. Aber die Fotos von der Aufführung müssen dringend aufgestellt werden, wenn die Eltern zur Abiturfeier kommen. Sprechen Sie mich doch noch mal an!"

Ich dachte: Einmal in der Saison reicht.

In der zweiten großen Pause machte ich mich an Rainer ran.

„Sag mal, Rainer, die Marga Anders, die war doch bei dir zur Wiederholung. Erzähl mal!"

Rainer ißt immer Butterbrote. Im Laufe eines Vormittags sicher vier bis fünf Stullen. Diese dicken Weißbrotstullen mit reichlich Butter und Wurst oder Schinken drauf. Die braucht er auch. Sport und Mathe und eine Statur wie ein Hammerwerfer. Rainer legt Wert auf sorgfältiges und geruhsames Kauen. Da muß man Zeit mitbringen, wenn man was von ihm will. Daher sitzt er meist alleine. Er genießt das – buchstäblich. Ich wartete geduldig, bis der aktuelle Bissen zerkleinert und heruntergerutscht war.

„Tja, die Marga. Weißt du: An sich ein gescheites Kind. Nur der häusliche Hintergrund. Ich hatte da immer das Gefühl, daß da was nicht stimmte. Aber man blickt doch nie richtig rein. Da sollen sich meinetwegen unsere Oberpädagogen und Familiendetektive die Mäuler zerreißen und sich gegenseitig mit Insiderwissen beeindrucken."

Rainer mahlte in seinem Mund nicht nur die Stullen, sondern auch die Wörter.

„Wie hat sie sich in dem Jahr gemacht?"

„Zuerst lief es gar nicht. Dann hat sie sich irgendwann plötzlich auf den Hintern gesetzt. Da hat die sich von fünf oder – schlag mich – sechs Defiziten auf ein ganz passables Zeugnis gerappelt und ist damit in die Oberstufe. Sogar in Sport klappte es. Die brauchte einen, der sie anpackte wie ein Handballtrainer. Oder besser Eishockey. Eishockey ist besser."

Rainer hielt seine angebissene Stulle gefährlich nahe an seine Kauwerkzeuge. Ich fuhr ihm dazwischen:

„Was war mit den Eltern? Komm schon!"

Er trug mit seiner Hand und meiner Frage einen Kampf um seinen Mund aus. Meine Frage gewann überraschend.

„Peter, da hat man einfach so ein Gefühl. Ich hatte den Eindruck, daß die Eltern sehr unterschiedlich an ihrer Tochter interessiert waren. Aber ich weiß nicht. Das ist ja schon einige Jahre her und …"

„Zwei genau."

„Siehste. Ich hab ein schlechtes Gedächtnis. Nagele mich da nicht mit so heiklen Einschätzungen fest!"

Jetzt war nichts mehr zu hindern. Rainers Kauinstinkte ließen sich nicht mehr bezähmen. Schon mahlte sein Kiefer, und hinter seinen Backen schien ein Rumpeln und Pumpeln von Wackersteinen anzuheben wie weiland im Bauch des Wolfes. Ich nickte ihm aufmunternd zu:

„Gesegnete Mahlzeit!"

Er grinste zufrieden und selbstironisch. Solche Leute mag ich. Die sind fast wie ich.

9

Mein Nickerchen verschaffte mir wie immer Kraft und Schwung. Ich freute mich auf den Abend. Sonja und ich wollten ins Kino. Der neue Bond: „Der ‚Morgen‘ stirbt nie“. Helmut wollte mitkommen und uns seine „Neue“ vorstellen. Eine aus der Mütterwelt seiner Kinderarztpraxis. Sonja hatte am Telefon schon ihre üblichen Witze gemacht:

„Die hat noch volle Windeln zu Hause und ist keine dreißig. Pepa, der Helmut kommt in die Krise. Und blond ist sie auch.“

„Bitte, Sonja! Du bist auch blond und siehst wie neunundzwanzig aus. Deshalb bin ich doch nicht in der Krise.“

„Schmeichler!“

„Du bist nur eifersüchtig, meine Liebe. Wenn ich nicht wäre – was wäre dann mit dir und Helmut? Na?“

„Aber du bist nun mal da. Und ich danke dem Himmel dafür!“

„Schmeichlerin!“

„Ich liebe dich!“

„Ich dich auch.“

Ich kannte Sonja seit zwei Jahren. Das hatten wir noch nie gesagt. Unter Erwachsenen sagt man so was nicht. Jeder weiß, welche Probleme das bringt. Jetzt war es raus. Ich atmete tief. Sie machte am anderen Ende auch eine Pause. Dann fand sie als erste die Worte wieder.

„Ich freue mich auf heute abend. Bis dann.“

Ich war froh. Jetzt noch ein Wort, und ich wäre ins Stottern geraten. Telefone mag ich nicht. Sonja hatte mich einmal mehr erwischt. Immer am Telefon! Ich hasse die Dinger!

Sonja war anders als die Mütter, die ich sonst kennengelernt hatte. Auf Elternsprechtagen gibt es ein breites Angebot: Mütter von überforderten Zwölfjährigen, Mütter von pubertierenden Halbstarken oder zugeschminkten Gören, Mütter in der ersten Wechselkrise, Mütter in frischer Scheidung oder sonstigen Beziehungskrisen. Alle sehnen sich nach einer Vaterfigur für ihren problemdurchschüttelten Alltag und – uneingestanden – nach einem Mann mit breitem Kreuz und einfühlsamen Augenbewegungen. Von den Lehrern ihrer Kleinen vermuten sie Einblicke, die ihnen verschlossen sind, eine Erziehungserfahrung von Berufsjahren mal Klassenstärken von fünf mal dreißig die Woche – und moralische Integrität.

Dreieinhalb Mal hatte ich das ausgenutzt, bevor ich Sonja kennengelernt hatte. Die Sache blieb immer locker, weil die Beziehung – wegen der sensiblen Sprößlinge – nie häuslich wurde.

Sonja hatte mich damals sofort durchschaut. Ein Augenkontakt reichte. Dann holte sie sich – abends – als Motivationshilfe für ihre naturwissenschaftlich unterbemittelte Tochter eine CD ab: „Meyer Multimedia – Naturwissenschaften neu entdecken". Ihr Töchterlein dümpelte danach zwar weiter vor sich hin. Aber wir starteten an diesem Abend mit vollen Segeln. Die Elternsprechtage danach liefen für mich ohne erotische Spannung ab. Ich habe seitdem ausgesorgt. Ab diesem Telefonat allerdings würde unsere Beziehung ernster sein.

Gegen vier schrillte die Hausklingel. Ich fuhr aus meinem „Stern"-Studium auf und wäre beim Aufstehen fast über den Couchtisch gestolpert. Das würde einen blauen Fleck am Schienbein geben. Meinen geschundenen Beinen wurde in diesem Sommer nichts geschenkt.

Fast hätte ich die Tür wieder zugeknallt. Draußen im Regen stand der Nachbarschaftsvorsitzende!

„Ich bin kein Geist! Kann ich reinkommen? Es regnet."

Ich hatte gezögert und war überrumpelt. Man sollte seinen ersten Instinkten folgen.

„Wenn's nicht anders geht."

„Es geht nicht anders."

Draußen gegenüber wieder dieses Gardinenwackeln. Auch das blitzblanke Fahrrad kannte ich schon. Heinz Effsing huschte mit Hosenklammern und Baskenmütze in den Hausflur und stellte seinen triefenden Schirm an die Tür der Gästetoilette. Wieder brodelte meine alte Kaffeemaschine. Diesmal reagierte ich blitzschnell.

„Einen Kaffee?"

Effsing grinste.

„Das ist aber nett. Gerne. Danke!"

„Bitte."

Ich holte Zucker und Milch lieber selbst.

„Und – Ihren Tomaten geht's gut?"

Ich blickte böse auf.
„Nein!"
„Natürlich – bei dem Regen!"
Ich antwortete nicht, hatte meine eigenen Gedanken.
„Wieder so eine Beerdigung? Hier stirbt sich's schnell, was? Schminken Sie es sich ab! Dann haben Sie umsonst den Gang ..."
„Die Fahrt! Sie meinen die Fahrt. Ich fahre immer – immer! – mit dem Fahrrad. Bei Wind und Wetter. In meinem Alter eine Art Lebenselixier. Außerdem ökologischer."
Draußen stand mein Kabrio. Ich verstand. Ich fahre selten Fahrrad. Ich sitze gerade hundert Meter auf dem Gestell, da regnet es oder die Kette springt ab. Der Nachbarschaftsonkel grinste moralisch überlegen. Der Mann hatte so was ...
Heinz Effsing schmeckte mein Kaffee. Er nickte anerkennend. Idiotischerweise hatte ich ihm meine Tasse bis obenhin vollgeschenkt. Ich ärgerte mich. Zwei Mokkatassen wären objektiv gerechter gewesen. Ich bin einfach zu großzügig! Der nasse Kerl in Mütze und Hosenklammern schlürfte den Kaffee wie gewohnt.
„Keine Angst. Nicht schon wieder eine Beerdigung. Hier stirbt sich's nicht so schnell wie im Krimi. Haben Sie übrigens den neuen Bond schon gesehen?"
Ich verneinte mit säuerlicher Miene. Daß so einer auch scharf auf James Bond war, fand ich beleidigend.
„Müssen Sie sich unbedingt ansehen! Hier bei uns ist die Welt noch in Ordnung, oder? Nein, keine Beerdigung. Noch keine. Ich bin wegen Ihrer Tomatenzüchtung hier. Kann ich Ihnen meine bzw. unsere Hilfe anbieten?"
Ich setzte mich.
„Bei Ihnen pie..."
„Ich spinne nicht, Herr Pfühl! Ich frage als besorgter Nachbarschaftsvorsitzender. Absatz eins unserer Grundsätze: Helfen und sich helfen lassen, Herr Pfühl!"
„Ich kann mir nicht vorstellen, daß Sie und Ihre Nachbarschaftswohlfahrt nur den Keim einer Ahnung von moderner Tomatenzüchtung haben."

„Unterschätzen Sie die Nachbarschaft nicht! Eine gewisse Art von Akademikertum kann schnell auf der zu hohen Nasenspitze landen.“

Ich versuchte gleichgültig zu wirken, stand auf und stellte die Kaffeemaschine ab.

„Vergeß ich immer. Manchmal steht das Ding die ganze Nacht unter Strom.“

Mein Blick sollte gelangweilt bis genervt wirken, als ich nachschob:

„Meine Tomaten – die überlassen Sie mal getrost mir. Wenn ich nur in die Gärten links und rechts reinsehe, wie da die armen Früchte geschändet werden, erschaudere ich bei Ihrem Vorschlag. Und für die Ausweitung meiner Gartenkultur stehe ich nicht zur Verfügung. Ich mache das hier nur nebenher. Mehr läßt mein Beruf nicht zu. Tips will ich aber gerne ab und zu geben. Sie können zum Beispiel dem Nachbarn an der Nachbarschaftseiche von mir bestellen, er solle um Gottes Willen die Pflanzen nicht so rupfen. Die Frucht benötigt den Schutz der Blätter.“

Soviel hatte ich selten an einem Stück geredet. Der Herr Nachbar hatte geduldig zugehört. Dann kam er aus der Kiepe bzw. über den Zaun:

„Sie wissen, was ich meine. Ich darf die Frage konkreter stellen: Können wir bei dem Malheur mit dem Gewächshaus helfen?“

Meine Rede war gescheitert. Viel reden schadet immer! Ein Grundsatz meiner Unterrichtsmethodik. Heinz Effsing hatte sich nicht ablenken lassen.

„Sparen Sie sich solche Fragen! Ich werde sehr gut alleine fertig. Mit vierzehn habe ich den Ersten vertrimmt, der älter war als ich. So was liegt mir.“

Ich sagte das drohend. Der Obernachbar grinste in meine Kaffeetasse.

„Herr Pfühl, Sie sind ein witziger Bursche. Aber ich frage ehrlich.“

„Sie fragen. Aber nicht ehrlich. Sie sind unverschämt neugierig! Ist das Ihre Auffassung von Nachbarschaftshilfe oder haben Sie zu viel Leerlauf? Stehen Sie zu Hause auch hinter den Gardinen oder halten Sie es mit dem Spaten hinterm Busch?“

Dieser kleine Kerl ließ sich überhaupt nicht irre machen. Es entstand eine Pause. Ich hatte den Eindruck, er bereitete was vor.

„Ich war bis vor einem Jahr noch Polizist. Deshalb!"

„Weshalb?"

Das Bürschchen bei der Polizei! In NRW muß man heute einsachtundsechzig groß sein. Damals reichte wohl die Hälfte! Der bei den Bullen! Das haute mich um. Der hatte zu seinen besten Zeiten zum Kreis meiner Feinde gehört! So einer stand jetzt wieder vor mir und machte mir wie früher die Hölle heiß!

Ich sah mir diesen Sheriff genauer an, der mir immerhin das Beten beigebracht und fast einen Sargtransport aufgeschwatzt hatte: Zu großer Kopf für seine zarte Statur, Nase wie ein Tropfen von einer übergelaufenen Kerze, die Lippen darunter groß wie ein Fünfpfennigstück und viel zu aktiv.

„Wenn Sie erlauben: Polizeikommissar a. D."

Er reichte mir seine Visitenkarte mit Namen und Titel, auf den er stolz zu sein schien. Das Kärtchen war mit einer Zeichnung verunziert, die eine Polizistenmütze auf einem Garderobenhaken zeigte.

„Nett, nicht? Mein Schwager hat ein Händchen für so was."

Angesichts der Händchen in seiner Verwandtschaft war ich froh, daß diesmal auf dem Küchentisch keine Tomate zur Mißhandlung auslag. Ich schwieg vor mich hin. Das schien mir für den Augenblick das Beste zu sein.

„Hören Sie, Herr Pfühl! Ich kann schweigen wie ein Grab. Keine Angst! Es handelt sich hier offenbar um Vandalismus. Aber Sie haben die Polizei nicht herbestellt und keine Anzeige gemacht."

„Das ist allein meine Sache!"

„Das ist nicht allein Ihre Sache, Herr Pfühl! Da sind Sie gewaltig auf dem Holzweg."

„Woher wissen Sie überhaupt, daß ich keine ... – Ach ja. Natürlich."

„Ja, natürlich. Ein Pensionär ist bei der Polizei immer noch ein Kollege. Das ist wie bei Pastören. Jedenfalls hier im Kreis. Aber da weiß keiner was von meinem Besuch bei Ihnen – noch nicht. Also: Warum keine Anzeige?"

„Ich habe Ihnen bereits gesagt: meine Sache. – Hat mein Kaffee Ihnen geschmeckt? Beehren Sie mich doch bald wieder. Am besten gegen vier. Da bin ich eigentlich immer ausgezeichneter Laune. Sozusagen meine happy-hour.“

Ich stand auf und machte eine großzügige Geste zur Tür hinaus. Der Nachbarschaftskommissar blieb sitzen! Drehte sich nicht einmal um!

„Ihr Verhalten ist höchst auffällig. Verdächtig, könnte man auch sagen. Ich war zum Schluß Dienstgruppenleiter. Ich habe Erfahrung. Hier geht es mir aber zunächst um den Frieden in der Nachbarschaft. Mit Erpressungen oder so was ist nicht zu spaßen.“

„Und jetzt spannen Sie die Nachbarschaft als Wach- und Schließgesellschaft ein? Oder besser: Sie haben sich selbst zum Blockwart befördert, Herr Effsing! Das ist unglaublich! Unglaublich ist das!“

Heinz Effsing blieb noch immer ruhig. Gelernt ist gelernt. Immer kontrolliert!

„Machen Sie kein mieses Theaterstück draus, Herr Pfühl! Hier wird nicht bespitzelt und nicht denunziert. Ich bitte Sie! Das ist doch Unfug!“

Ich stand noch immer und wiederholte meine Geste.

„Ich muß Sie jetzt bitten, Herr Effsing!“

Ich sprach das „E“ als langes „Ä“ und setzte nach:

„Das könnte Hausfriedensbruch werden, wenn …“

„Schon gut!“

Der Polizist a. D. bewegte sich endlich, hob seinen Schirm aus der Pfütze an der Toilettentür, ließ ihn in aller Seelenruhe auf dem Flur abtröpfeln und stellte sich an die Haustür. Er sah mich halb ernst, halb lächelnd an. Ich hatte fast den Eindruck, er war traurig.

„Es wäre eine diskrete Chance, Herr Pfühl. Schade. Morgen wird ein Beamter hier auftauchen und Ihnen ein paar Fragen stellen. Für Sie kein Problem, oder?“

Ich mußte Luft holen und blitzschnell nachdenken. Ich ging vor ihm auf und ab. Was der konnte, konnte ich auch: kontrolliert bleiben. Was trieb den Mann? Neugier? Nachbarschaftshygiene? Polizeiinstinkte? Langeweile? Ich sah ihm direkt in die Augen. Heute weiß ich, daß ich goldrichtig lag, als ich antwortete:

„Ich wollte mir sowieso gerade einen Kaffee machen. Mögen Sie noch einen? Oder haben Sie es eilig?“

Sonja findet den 007 eigentlich nur lustig. Ich stimme ihr natürlich regelmäßig zu. Alles andere wäre ein Eigentor. Helmuts Freundin machte zuerst einen unsicheren Eindruck. Dann plötzlich glaubte sie, irgendwie beachtlich werden zu müssen und ereiferte sich über die Frauenfeindlichkeit des Streifens. Schon unterm Regenschirm auf dem Weg zur Kneipe! Ich bestellte aus Trotz einen geschüttelten Martini. Die Blonde von Helmut brauchte lange, um sich auch was Interessantes zu bestellen. Sie trank schließlich Schweppes.

Irgendwann wurde sie urplötzlich warmherzig. Wir sollten sie doch – bitte, bitte – duzen. Ich tat mich schwer und patzte zweimal. Sie war Sekretärin in der Stadtverwaltung. Kulturamt. Halbtags. Wegen ihres kleinen Jungen. Ich hätte auf Krankenschwester getippt. Sie hatte zunächst keinen Anschluß an unser Gespräch, das über die Macht der Medien ging. Als Helmut einen Witz über die neue Stadtdirektorin und unser Lokalblatt machte, glaubte sie wieder mal, einen Anknüpfungspunkt gefunden zu haben und unterhielt uns mit den Sorgen der kommunalen Selbstverwaltung. Kürzung der Mittel, Budgetierung, Bürgerbüro usw. Helmut merkte es auch.

Sonja ging auf sie ein. Tut sie immer. Alle Frauen tun das. Genetisch kodiertes Harmoniebedürfnis. Männer haben Pfeil und Bogen in ihrer DNS. Helmut und ich versuchten, auf die Probleme der Welt zu kommen. Wahrscheinlich, weil die Bond-Streifen die Angst vor der Weltvernichtung provozieren. Ich dachte an mein langes Gespräch mit Heinz Effsing, schob es aber schnell fort. Helmut und ich kamen allerdings nicht weit mit unserem globalen Ausflug. Im Weltbild von Helmuts Neuer waren die Kommunen die übergeordnete Größe. Nichts für Bond-Fans.

Leider gähnte ich einmal. Ich entschuldigte mich mit meinem anstrengenden Job. Die Neue konnte endlich wieder einsteigen und kam mit der Entschuldigung wegen der Mittelkürzungen für die Schulen über. Im Anschluß an ihren umfassenden Vortrag bedankte ich mich. So hätte ich das noch nie gesehen. Das wisse ja kaum jemand! Sie betrachtete das natürlich als Ermunterung und fühlte sich immer wohler zwischen uns. Sie redete in einer Tour. Morgen früh würde es ihr leid tun. Da war ich mir sicher. Aber ihr war nicht zu helfen. Ich gebe zu: Ich wollte auch nicht. Und Helmut, der mit seiner schlaksigen Figur müde über der Tischkante hing, war hilflos, griff jedoch irgendwann endlich ein. Er mußte am nächsten Tag schließlich auch für andere Mütter fit sein.

Sonja wurde immer lockerer. Sie hatte gleich gemerkt, daß die Neue bei Helmut nicht alt werden würde. Nicht souverän genug. Zu verspannt, zu anstrengend. Wer so einen Job hat wie Helmut, kann am Abend auf so was verzichten. Bei mir ist das was anderes. Ich führe abends noch gern ein niveauvolles Gespräch.

Sonja schienen die gleichen Gedanken durch den Kopf zu gehen. Sie merkte wohl, daß wir zwei – sie und ich – wirklich ideal in unser Lebenspuzzle paßten, und fühlte sich pudelwohl an meiner Seite. Sie wurde ungewohnt anhänglich und kam noch mit zu mir. Ich hatte nichts dagegen. Auf unsere starken Worte im Telefonat kam keiner zurück.

Es war schon dunkel. Die Ruine auf meinem Tomatenwall war nicht mehr zu sehen. Sonja hatte auch keine Lust mehr auf nasse Terrasse. Sie wollte gleich woanders hin. Ich kam erst hinterher dazu, mir eine zu drehen.

Gertrud fand es super! Gerade als wir uns gesetzt hatten, begann es in Strömen zu regnen. Wir saßen vor dem Eiscafé „Fontanella“ unter den Schirmen. Der Wind sprühte uns etwas Nässe um die Ohren. Die Tische und Stühle links und rechts waren pitschnaß. Die Kellner standen in ihren langen Schürzen unter der Tür ihres Lokals und lachten zu uns heraus. Hinter der Theke schüttelte eine betagtere Signora, wahrscheinlich die Mamma, den Kopf. Auf dem Marktplatz hasteten die Leute irgendwohin unter ein Vordach oder in ein Geschäft.

Gertrud hatte darauf bestanden, zahlen zu dürfen. Aber ihr ging es weniger um die Ehre als um die Auswahl des Eises. Mir ist das nicht ganz so wichtig. Wenn ich allerdings die freie Auswahl habe, dann ordere ich einen Tartufo.

Für mich ist das ein Stück Philosophie. Der Name erinnert mich daran, daß im Italienischen „Trüffel“ und „Heuchler“ zusammengehören. Vielleicht liegt das nicht nur am verborgenen Wachsen dieser „Puzza", was „Stinker" heißt, sondern auch an den fast kriminellen Methoden, mit denen die Trüffelscouts zuwege gehen. Da werden Spürhunde anderer Sucher vergiftet und die Trüffel wie Drogen unter der Hand und nur gegen bar verkauft. Zudem ist Molières Stück gleichen Namens mein Lieblingsstück: Man muß sich vor Konventionen hüten. Verbindlichkeiten sind gefährlich. Ich sehe mich eher als Flaneur. Aber ich habe nicht nur diese Gedanken beim Tartufo-Genuß. Der Hügel aus Kakaoeis mit der Kirsche liegt mir auch. Hat was Erotisches. Leider jedoch bestellte Gertrud einen Freundschaftsbecher!

Unsere Zigaretten dampften gegen den Regen und erzeugten unter unserem Zelt die Atmosphäre des nebligen London. Gertrud wollte was loswerden und freute sich über das Prasseln des Regens. Da mußte sie ihre Stimme nicht im Zaum halten.

„Sie können sich denken, Pepa, daß ich an Marga drangeblieben bin. Die ist regelmäßig bei ihrem Kranken. An seiner Klingel steht übrigens „Wolfgang Lammerding". Ein schickes Häuschen, was der da bewohnt. Beneidenswert. Und der Gedanke kam mir gleich, als ich an der Haustür spionierte."

„Welcher?"

„Ich mache es spannend. Okay?"

„Bene."

Wir wischten uns übers Gesicht, wenn eine Sprayladung Regen rübergeweht wurde.

„Also. Ich hatte gesehen, daß sie wieder den Weg zur Burg Angeleck einschlugen, besorgte mir auf die Schnelle den Pinscher von Tina und machte Gassi mit dem Tierchen."

„Ich dachte, daß Sie Hunde ebensowenig mögen wie ich. Und dann in dem Regen?"

„Man muß sich manchmal zusammenreißen, Pepa!"

„Natürlich!"

Der Augenblick für so eine Übung kam sofort: Der Cameriere brachte uns den Freundschaftsbecher. Ich glaubte, er würde es nicht schaffen, die aufgetürmte Masse vor uns auf den Tisch zu stellen, ohne daß die Hälfte runterfiel. Die Gelatiosi hatten da alles aufgepackt, was das miserable Geschäft dieses Sommers übriggelassen hatte: Melonenstücke, die wie Greifarme über den Becher hingen, Birnenspalten, die in den Eis-Sahneberg eingerammt waren, Erdbeerhälften als Verzierung wie Muscheln auf einer Sandburg, Traubenhälften als Knöpfe für diese Eiswampe, Bananenscheibchen wie Markstücke auf einer Spardose, obendrauf ein Türmchen aus Ananasringen, als Dach eine Pfirsichhälfte. Darüber – der Jahreszeit angemessen – ein satter Guß aus grünlich bis bräunlichen Soßen, der wie Schlammlawinen ins Aosta-Tal lief und eine Überschwemmung bewirkte. Wie Hohn erschienen die vielen kleinen Papierschirmchen, die mit den Farbwedelchen einen nickeligen Reigen um das Ganze anstellten.

Gertrud zahlte gleich. Passend. Ohne Trinkgeld.

„Damit Sie nicht noch mal durch den Regen müssen."

Der Cameriere verzog die Mundwinkel. Er ahnte den echten Grund.

„Grazie, signora."

„Prego."

Ich verzog ebenfalls den Mund. Gertrud reagierte:

„Schlimmer als mein süßer Cidre?"

„Viel schlimmer."

„Man muß sich manchmal zusammenreißen, Pepa!"

„Ich weiß, aber das hier con appetito anzufangen, wäre pure Heuchelei."

Ich dachte an meine Prinzipien, Molières „Tartuffe" und an mein Lieblings-Eis.

„Reden wir nicht, packen wir es an!"

„Bene."

Am liebsten hätte ich meine Zigarette in dem Freundschaftsklumpen ausgedrückt. Aber ich blieb artig, benutzte den Aschenbecher und begann mit der Grabungsarbeit. Gertrud zog sich ein Honigmelonenstück heraus, begann, daran herumzunagen, und erzählte weiter.

„Zurück zu Marga. Mein Plan ging auf. Als ich nicht weit von der Burg weg bin, kommen sie mir entgegen. Ich lasse Benito an der ..."

„Wen?"

„Benito. So heißt Tinas Pinscher. Also. Ich lasse ihn ungeschickt an der langen Leine und verwickle beide buchstäblich in cin Gcspräch."

„Ich tippe: übers Wetter."
„Genau. Schließlich über Bewegung an frischer Luft und dann über seine Behinderung. Beide redeten frisch und frei. Schlaganfall. Vor einem halben Jahr. Dieser Herr Lammerding ist übrigens alles andere als debil. Ein wirklich nettes Pärchen, die Zwei."
„Na, mal abwarten. Ich bin gespannt."
„Ich erzähle, daß ich nun wieder viel Zeit habe nach dem Verlust meiner Stelle. Hätte früher Haushalte geführt, Kranke betreut und so."
Ich kaute an der ersten Ananaslage. Ziemlich holzig! Die Pfirsichhälfte hatte Gertrud vertilgt. Ich kapierte sofort, was meine Perle da im Schilde gehabt hatte.
„Sie sind ein durchtriebenes Weibsbild, Gertrud! Ich muß mir überlegen, ob ich Sie noch weiter beschäftigen kann."
Gertrud lächelte geschmeichelt, fuhr aber betont sachlich fort:
„Nach ein, zwei Sätzen sehen sich die beiden knapp an und beginnen, mich auszufragen. Ich hatte es geschafft! Das wurde ein Einstellungsgespräch! Ab nächsten Montag werde ich in dem hübschen Haus ein- und ausgehen. Fünfzehn Mark. Zwanzig Stunden die Woche. Und morgen schaue ich schon mal rein. Na, Pepa? Irgendwelche Fragen?"
Ich hatte den leisen Verdacht, daß meiner Gertrud das Häuschen nicht weniger gefiel als die Spionagetätigkeit dort.
„Grandioso, signora! Jetzt wird es wirklich spannend."
„Allerdings! Und noch was."
Gertrud genoß ihren detektivischen Erfolg. Sie legte ihren Eisspaten zur Seite und kramte in ihrem Täschchen. Ich beschäftigte mich gerade mit den Traubenknöpfen, als sie mir ein Foto vor die Nase hielt.
„Nun, was sehen Sie?"
„Das sind Marga und – wahrscheinlich – ihr Kranker."
„Das Bild habe ich schon bei der ersten Observation gemacht. Mit dem Tele. Aus meinem Auto. Ich wollte Sie überraschen."
„Ist gelungen. Technisch einwandfrei."
„Danke! – Fällt Ihnen was auf?"

„Also – eigentlich ... Eben ein junges Pummelchen und ein hagerer Alter. Sie nicht gerade Bravo-Girl-verdächtig, er – na ja – ziemlich runter."

„Sonst nichts?"

„Nee."

„Ihr Männer habt Tomaten auf den Augen!"

„Nicht nur auf den Augen, bitte sehr."

Ich war ein bißchen beleidigt. Gertrud schmunzelte und drückte sich einen Löffel mit einer Bananenscheibe in den Mund. Der Regen polterte nicht mehr ganz so laut auf unser Schirmdach. Ich griff mir eines von den Papierschirmchen und spannte es über meinem Kopf auf. Die Belegschaft gegenüber lachte mir zu. Ich war ja auch nicht schuld an Gertruds Punktlandung bei der Bezahlung.

„Bitte, Pepa! Machen Sie hier nicht den Clown!"

„Scusi!"

Gertrud duldete keine Verniedlichung ihres Erfolges.

„Dann sage ich es Ihnen, Pepa! Schauen Sie mal genau hin: die Augenwinkel und die Nasenwurzeln von den beiden, dann – hier – die Unterlippen. Die Haarfarbe kann man auf dem Foto schlecht vergleichen. Das gebe ich zu."

„Gertrud, das ist doch an den Haaren ..."

„Eben. Beide rötlich. Und ihre Mimik! Sie haben die zwei ja nicht live erlebt ..."

„Aber gerade haben Sie mich gerüffelt – und meine Tomaten dazu, weil ich nicht gleich ..."

„Benehmen Sie sich nicht wie ein Schüler! Schon gut! Mir ist das jedenfalls völlig klar: Das sind Vater und Tochter!"

Ich nahm mir das Foto genauer vor. Ich mußte Gertrud bei aller Problematik von Gesichtsvergleichen Recht geben. Ich hätte es erkennen können.

„D'accordo."

„Bene."

Gertrud wölbte stolz ihren Busen und legte den Löffel beiseite.

„Und jetzt sind Sie dran, Pepa!"

„Ganz so spektakulär wird es allerdings nicht bei mir."

Gertrud zuckte mit den Achseln, als wollte sie sagen, das sei auch schlecht möglich.

Ich begann mit meiner Schnüffelei in der Schule. Das Verhalten der Eltern von Marga stützte Gertruds Vermutung. Der alte Anders war vielleicht wirklich nicht der leibliche Vater. Gertrud hakte in einem Ton von frisch bewiesener Kompetenz nach:

„Und als Marga das rauskriegte, begann ihre chaotische Phase. Völlig natürlich."

„Na ja. Völlig natürlich vielleicht nicht. Aber erklärbar."

Dann fuhr ich fort mit Heinz Effsing und seinem Eindringen in meine Intimsphäre. Als ich dazu kam, wie er sich als Bulle geoutet hatte, schreckte Gertrud zusammen.

„Ach, du Scheiße!"

Sie hatte sich wirklich erschrocken und drückte geistesabwesend ihre Zigarette in unseren Freundschaftsmatsch. Ich fackelte nicht lange und tat es ihr nach. Gertrud sah fast verzweifelt aus. Dachte sie, daß nun ihr Traum von einigen spannenden Wochen zu Ende war oder hatte sie Angst vor den Folgen unserer Amtsanmaßungen?

„Kein Grund zur Beunruhigung, Gertrud! Ich habe Ihren Namen rausgelassen und mich zwei Stunden mit dem Mann unterhalten. Der erzählt seinen Leuten keinen Pieps, wenn wir nicht unser Einverständnis geben."

„Sie sind vielleicht naiv, Pepa!"

Gertrud war richtig fuchtig auf mich.

„Nein, nein. Er hat ja nichts in der Hand und will nur seine alten Instinkte auf Trab halten. Der hat ja überhaupt keine Lust darauf, die Sache an seine alten Kollegen abzugeben."

„Nichts in der Hand? Und die Ruine auf Ihrem Wall?"

„Das waren eben Schüler. Ich will da aus pädagogischen Gründen keinen reinreißen. Fertig."

Es dauerte einige Zeit, bis Gertrud sich beruhigt hatte. Ich erzählte von dem Feuereifer, mit dem Heinz Effsing bei der Sache gewesen war, von seiner Kombinationsgabe, seiner Einschätzung von den beschränkten Möglichkeiten der Polizei und seinem Angebot.

„Welches?"

Gertrud fragte bissig.

„Er bot an, bei seinen alten Kollegen rumzuhören. Vom ersoffenen Igor, der Drogenszene hier in der Provinz und –“

„Und?“

„Na, so allerhand.“

Gertrud sah mich kiebig an, fast drohend:

„Ich fragte: ‚Und‘?“

„Na ja. Und, und – dem organisierten Verbrechen im Münsterland.“

„Waas? Mafia und so?“

Gertrud kriegte große Augen und wischte sich den Sprühregen aus der Stirn. Ich wollte sie beruhigen.

„Er meinte ja nur so. So ein alter Sheriff geht eben anders an derartige Sachen ran. Der checkt alle Möglichkeiten ab. Denkt weiträumig. Aber keine Angst! Das ist rein theoretisch! Gertrud, Sie müssen da auch nicht weiter mit …“

Jetzt blickte Gertrud noch säuerlicher.

„Quatsch. Darum geht es nicht!“

Und sie grinste übers ganze Gesicht.

„Natürlich mache ich weiter mit, Pepa! Was soll das?“

Gertrud schien Spaß bei dem Gedanken zu haben, irgendwann morgens mit zerschnittenen Fußsohlen zwischen ihren Gartenzwergen aufzuwachen. Sie war exakt von der Sorte ihrer Zigarettenmarke. Durch nichts zu schrecken – außer durch die Aussicht auf ein langes oder langweiliges Witwendasein.

Sie winkte zu den Kellnern rüber. Diesmal kam ein anderer durch den Regen gehopst. Gertrud ließ ihn einige Sekunden dumm herumstehen. Ich beobachtete ihr Spiel mit dem armen Männlein. Nein, sie war nicht Bella Block. Ihr Blick, der dem Kellner langsam vom Scheitel über den Schritt zu den Schühchen herunterkroch wie ein flüssiges Eis, war der von Ava Gardner. Das war der berühmte Verschlinge-Blick, der dunkle Blick, der da sprach: „Ich frrresse dich auf!“ So ein Blick ist variabel einsetzbar: für Hausfreunde wie für Intimfeinde. Der Kellner war sichtlich erleichtert, als Gertrud den Mund öffnete:

„Due grappe, per favore!“

„Si, signora, subito!“

Gertrud konnte die Pluralbildung und mochte herben Schnaps! Ich staunte noch mal und hob anerkennend die Augenbrauen.

Den Rest dieser Sitzung in Regen und Rauch nutzen wir für die Einsatzbesprechung. Gertrud hatte – sie versprach mir zwinkernd, meine Unterwäsche nicht ganz zu vergessen – mit ihrer neuen Stelle zu tun. Ich wollte mir noch einmal den Junkie Ulli Wolters vornehmen. Von Heinz Effsing erhofften wir uns einige grundsätzlichere Infos.

Als wir fertig waren, prosteten wir uns in vollem Verständnis der Worte mit „Alla salute!“ zu und stellten die Gläser in den morastigen Rest unseres Freundschaftsbechers. Da schwammen sie wie Eimer auf dem Tiber. Diesmal bezahlte ich. Die Grappa war stark und trocken gewesen und hatte fruchtig gerochen. Nicht so ein Zeug, wie es einem in der Toskana auf den Tisch gestellt wird und das nach Uhu oder Verfaultem riecht. Dem angehasteten Kellner drückte ich eine runde Summe in die Hand.

„Va bene così!“

„Mille grazie!“

Er grinste triumphierend zu seinen Kollegen hinüber. Diesmal hob Gertrud ihre Augenbrauen wegen meinem Italienisch. Ab morgen allerdings würden wir mit Italienisch kaum weiterkommen. Wir würden es eher mit Slawisch zu tun kriegen.

Vor Gertruds Haus tauschten wir wieder unsere Autos. Ich benötigte noch einmal ihren unauffälligen Opel. Opel sind immer unauffällig. Wir hatten verabredetet, uns die Zweitschlüssel zu überlassen, damit wir unsere Wagen ohne viel Hin und Her tauschen konnten. Als wir uns verabschiedeten, kam eine gewisse Unsicherheit auf.

„Na ja, Gertrud. Das vom alten Effsing ist wahrscheinlich alles nur Theorie.“

Gertrud schlenkerte mit meinem Kabrio-Schlüssel, gab mir die Hand und sagte dazu:

„Alla salute.“

„Alla salute“, gab ich zurück, als ich in ihre Familienkutsche stieg und den Sitz nach hinten schob. Gertrud ging ohne Regenschirm zur Haustür. Eine ganz hartgesottene Dame!

10

„Mann, endlich meldest du dich! Ich sitze hier und kriege den Alp.“ Ulli Wolters atmete schwer.

„Immer mit der Ruhe! Ich bin ja jetzt da.“

„Du bist gut! Mein Dealer hat mich fast gelyncht. Da kommt die ganze Kundenkette ins Schleudern, wenn nur die Hälfte von der Ware ausgeliefert wird.“

„Wir alle müssen sparen ...“

„Spar du dir deine Sprüche!“

Seine Stimme war krächzig – nicht anders als am Dienstag unter Frischluftbedingungen.

„Moment, mein Herr! Wenn Sie mit diesem Ton weitermachen, bringt der Nikolaus nur noch die Rute vom Knecht Ruprecht.“

Schweigen am anderen Ende.

„Was haben Sie Ihrem Dealer denn gebeichtet?“

„Daß, na daß die Alten langsam alt werden und was verschlampt haben.“

„Na, fein. Und?“

„Wenn ich den Rest nicht bald nachliefere, kann ich mich einsargen lassen. Und das war schon vorgestern. Falls du mich fertigmachen willst, dann mach es gleich und nicht so ...“

„Ich bin mir – ehrlich gesagt – noch unschlüssig.“

Ich wußte, daß ich Schwein sein mußte, um bei dem Kerl weiterzukommen. Nur die Angst treibt solche Leute.

„Mann, ey!“

Ullis Atem rasselte. Im Hintergrund lief dazu so was wie Musik. Da mußte jemand auf seiner Gitarre rumbeißen.

„Hören Sie, Wulle ...“

„Woher kennst du meinen Spitznamen?“

Meinem Hörer vermittelte sich eine Art Panik. Ich hatte einfach so losgeredet. Volltreffer! Man muß Glück haben in dem Job. Zudem kenne ich die Spitznamenbildung unserer heimischen Jugend seit einigen Jahren. Da kommen nicht allzu viele Varianten in Frage.

„Ich treibe mich mit einigen Globetrottern ein wenig in der Welt herum.“

Wieder schweres Atmen. „Wulle“ mußte der kalte Schweiß auf der Stirn stehen. Er glaubte natürlich, daß ich in seiner direkten Umgebung eine fünfte Kolonne hatte, und war total verunsichert.

„Du hast mich voll in der Hand. Prima. Aber wo krieg ich den Rest von der Ware?“

Ich machte eine Kunstpause. Dann gab ich Anweisungen. Die Zeit fürs Duzen war wieder gekommen.

„Erstens: absolut allein. Sonst ist das Zeug ein für allemal futsch. Schreib dir das hinter die Löffel! Und von wegen ‚Schreiben‘: Kulis und so was läßt du bei Muttern! Zweitens: Am Dülmener Tor. Vor dem Antiquitätengeschäft an der Ecke. Drittens: Morgen vormittag, Punkt elf. Ich warte keine Minute. Klar?“

„Ich hab's kapiert. Und du hast das Zeug dabei?“

„Die Bedingungen stelle ich hier, Wulle. Ein bißchen mehr Demut, bitte. Sonst kommt nicht Nikolaus, sondern Ruprecht.“

Ich müßte lügen, wenn ich behaupten wollte, diese Art von Sprache würde mir Mühe machen. Irgendetwas spricht dabei tief aus meiner Seele. Vielleicht eine Art verschütteter Anlage fürs Theaterfach oder das verdrängte Unbewußte eines geborenen Schuftes.

Wulle war pünktlich. Aber unpassend gekleidet. Ohne Schirm, wie Sterntaler in dünnem Hemdchen und in seiner schlecht imprägnierten Lederhose. Leider hatte ich ein Geschäft ohne Vordach ausgesucht. Soviel Mitmenschlichkeit ist mir zuzutrauen, daß ich ein anderes gewählt hätte, wenn ich den Wetterbericht gehört hätte. Aber seit dem Abbruch meiner Tomatenpflege schaltete ich immer aus, wenn diese Wetterbarone dran waren.

Ich ließ Wulle zehn Minuten im Regen stehen, beobachtete unterm Regenschirm die belebte Konsumszene eines typischen deutschen Samstagvormittags und schlenderte, als alles sauber schien, zu ihm hinüber. Er war auffällig erleichtert, hielt sich aber, als er mich ohne Mitbringsel sah, mit seiner Enttäuschung nicht zurück.

„Und wo ist die Ware?“

„Erstmal ‚Guten Morgen‘, Wulle! Sauwetter, was? Bei unserem letzten Treffen war es netter, nicht?“

„Ja, ja.“

Ich grinste ihn warnend an. Er hatte in den letzten Tagen nicht zugenommen und sah fahl und hohl auf die Straße. Seine Stimme klang wie heute morgen im Bett geblieben. Ich bat ihn, sich mit mir zur Auslage des Antiquitätenladens umzudrehen. Das Geschäft war wie alle Läden seiner Art schlecht beleuchtet. Das Schaufenster bot sich mir als Spiegel an. Ich war immer noch nicht sicher, ob Wulle wirklich alleine gekommen war. Eine Waffe hatte ich nicht dabei. Ich dachte, mich diesmal mit der regen Anwesenheit der Käufer in dieser Konsummeile zu schützen.

„Kennen Sie eine Marga Anders?“

Den tropfnassen Jungen durchfuhr ein Zittern wie beim Pinkeln. Die Nässe und ich setzten ihm offenbar zu. Seine Haare hingen ihm triefend in den Nacken. Drohend wiederholte ich meine Frage und hielt meinen Regenschirm über seine klapprige Gestalt.

„Wulle, ich hab noch einzukaufen. Also: Kennen Sie eine Marga Anders?“

„Ja.“

„Woher?“

Ich zeigte zum Schein auf eine alte Schildkrötpuppe, die ein hübsches Kleidchen aus der Kaiserzeit hatte, leider auch eine Delle im Celluloid am Haaransatz. Dreihundertfünfzig Mark sollte das alte Ding kosten. Ich erinnerte mich, gelesen zu haben, daß die Firma irgendwann wegen des Celluloids explodiert war. Die hatten mit dem Cellulosenitrat nicht aufgepaßt. Aus dem Zeug kann man ebenfalls Schießbaumwolle herstellen. Diese Barbaren hätten mein Gewächshaus damit ruinieren sollen. Das wäre für einen Chemiker wie mich akzeptabler gewesen.

Im Hintergrund unterm Seitendurchgang des Stadttors bemerkte ich einen Herrn, der sich nur halb drunterweg traute, obwohl er einen Schirm trug.

„Woher? Die kam ab und zu mit Igor. Von dem Schwein hab ich dir ja schon erzählt.“

Ich wunderte mich über nichts mehr! Marga kannte Igor also doch! Ein durchtriebenes Biest. Oh, Gertrud! Was für ein Sumpf! Welch ein Wespennest! Marga hatte mich reingelegt wie einen halbblinden Lehrer bei der Klausurenaufsicht! Deshalb hatte der Kerl bei der Beerdigung vor dem Friedhof gewartet! Und sein Tod? Hatte Marga ebenfalls …?

Ich blieb cool und hielt Wulle sowie den schattigen Burschen am Stadttor im Auge.

„Und seit wann kam sie mit Igor?"

„Von Anfang an. Aber nicht jedesmal."

„Seit wann war das? Und wie habt ihr euch kennengelernt?"

„Seit – Moment mal – seit so Ende letzten Jahres. Nach einem Konzert."

Wulle zitterte wieder. Trotz meines fürsorglichen Regenschirms. Ich zeigte auf einen Pißpott mit abgesprungenem Emaillelack und angerostetem Henkel. Ausgestellter Nutzungsvorschlag: Schale für Trockengestecke. Fünfundachzig Mark – ohne die Dekoration! Wulle war nicht gerade interessiert. Fixer brauchen ein richtiges Klo in der Nähe.

Der vermeintliche Dunkelmann im Schaufenster war nicht mehr zu sehen. Ich atmete auf.

„Hatten Igor und Marga was miteinander?"

„Nee. Nie! Marga behandelte ihn eher so von oben. Die ist ja nun kein Groupie-Typ. Überhaupt nicht. Kein Interesse für so was. Wenn du verstehst. Die war nur die einzige, die sich mit ihm unterhalten konnte, weil sie russisch konnte. Igor kann nur ein paar Brocken Deutsch. Da war er dankbar. Die trafen sich wohl öfters."

„Die mochte also nur eure Musik, oder warum kam sie manchmal?"

Der Atem von Wulle ging wieder rasselnd. Jetzt tat er mir wirklich leid. Aber bevor ich meinem Gefühl richtig Luft machen konnte, bemerkte ich zwischen einem weißen Küchenbord mit Gardinchen und einem englischen Gemäldestich meinen Stadttorwächter wieder. Diesmal unter der Füßgängerampel an der Kreuzung. Ich war sauer und verkniff mir meine Barmherzigkeit. Ich setzte hart nach.

„Was wollte die also bei euch? Los, Mann!"

„Igor hatte gleich gemerkt, daß ich einer von seiner Sorte bin. Da kommst du ohne Worte aus. Verstehste? Marga hatte aber nie so was im Kopf. Die war immer nüchtern. Nicht mal viel Alkohol oder Zigaretten. Die hatte mehr Interesse an Markus und …“

„An Markus oder für Markus?“

„Wie? Ach so. Nee. An Markus! Die wollte das Gleiche von Markus wie von mir.“

„Und was?“

„Hör mal. Ich kann hier nicht mehr! Das sind Sachen, Mann, die kann ich nicht ausspucken. Da geh ich lieber hops, verstehste?“

„Du wirst müssen! Was ist dir lieber: die Mangel deines Dealers vom ‚Tonwerk‘ oder meine zivilisierte Fragerei? Überleg nicht zu lange! Ich hab einen vollen Einkaufszettel. Und ich hasse Hektik und lange Schlangen vor der Kasse.“

Ich hatte tatsächlich noch einzukaufen. Sonja war am Wochenende mit ihrer Tochter bei der Lieblingsoma, und ich hatte Lust, mal was Neues auszuprobieren – mit Tomaten natürlich: Zucchini-Tomaten-Törtchen „Victoria“.

Man brät in einer kleinen Pfanne beidseitig einige gewürzte Zucchinischeiben, gibt Pfannkuchenteig darüber und wendet alles. Darauf ein Ragout aus weichgekochten und mit Pesto, Tomatensauce und Majoranblättern vermischten Linsen. Darauf dann strahlenförmig kurz in Olivenöl gebratene und pfiffig gewürzte Tomatenviertel. Das Ganze mit einem zweiten Zucchinipfannkuchen zudecken. Garnitur: Basilikumblättchen.

Ich hatte noch Akazienhonig für den Pfannkuchenteig, Majoran und Zucchini zu besorgen. Wulle hatte andere Sorgen.

„Erst will ich aber wissen, ob ich hier gleich die Ware kriege.“

„Kriegst du – so schnell, wie du meine Neugier befriedigst. Alles hängt von dir ab. Ich brauche alle Informationen über die Leute hier in der Szene. Weißt du doch. Also?“

Wulle sah aus, als brauchte er was zum Hinsetzen. Ich hatte zufällig nichts dabei.

„Marga wollte Markus und mich abwerben.“

„Abwerben?“

„Das Gleiche wie du, Mann! Kapierste das nicht? Genau das Gleiche. Genau!“

„Noch genauer, bitte.“

„Kann ich nichts zu sagen. Als Markus den goldenen Schuß abgekriegt hatte, kam sie nicht mehr. Igor war dann ja auch … Na ja. Ich konnte natürlich nicht einfach zusagen. Da hängt zu viel dran. Aber sie hat mich und Igor, na und Markus mit Stoff versorgt. Monatelang! War wie im Paradies für uns. Und guter Stoff. Verdammt, war der gut!“

„Hatte Marga den Markus bei euch kennengelernt?“

„Die kannten sich irgendwie schon von früher.“

„Und wie kam Markus an dich?“

„Durch die Musik. Er war ein Fan von uns. Kam immer. Ab und zu spielte er im Keller einfach mit. Kein schlechter Musiker. Hatte was drauf. Hab ich dir ja schon alles erzählt, Mann!“

„Und mit der Überdosis? War das nun Igor oder Marga?“

Wulle guckte zu Boden. Der hatte Markus wirklich gemocht, dachte ich. Jetzt mußte ich auch schlucken. Aber das lag nicht an Markus. Und auch nicht nur an dem Mann, der noch immer an der Fußgängerampel stand, als wäre er scharf auf den Job, den das Männchen im Ampellicht machte.

Marga Anders! Mitten im Drogenhandel! Und nicht an letzter Stelle! Ich hatte in meinem Leben immer – heimlich, ganz tief drinnen – auf das große Unvorhergesehene gewartet. Einfach, damit die Existenz ihren Neuigkeitswert und ihren Charme nicht verliert. Aber das hier haute mich nach hinten um – äußerst unangenehm. Man bildet sich eine gewisse Menschenkenntnis ein. Baut darauf sein Selbstbewußtsein. Wer will schon Spielball sein? Lieber der Spieler. Und nun so eine Verarschung! Von einer neunzehnjährigen Pennälerin. Ich zitterte einmal kräftig durch. Wulle merkte es und grinste zum ersten Mal. Das tat ihm und mir gut, und ich grinste zurück.

„Ich habe gefragte, wer das mit Markus in Schuld war.“

„Das mit Markus? Das war nicht mein Stoff, das war Margas Superstoff. Aber Igor hat den Löffel angesetzt. Das war eben ein Tacken zuviel.“

„Und was passierte?“

„Markus kriegte das Schütteln. Dann kippte er hin und wurde wie gelähmt. Das war's. Scheiße! So 'ne Scheiße!"

„Und dann?"

„Dann haben Marga und Igor ihn von Billerbeck hierher an den Güterbahnhof gebracht."

Wulle heulte los und trat heftig auf das Geländer. Von drinnen guckte ein Verkäufer. Wir fielen auf. Die Fußgängerampel hatte noch immer ihren standhaften Zinnsoldaten.

Ich winkte Wulle.

„Komm hier weg! Und beruhige dich!"

Wir schlenderten über die Kreuzung und stellten uns vor das Schaufenster einer Lederwarengeschäfts. Das war unauffällig. Wulle brauchte dringend eine Hose, die sich nicht vollsaugte. Das sah jeder. Außerdem hatte der Laden ein breites Vordach. Wulle schüttelte sich wie ein Straßenköter. Auf dem Weg zum Geschäft hatte ich einen kurzen Blickkontakt zwischen dem Ampelmännlein und meinem Junkie bemerkt. Ich mußte mich vorbereiten.

„Hör gut zu, Wulle! Ich werde dir jetzt beschreiben, wo das Zeug verbuddelt ist. Wenn ich hinterher was höre, was ich lieber jetzt gehört hätte, schicke ich dir einen von meinen Leuten, der dich eine Woche bei Wasser und Brot in einen Keller packt. Ohne Schuß. Absolut nichts! Danach bist du vielleicht wieder ein taugliches Mitglied der Gesellschaft, aber du hast die Hölle gesehen."

Wulle sah mich panisch an.

„Ich weiß nicht mehr. Echt nicht. Ehrlich."

„Echt nicht? Ehrlich? Vergiß nicht aus Versehen wieder was wie gerade die Beteiligung von Marga!"

„Echt. Nur … Vielleicht, daß Igor früher in der DDR bei der Sowjetarmee war. Desertiert vor zwei, drei Jahren. Ich glaube, daß er irgendwo im Kohlenpott untergekrochen war. Dortmund oder so. Er hatte sogar ein Auto – ja, mit 'ner Dortmunder Nummer."

„Marke?"

„Ein alter Kadett nur."

„Farbe?"

„So was Graues."

Ich hatte meinen Fluchtweg ausbaldowert. Das mußte so gehen.

„Sonst noch was? Ich warne dich, Wulle! Schau mir in die Augen!“

Wulle guckte unverdächtig, atmete aber rasselnd. Er würde nicht mehr lange aushalten.

„Nichts mehr. Echt nicht. Diesmal nicht.“

„Gut. Glaubst du, daß Marga was mit Igors Ersaufen zu tun hatte?“

Wulle zuckte mit seinen eckigen Schultern.

„Na?“

„Ich fand sie ziemlich berechnend. Aber so was? Ich weiß nicht. So was eher nicht. Nee. Eigentlich nee.“

„War Igor ziemlich runter oder hielt er sich so?“

„Der war noch ganz gut drauf. So wie ich. Der hatte noch ein paar Jährchen. Den dicken Ausfall hatte der nie.“

Ich hatte mich kurz umgesehen. Der Ampelmann stand jetzt an einem dieser veralteten Textilläden, in dem man Haushaltskittel aus Polyester, Strickjacken mit Zopfmuster und glänzende Feiertagsblusen kriegen kann.

„Ich sage dir jetzt, wo dein Nikolausgeschenk liegt. Aber erst im Dezember aufmachen!“

Wulle konnte meine Sprüche noch immer nicht witzig finden und konzentrierte sich mit letzter Kraft. Seine Gestalt stand wie unser Skelett im Bio-Vorbereitungsraum, das an einer Stange aufgehängt ist und dem ich immer, wenn ich in die Pause meine Abkürzung nehme, einen kleinen Schubs gebe. Sein trockenes Geklapper höre ich gerne. Es klingt wie „Memento mori!“, hat jedoch nur einen kurzen, hohlen Nachklang, der keinem Angst macht. Danach drehe ich mir immer eine. Meine regelmäßige Übung für das letzte Stündchen. Der alte Seneca hätte seine Freude an mir gehabt.

„Paß also gut auf! Ich sage es nur einmal. Da drüben vor dem Stadttor geht rechts ein Sträßchen rein. Nach fünfzig Metern findest du drei von diesen Müllcontainern. Der linke ist es. Nur halb voll. Gehört zum Altenheim. Da ist eine Plastiktüte drin. Fröhling’s family, wie beim letzten Mal. Wenn du die hast, rufst du leise „Halleluja!“ und verziehst dich!“

Wulle gebärdete sich wie ein Trüffelhund und wollte sofort losrennen. Ich hielt ihn am Arm. Mein Gott! Wirklich wie unser Bio-Skelett!

„Noch was: Ich war gnädig. Sag deinem Kumpel an dem Altweiberladen da drüben, er soll sich mit dir verkrümeln, sonst werden meine Leute böse."

Wulle nickte hektisch. Dann spurtete er los. Ich eilte in einen Wäscheladen. Sonjas Billigkonkurrenz. Der Laden hatte einen Durchgang zur Nickel-Passage. Man kommt durch die Socken-Abteilung zu einem Gemüsestand. Ich hielt in der Miederabteilung und sah zwischen den aufgehängten BHs zum Eingang. Tatsächlich! Die Burschen waren abgebrüht. Die wollten mich kriegen! Die hatten also keine Ahnung, wer ich war und wo ich wohnte. Mein Gewächshaus hatten die nicht auf dem Gewissen.

Ich bückte mich und tat, als wollte ich am Regal für Damenbodies eine Übergröße suchen. Mein Schirm tropfte in die Wäsche. Der Bursche sah sich ein bißchen um. Ein Typ wie dieser Wolfgang Petry. Ondulierte Haare, Schnurrbart, Kettchen und ein Gesicht für Boxhandschuhe. Als er geschnallt hatte, daß es einen Durchgang gab, glaubte er, ich sei dort hinaus, grinste blöde und hastete hinterher.

Ich tastete mich zu den Body-Normalgrößen hoch, bedankte mich mit einem gewinnenden Lächeln bei der miteinander quasselnden Bedienung, die froh über meine Selbständigkeit war, und ging vorne hinaus. Stand da noch einer? Ich mußte mich vorsehen. Also, nichts wie unter Schirm und Schutz durch einige Gassen in die Viktor-Kirche.

Das Gotteshaus war natürlich leer. Ich hockte mich in einen Beichtstuhl mit Leuchtanzeige, stellte meinen nassen Schirm in die Ecke und dampfte ab. Durch den Schlitz zwischen den Vorhängen und den Gittern links und rechts hatte ich einen passablen Überblick.

Keine Minute später tauchte noch so ein Schlagertyp auf. Diesmal eher einer von der Marke „Carpendale". Doch fand der Kerl mich nicht. Irgendwann knarrte und knallte eine Kirchentür. Dann war Ruhe. Ich war wieder allein.

Eine halbe Stunde wartete ich und stellte mir vor, was ich sagen würde, wenn ein Sünder vor mir niederkniete. Doch hatte ich Hemmungen, diesen Hightech-Beichtstuhl in Betrieb zu nehmen und schaltete das grüne Lämpchen nicht an. An einem Haken hing einer von diesen Schals, den sich die Priester um den Hals legen, damit die Sündenvergebung funktioniert. Ich spielte damit und legte ihn mir um den Hals. Das macht schon was her!

Zuerst kreiste noch das Gespräch mit Wulle in meinem Kopf. Er hatte damals also doch nicht alles gesagt. Wieder hatte Gertrud richtig gelegen. Und hatte er auch heute nur die Hälfte ausgeplaudert? Ich war mir plötzlich nicht mehr so sicher. Hier, in diesem Beichtkabuff, wurde wahrscheinlich ein Spitzenwert von Ehrlichkeitspunkten erzielt. Doch mit der Höllenangst der armen Sünderlein konnte unsereins bei seinen kleinen Drohungen nicht mithalten.

Mich überkamen Zweifel über Zweifel. Dieser Sitz- und Schwitzkasten hatte einen schwächenden Einfluß auf mich. Ich dachte an Nietzsches Abkanzelung der Sünden- und Reuequälerei. Hier war das Zentrum der katholischen Macht über die Seelen. Hier wurde der Begriff der Sünde jeden Tag neu erfunden. Die Sünde gab es so wenig wie die Tugend. Und welchen Grund sollte Wulle haben, der nur um die nackte Stofflichkeit kämpfte, mich nicht anzulügen, mich nicht den Henkern auszuliefern? Und wenn sie mich hier gleich fanden? War der ganze Spaß das wert, daß die mich windelweich klopften oder Schlimmeres? War mein Gewächshaus das wert? Was war eigentlich was wert? Markus? Marga? Die Illusion von Gerechtigkeit? Was tat ich eigentlich hier?

Gott sei Dank, stellte sich bald Langeweile an diesen Selbstquälereien ein. Das ist mein Selbstschutzautomatismus.

So lange hatte ich es in einer Kirche noch nie ausgehalten. Erst als ich beschloß auszusteigen, wurde es wieder spannend.

Ich dankte Gott, daß das Türchen keinen Ton von sich gab, als ich es öffnete. Ich mußte auf eine Falle gefaßt sein. Vielleicht hatte der Bursche die Kirchentür nur geräuschvoll auf- und zugemacht und sich im Beichtstuhl des Kaplans – ich hatte natürlich den des Pastors bevorzugt – auf die Lauer gesetzt. Also kroch ich auf allen Vieren im toten Winkel zu der Beichtfiliale. Ich hatte die Bauart kennengelernt und kannte den Blickwinkel. Da erst merkte ich, daß ich diesen heiligen Schal noch umgelegt hatte. Ich beließ es dabei, wickelte ihn mir um den Hals und robbte die letzten Meter. Dann stützte ich mich auf die Kniebank des Beichtstuhls und hob meinen Kopf langsam in die Höhe des Sprechgitters.

Die unterste Sprosse hatte ich gerade passiert, als ich ihn sah. Er hatte den Kopf an die Rückwand gelehnt und schien mit geschlossenen Augen nach jedem Geräusch zu horchen. Ich wich nach unten und überlegte. Diesmal sollten die Kerle nicht ungestraft davonkommen! Die sollten Respekt kriegen!

Wie es sich an einem heiligen Ort gehört, rutschte ich auf Knien um die Ecke. Dann schnellte ich hoch, riß die Tür des Beichtstuhls auf, faßte mir den Burschen an den Schultern, zog ihn mit einem Ruck heraus und schlang die Pastorenkrawatte um seinen Hals. Als er auf dem Boden lag, zog ich mehr und mehr zu und drehte ihn auf den Rücken.

Er sah mich mit dicken Augen an. Und ich erstarrte.

Das war nicht der Carpendale, auch nicht der Petry! Rasur, Kleidung und Geruch überzeugten mich auf der Stelle: Das war ein Penner!

Sofort lockerte ich das Kirchenband, hielt ihm den Mund zu, murmelte „Pardon“, steckte ihn wieder in seine Trockenzelle und machte, daß ich wegkam.

So ein Mist! Ich hatte mir schon eine kernige Rede ausgedacht und eine überzeugende Verhörmethode zurechtgelegt. Aber von dem Kirchenpenner hätte ich nur sachdienliche Hinweise auf seine Saufkumpane im Stadtpark herauskitzeln können.

Draußen regnete es noch immer, und ich hatte meinen Schirm in Pastors Beichtstuhl vergessen. Dafür hielt ich seinen Sakralschlips noch in der Hand, den man laut Lexikon übrigens „Stola“ nennen sollte. Ich steckte ihn in die Hosentasche, wo er nur halb reinpaßte. Heute hängt er in meinem Kleiderschrank neben meinem Selbstbinder. Für alle Fälle. Falls der Herr Priester bei meiner letzten Ölung das Ding aus Versehen vergessen hat. Und ohne dieses Souvenir sterbe ich nicht!

Zum Einkauf für meine „Victoria-Törtchen“ fand sich so kurz vor Ladenschluß keine Puste mehr. Außerdem wäre ich dann vielleicht von einem der Banditen gesehen worden. In meinem Städtchen trifft man alle Nasen lang auf einen, den man ungerne trifft. Wie ein Naturgesetz. Und für ein Rezept muß man in Ruhe einkaufen. Außerdem hatte ich noch Gertruds Wagen zurückzubringen. Genug Programm für einen einzigen Vormittag.

In der Nacht kam ich erst gegen zwei nach Hause. Abi-Ball. Sabinchen hatte mich nicht eher gehen lassen. Das war vielleicht ein Eiertanz gewesen, einerseits meine Lieblingssekretärin nicht zu vergraulen, andererseits mich nicht dem Gespött von Kollegen und Schülern auszusetzen! Und die Eltern!

Sabinchen hatte sich mit geistigen Getränken noch nie in der Gewalt gehabt. Diesmal aber war sie besonders zugänglich für das Zeug. Sie fand keinen Schlußpunkt, glühte und trank, hielt sich an meiner Schulter fest, lehnte sich an meine Brust und hauchte auf Zehenspitzen permanent Sünden in mein Ohr. Und ihre Zunge übte Kitzeln! Ich hatte meine liebe Not. Doch schaffte ich es trotz meines angeheiterten Zustands, sie im Taxi nach Hause zu schaffen. Beinahe hätte sie mir vor ihrer Wohnung eine Szene gemacht. Doch blieb ich hart und Sonja treu.

Ich kam schließlich reichlich zermürbt und allein bei mir an und beschloß, auf der Terrasse noch eine zu rauchen. Ich hatte im Flur Licht gemacht. Irgend etwas war anders. Ich sagte halblaut „Gertrud?“, weil Gertrud als einzige einen Schlüssel von meinem Haus hat. Ich stand noch im Halbdunkel und suchte den Lichtschalter neben der Wohnzimmertür. Die Rollos waren heruntergelassen. Die Gardinen vorgezogen.

Plötzlich wurde ich von hinten festgehalten. Das Licht ging an. Vor mir stand ein Mann mit einem platten, teigigen Gesicht. Keine Frage: Lafontaine, das Eierkuchenface!

Der hinter mir hatte einen eisernen Griff. Ich stöhnte auf. Der Eierkuchenmann hielt eine Pistole auf mich gerichtet.

„Setzen! Nicht umdrehen!“

Ich wurde auf meinen Sessel gedrückt. Standen hinter mir zwei, drei Gangster? Oder nur einer? Ich wagte nicht, mich umzudrehen. Im Fenster konnte ich nichts sehen. Deshalb die zugezogenen Gardinen!

„Ich mache es kurz. Hören Sie gut zu! Am Montag nachmittag genau um fünfzehn Uhr gehen Sie zur Polizei! Machen eine Anzeige! Drei alte Herren. Sie wissen, wen ich meine. Wenn Sie das bis dahin nicht gebacken kriegen, werden Sie am Abend aussehen wie Ihr Gewächshaus. Dann sehe ich schwarz für Sie."

Ich hatte überhaupt keine Lust, klein beizugeben. Wenigstens Widerstand andeuten, sagte ich mir. In solchen Situationen bleibe ich kühl.

„Ich auch für euch! Verschätzt euch nicht! Verpißt euch! Dann will ich das hier vergessen. Ihr habt hier keinen Sextaner vor euch."

Der Kerl nickte kurz, und sofort kriegte ich von hinten was unter die Rippen. Ich krümmte mich.

„Reden Sie keine Litaneien, Mann! Wir kennen Ihre Möglichkeiten. Ich wiederhole mich nicht."

Ich hatte nur eine Chance. Jetzt oder nie! Dieser Lafontaine saß schräg vor mir. Die Pistole hielt er zu lässig. Ich mußte im richtigen Moment schnell sein. Noch hatten die mich nicht kleingeboxt. Ich probierte es.

„Hört zu! Ich mache das nicht zu meinem Vergnügen. Ich will ins Geschäft. Sagt eurem Generalissimus, daß ich morgen ..."

Als ich merkte, daß er einen Augenblick mehr auf meine Worte als auf meine Beinstellung achtete, sprang ich ihn an, hielt seine Pistole fest und schlug zu.

Ich hatte Pech. Sofort wurde ich hochgerissen. Mein rechter Arm wurde herumgedreht, daß ich aufschrie. Hinter mir mußte ein ziemlich flotter Rübezahl stehen. Augenblicklich stand ich stramm wie ein Zinnsoldat. Der Schmerz betäubte mich fast. Dann kriegte ich einen Schlag auf den Kopf.

11

Es war ziemlich hell. Ich kniff die Augen wieder zu. Der Schädel brummte mir. Am Scheitel war irgend etwas Dickes, das schmerzte. Ich wollte daran fühlen. Da erst merkte ich, daß ich gefesselt war. Mein rechter Arm tat mir höllisch weh. Irgendwo oben an der Schulter. Mein Mund saß zu. Irgendwas Ekliges, das nach Äthyläther schmeckte, hatte man mir zwischen Unter- und Oberkiefer gedrückt.

Als ich mich dann doch zu einem Dasein mit offenen Augen durchgerungen hatte, sah ich, wo ich saß: in meinem Hobbykeller, in einem alten Gartenstuhl! Ich konnte über diesen Witz nicht lachen.

Mir knurrte furchtbar der Magen. Ich sah an mir herunter. Kein Blut. Meine Hände befühlten sich hinter meinem Rücken. Die hatten mir meine Uhr geklaut, diese Banditen! Meine gute Porsche Design-Uhr! Trage ich nur zum Renommieren. Zweitausend Mark futsch! Diese Gangster wurden langsam teuer!

Mehr konnte ich nicht herausfinden. Die hatten mich festgenagelt wie in einer eisernen Jungfrau. Nicht mal ein Umkippen und Weiterrobben war drin.

Am schlimmsten war der Schmerz am rechten Schultergelenk und der Hunger. Auch kriegte ich Durst. Der Helligkeit nach zu urteilen, mußte es am späten Nachmittag sein. Da scheint die Sonne auf die Terrasse, von der die zwei Lichtschächte in diesen Kellerraum gehen. Auch an trüben Nachmittagen kann man ohne Licht seine Sachen finden. Ich saß hier also schon circa fünfzehn Stunden. Kein Wunder, daß ich Hunger hatte. Meine Blase stimmte dem Magen zu, ebenso meine Lunge.

Mein lädierter Kopf brauchte keine große Leistung zu vollbringen, um mir klarzumachen, daß mir hier nur eines zu tun blieb: abzuwarten, bis irgend jemand, der mich vermißte, mir aus dieser Lage heraushalf. Wer konnte das sein? Sonja war bei Omi. Helmut hatte sich für den Sonntag mit seiner Neuen an den Dümmer See abgemeldet. Alle Ärzte segeln sonntags am Dümmer – egal, ob es regnet oder Flaute ist. Meine Mutter rief sonntags häufig an, aber sie kam nie persönlich vorbei. Verabredungen hatte ich nach dem stressigen Abi-Ball keine getroffen.

Blieben Gertrud und unser Sheriff-Veterane Heinz. Die wollten mir sicherlich irgend etwas über ihre Einsätze berichten. Mehrmals läutete das Telefon, einmal schrillte die Haustürklingel. Ich blieb allein. Vielleicht würden am Montagvormittag meine Kollegen nachhaken. Wenn sie mich hier aufspürten, würde es Nachfragen und Ärger geben. Ich hoffte auf andere und frühere Hilfe. Und bis da – so beschloß ich – wollte ich das Überlebenstraining aller Isolationshäftlinge absolvieren: Gedankenspielereien, Kombinations- und Konzentrationsübungen.

Obwohl ich ein ziemlich dämmeriges Gefühl im Kopf hatte, versuchte ich, meine Peiniger einzuordnen. Die konnten nicht Wulles Kumpane sein. Die hatten offenbar nicht gewußt, wer ich war und wo ich wohnte. Nicht mal die orangefarbenen Farbeimer hatten die mitgenommen. Sie standen an der Hobelbank, wie ich sie vor einer Woche abgestellt hatte. Und nachgefahren waren sie mir auch nicht. Ich hatte wie ein Luchs in den Rückspiegel gesehen, auf zwei Parkplätzen pausiert und zig Runden durch Wohngebiete gedreht, bevor ich zu mir gefahren war. Und hatten die nicht was von „Gewächshaus“ geplaudert? Das mußten diese Typen sein. Dieselben Typen!

Endlich erinnerte ich mich wieder an das Eierkuchengesicht! Natürlich! Lafontaine und Marga! Ich hätte mich an meinen Kopf fassen können. War da oben was kaputtgegangen, daß ich so dämlich langsam war? Gewächshaus – Eierkuchen – drei Rentner – Anzeige – Marga. Alles paßte! Na, der würde ich Bescheid stoßen!

Ich versuchte schließlich zu schlafen. Doch waren die Schmerzen zu stark. Sie fingen an, durch meinen ganzen Körper zu pochen. Mein Mund begann auszutrocknen. Das Knäuel unterm Gaumen war hart und knochentrocken. Ich sehnte mich nach meinem Tabak.

Die Quälerei nahm kein Ende. Mein Gaumen begann zu schmerzen. Er wurde immer trockener. Wie Klopapier. Außerdem mußte ich immer dringender, weshalb ich die Oberschenkel gegeneinanderpreßte. Ich fühlte, daß ich bald wahnsinnig werden würde. Die Helligkeit nahm ab. Ich schätzte, daß es zwischen achtzehn und neunzehn Uhr war. Wieder ertönte diese Türschelle. Mehrmals. Ich konnte nicht mal

„Muh“ sagen, geschweige denn irgend etwas rufen. Dann war wieder Ruhe.

Dann konnte ich nicht mehr an mich halten. Ich ließ meiner Blase freien Lauf. Ein Scheiß-Gefühl, so was. Vor allem, wenn die flüssige Wärme erkaltet und sich Ammoniak bildet. Der Stoff reagiert sauer. Ich auch. So hilflos war ich mir noch nie vorgekommen.

Manchmal will man sterben. Nur einfach nicht mehr dasein. Wenn der Tod ist, bist du selbst nicht mehr. Spruch des guten, alten Epikur! Der mit seiner Angstbekämpfung! Oder wenn schon der Tod keine Zeit für mich hatte, dann wenigstens sein kleiner Bruder, der Schlaf. Doch nichts davon war zu haben. Ich glaube, meine Augen wurden mir feucht. Selbstmitleid! Nur Selbstmitleid!

Vielleicht eine halbe Stunde später hörte ich ein Knacken an der Haustür. Dann plötzlich eine Stimme, die mir irgendwie bekannt vorkam:

„Tag, Peter, wie geht's?“

Und dann eine andere Stimme:

„Schön, daß du da bist. Komm rein!“

Ich war wahnsinnig geworden! Die Schmerzen, der Hunger, die Nässe zwischen den Beinen! Das war der Wahnsinn! Ich stöhnte auf. Mein Kopf schwankte. Ich wollte sterben. Nur irgendwie weg hier. Raus aus dieser Art Leben!

Es ging eine Tür, dann noch eine. Dann Ruhe. Oben ging es weiter mit dem Türöffnen. Ich hätte schreien mögen. Dann die Kellertür. Schritte auf der Treppe. Kamen die Gangster wieder zurück? Ich glaubte zu zerspringen. Schritte – nicht fünf Meter von mir entfernt. Da stand er vor mir: ein kleiner Herr mit zu großem Kopf, Tropfennase und kleinen, runden Lippen. Heinz Effsing!

„Herr Pfühl!“

Ich stöhnte, jaulte, ächzte, quietschte. Er nahm mir den Knebel aus dem Mund.

„Mensch. Da haben Sie Glück im Unglück!“

Ich wollte was Intelligentes antworten. Ich konnte nicht. Mein Hals war eine gedörrte Gurke. Unten saß ich im Nassen.

Während er mir die Fesseln abschnitt, verzog ich ein paarmal auffällig das Gesicht. Schließlich bemerkte er meinen schlaffen Arm und bewegte ihn. Ich schrie auf.

„Verflucht!“

Er ließ sich nicht aus der Ruhe bringen und diagnostizierte brutal weiter. Wie ein Stabsarzt. Kriegszeiten!

„Ausgekugelt. Kommen Sie vorsichtig nach oben! Wir waschen erst Ihre Schläfe. Ist nur eine Platzwunde. Geht aber wohl ohne Nähen. Kommen Sie!“

„Wie spät ist es?“

„Viertel nach sieben.“

Daß ich mich nicht ganz verschätzt hatte, gab mir was. An seinem Arm und breitbeinig bewegte ich mich in die Küche. Eine schwüle Wärme schlug mir entgegen. Ich bat ihn unter Räuspern, mir aus dem Schlafzimmer eine trockene Hose samt Unterhose herunterzuholen. Er half mir dezent beim Umkleiden. An Duschen war kein Denken. Dann nahm er einen sauberen Spüllappen und begann geduldig, die schon verschorfte Stelle an der Stirn abzutupfen. Ich gewöhnte mich an das Brennen.

„Halb so wild. Ein Pflaster wird reichen. Und jetzt den Arm. Ich schätze, daß ein Arztbesuch ausfällt. Oder wünschen Sie einen?“

„Nein“, krächzte ich.

„Soll ich das machen? Ich war über fünf Jahre bei uns im Sanitätswesen und bin noch beim Roten Kreuz. Sie wären nicht mein erster Fall. Ich habe da ein Händchen für.“

„Legen Se los!“

Ich wollte nicht wissen, daß ich sein zweiter Fall war und wie der erste ausgegangen war. Er zog mir vorsichtig das Hemd aus. Dann griff er zu. Ich schrie auf. Das war’s.

Meine dreifache Erleichterung ließ mich überschwenglich werden.

„Sie können mich ‚Pepa‘ nennen! Meine Freunde nennen mich immer so.“

Über sein Gesicht huschte nicht, sondern galoppierte ein Lächeln. Ich hatte sein tiefstes Inneres getroffen.

„Gerne!“

Er reichte mir seine Rechte. Schon tat mir meine Großzügigkeit leid. Doch nun war es zu spät. Ich schlug männlich ein. Es tat noch weh.

„Heinz!"

Einen Moment überlegte ich, ob ich allerdings auf einem weiteren Siezen bestehen sollte. Doch kam ich mir kleinlich und undankbar vor. Ich bin eigentlich nicht so fürs Duzen. Das hat mehr Nach- als Vorteile. Man muß sich zusätzlich zu den Nachnamen noch die Vornamen merken, hat kaum eine Chance, vertraulichen Bitten zu entgehen und wird zu Familienparties eingeladen. Mahlzeit! Ich muß einfach lernen, langsamer zu reagieren!

Dann trank ich eine Flasche Mineralwasser, aß ein halbes Brot, fünf Tomaten, eine Viertel Salami, drei Joghurtbecher und drehte mir eine. Und zwar in der Küche. Das war Premiere. Der erste Zug war wie was Unanständiges. Nach dem zweiten Joghurtbecher begann ich das Gespräch.

„Warum sind …, eh – bist du eigentlich hergekommen?"

„Na, ich wollte dir erzählen, was meine Kollegen so wissen."

„Und wie sind …, eh – bist du drauf gekommen, daß irgend etwas nicht stimmte? Man bricht ja nicht einfach so ein. Auch nicht als ehemaliger Cop."

„Du warst nicht da, als ich geklingelt habe. Aber dein Auto war da."

„Das steht doch in der Garage. Wie kriegt man denn so was raus?"

„Dein Schlüssel hängt am Schlüsselbrett. Der ist so auffällig mit seinem Ferrari-Anhänger dran, daß ich ihn von außen durch die Tür sehen konnte. Und du gehst ja nie zu Fuß oder fährst Rad. Aber ganz sicher war ich mir nicht. Zugegeben. Da bin ich bei dem Wetter auf die Umgehungsstraße und den Wall hoch. Da konnte ich feststellen, ob die Burschen noch in der Nähe waren. Aber wichtiger war mir, zu sehen, wie es bei dir von hinten aussah."

Ich drückte meine Zigarette im Teller aus und grinste.

Heinz grinste zurück.

„Ich meinte deine Terrassenöffnungen. Das untere Rollo war ganz heruntergelassen. Selbst bei knaller Sonne läßt man aber ein wenig Licht für die Blumen herein. Und oben waren die Rollos hochgezogen und die Fenster auf Kipp. Wenn du für länger weggefahren wärst, hättest du das Auto mitgenommen und die Fenster geschlossen. Vor allem aber: die Terrassentür! Da waren dann die Rollos hochgezogen und die Tür ausgehebelt. Und zwar brutal. Die Burschen hatten mit ihrem Kuhfuß eine schnelle Arbeit gemacht. Da war der Fall für mich klar. Ich bin sofort wieder zurück. Hintenrum war mir zu auffällig bei hellichtem Tage. Ich habe also die Haustür aufgefummelt."

„Das habe ich gehört. Wie macht denn ein Kommissar so was?"

„Er schwitzt, weil er sich nicht bücken darf und locker vor der Tür stehen muß, als wartete er, daß ihm geöffnet wird. Ich hab's aber eleganter als diese Barbaren gemacht. Die meisten Schließanlagen laden zum Einbruch ein. Deine auch. Maulschlüssel und Schraubenzieher aus meinem Fahrradkästchen reichen. Du mußt dir jetzt nur leider einen neuen Schließzylinder besorgen, sonst habe ich alles heil gelassen."

„Und dieses Gerede? Hast du geglaubt, die Lümmel säßen noch bei mir vor dem Fernseher?"

„Nein. Aber gerade, als ich mit dem Schraubenzieher die Tür aufschloß, kamen irgendwelche Spaziergänger und guckten rüber. Da mußte ich so tun, als ob du zu Hause wärst und mich herzlichst begrüßt. Fiel mir – zugegeben – ein bißchen schwer."

Ich bat Heinz, uns einen Kaffee zu machen. Es war schon acht. Aber man muß auch Ausnahmen von seinen Tagesriten machen können. Dann rief ich Gertrud an. Sie hatte Besuch. Eine Männerstimme war im Hintergrund zu hören. Doch ich war wichtiger. Als Gertrud hörte, was passiert war, stand sie schon in der Tür. Meine Perle!

Wir saßen zu dritt am Eßtisch. Gertrud hatte die Reste von ihrem Nachmittagskuchen mitgebracht. Erdbeerboden. Gertrud und Heinz duzten sich gleich, nachdem ich sie miteinander bekanntgemacht hatte. So ist das Volk. Gertrud erzählte Heinz, was ihr Job bei unserem Unternehmen war und welche staunenswerten Erkenntnisse sie bereits gewonnen hatte.

„Das also wäre klar. Marga hat sich mit irgendwelchen Drogengangstern eingelassen."

Heinz nickte und gab seine Kompetenz zum besten.

„Und zwar mit einer gut organisierten Bande. Ich habe bei uns nachgefragt. Hollanddealer. Die sind hier im Grenzraum organisiert. Vor kurzem gab es in Gronau eine Verhaftung. Dreißig Kilo Hasch und hundertzwanzig Gramm Kokain. Die Platten waren in Sporttaschen versteckt. In einem Mietwagen. Wert: 170 000 Mark. Die ZKB in Borken meint, das sei die Spitze eines Eisberges."

Gertrud guckte pingelig.

„Wer, bitteschön, ist die ZKB?"

„Tschuldigung. Die Zentrale Kriminalitätsbekämpfung."

Gertrud verzog einen Mundwinkel. Sie mochte nicht, wenn einer ihr mit Spezialwissen kam.

„Und die Russen?"

„Bisher keine Anzeichen dafür, daß die hier mit im Geschäft sind."

Ich schluckte den letzten Bissen herunter.

„Was Neues von Igor gehört?"

„Nein. Die tappen da ebenfalls im Dunkeln und denken an einen Unfall. Wie ich mir dachte. Wir sind für so was im Kreis miserabel ausgestattet. Nur daß der unter Drogen stand, viele Einstichnarben am Arm und einen Gürtel aus Rußland um die Hose hatte."

Gertrud lächelte mich an.

„Soweit waren wir schon lange. Was, Pepa?"

Wir kamen uns gut vor. Gertrud, die schon witterte, daß sich hier eine Zusammenarbeit anbahnte, wollte die Fronten schon mal abstekken.

Als wir uns ins Wohnzimmer gesetzt hatten, bei hochgezogenen Rollos und geöffnetem Fenster, blickte ich mich nur flüchtig um. Anscheinend hatten die Barbaren hier nichts weiter angefaßt. Vor allem nicht mein bestes Stück: „Die Müdigkeit der Pferde", ein Glaskunstwerk von der Peretti. Heinz wurde strategisch.

„Wahrscheinlich gehören dieser Andrej aus dem Übergangswohnheim, dieser Lafontaine und Marga zu einem größeren Unternehmen."

„Und Igor!"

„Ich rede von Lebenden."

Ich insistierte.

„Aber alles deutet auf Russen hin. Und einen Bandenkrieg."

„Na, na, Pepa! Das ist ein bißchen zu hoch. Höchstens um Wettbewerbsverdrängung. Und da spielt Marga eine größere Rolle."

Gertrud holte sich meinen Sherry. Sie war ja hier wie zu Hause. Wir stießen an. Gertrud zwinkerte mir zu und trank aus. Dann sah sie uns wichtig an.

„Schießen Sie los, Gertrud!"

„Ich war ja gestern in Lammerdings Haushalt. Nur zur Orientierung. Mein Gott, sieht es da aus! Eine teure Einrichtung – auch die Küche –, eine riesige Musikanlage und Musiksammlung, großartige Fotos von Konzerten und Bands. Aber der Staub, die Wäsche, das Geschirr! Ich war wirklich erschrocken und habe …"

Für Atmosphärisches hatte Heinz keinerlei Interesse. Das war auch mein erster Eindruck bei seinem Besuch damals gewesen. Aber Männer haben nie Interesse an Gesprächen ohne klares Ziel. Wir sind lösungsorientiert. Man sollte Frauen den Tip geben, auf Anrufbeantwortern niemals nur zu sagen: Ruf mich an. Wir wollen es genauer wissen. Heinz – eben ein Mann – unterbrach meine Gertrud.

„Irgendwelche Erkenntnisse? Hinweise?"

Gertrud guckte ihn so säuerlich an, daß Heinz merkte, daß er sich das nicht noch einmal leisten durfte. Gertrud fuhr trotzig im Satz fort:

„… und habe wenigstens die Küche halbwegs in Schuß gebracht. Hinweise? Erkenntnisse?"

Gertrud ließ Heinz und mich zappeln, ging zur Terrassentür und sah nach draußen. Das hatte Heinz nun von seiner Drängelei. Endlich drehte sie sich um.

„Herr Lammerding war früher Musiker und ist viel rumgekommen. Die Fotos sind nicht nur ausgezeichnet, sondern liefern auch – na ja, Erkenntnisse, Hinweise."

„Ist er nun Margas Vater?"

Ich hatte mir während des Gesprächs ab und zu den Oberarm gerieben. Jetzt trat Gertrud wortlos hinter die Sessellehne und begann, mich zu massieren.

„Ich bin erst mal vorsichtig gewesen. Aber was Wichtiges habe ich trotzdem rausgekriegt, als ich mich interessiert zeigte für seine Fotos und seine Sammlung von Platten, CDs, Kassetten und Bändern."

Ich sah gespannt zu meiner Wohltäterin hoch. Heinz hob den Kopf erwartungsvoll – und ungeduldig. Gertrud stand über uns. Buchstäblich. Sie genoß unsere Spannung.

„Tut es Ihnen gut so, Pepa? Oder ist es zu stark? Ich knete jetzt mal weniger und streiche nur die Haut."

Heinz grinste gequält und hatte wohl mehr „streichele" verstanden. Das hatte Gertrud auch gemeint, wie ich gleich feststellen durfte. Aber mir war nicht nach knisternder Behandlung von Schwester Veronika. Zum Zeichen dafür zuckte ich leicht mit der rechten Schulter. Gertrud störte das nicht weiter.

„Tja, das Interessante, meine Herren, ist: Herr Lammerding ist Besitzer vom ‚Tonwerk'."

„Diese Disco? Lieferte da nicht der Fixer, dieser Wulle, die Ware hin?"

Heinz war ein sachlicher Mitdenker.

„Ja, genau. Diese Disco ist es."

„Das wird also immer doller! Vater und Tochter betreiben eine Disco als Drogenumschlagshafen."

Heinz fuhr ihr messerscharf dazwischen.

„Ich muß dich bitten, Gertrud! Marga und Wulle waren ja noch gar nicht im Geschäft miteinander!"

Wir schwiegen. Gertrud ging nun doch wieder zum Kneten über. Sie war verärgert über Heinz und nervös und ließ es meinen Arm unbewußt spüren. Ich versuchte mich in Harmonie.

„Andererseits ist das schon auffällig. Da muß doch irgendwas zusammenpassen!"

„Kann sein, kann nicht sein", gab Heinz kalt zurück. „Halten wir uns an die unbestreitbaren Tatsachen. Erstens: Die Dealerkreise sind ohne informelle Kontakte zueinander. Bis auf Marga. Die bewegt sich in beiden Kreisen. Jedenfalls in Teilen davon. Marga, dieser Lafontaine und Igor gehören zu einer Gruppe. Und nur die kennen dich, Pepa. Zweitens: Marga und ihre Leute setzen dich massiv unter Druck, damit du für sie die drei alten Kuriere ausschaltest. Natürlich um den todsicheren Drogenweg ihrer Konkurrenz zu kappen. Marga hält sich derweil an diesen Wulle. Damit wäre für die Holland-Dealer das Geschäft vorbei. So schnell baut man sich kein neues Netz auf. Es geht also um Ausschaltung der Konkurrenz auf dem Drogenmarkt. Und zwar eine elegante Ausschaltung. Die Neuen wollen im Seidenhemd in die Szene. Mit Krawatte, aber ohne Krawall."

Heinz lächelte zufrieden über das gelungene Wortspielchen zum Abschluß seiner Rede.

Ich war froh, als Gertrud von meinem Arm abließ. Denn es hatte mich die Angst gepackt, er könnte wieder auskugeln. Sie nahm sich ihre Zigaretten und ging nach draußen. Ich erhob mich ebenfalls.

„Komm mit, Heinz. Ich dampfe mir auch eine."

Gertrud blieb auf der Schwelle stehen, als sie das hörte.

„Kommt nicht in Frage, Pepa, daß Sie selbst drehen. Schonen Sie um Gottes Willen Ihren Arm!"

Schließlich standen wir zu dritt draußen. Heinz sah zum Gewächshaus.

„Mensch, Pepa. Die haben dir das Ding da wirklich böse zerkloppt. Tut mir leid. Die Versicherung fällt wohl aus, was?"

Heinz war nicht zu unterschätzen. Ein blitzgescheiter Kriminalpensionär.

„Nee. Das macht nur Ärger."

„Eben."

Da stellte sich Gertrud vor uns und ließ ihre Zunge über den Klebefalz meiner halbfertigen Zigarette gleiten.

„Bitte, Pepa, Ihr Joint. Dieser Wulle hat offenbar seinen Leuten nichts von Margas Angebot weitergegeben. Und der muß doch jetzt den Eindruck haben, daß da drei Ringe im Spiel sind: sein eigener, der von Marga und der von Pepa. Und er ist eisern bei seinen Leuten geblieben. Trotz Margas Super-Stoff, trotz Pepas großzügigem Angebot. Denn sonst hätte er Pepa ja nicht seine Leute auf den Hals geschickt. Dieser Wulle ist demnach ein harter Knochen. Da müssen wir aufpassen."

Heinz hob anerkennend und so auffällig die Augenbrauen, daß Gertrud es bemerken konnte.

„Genau. Der ist nicht so harmlos, wie er aussieht. Er hat Gründe, daß er bei seiner alten Sippe bleibt. Aber offenbar hat er Marga noch nicht verpfiffen. Nur Pepa mochte er nicht. War ihm wahrscheinlich nicht koscher, dein Auftreten."

Einen kleinen Stich versetzte mir die Negativkritik an meinen schauspielerischen Fähigkeiten schon.

„Ich bin ja eben keiner von der Szene. Das hat der gerochen. Also können wir alles streichen, was Wulle gesagt hat. Oder?"

Gertrud blies ihren Rauch in Richtung meines Gesichts und gab mir Feuer.

„Genau. Tut mir leid, Pepa. Wir sollten jede verdächtige Person aus ihrem Blickwinkel durchgehen. Wulle also wartet ab, wie sich Marga entwickelt. Und bei Pepa war er lieb, solange er den Stoff nicht komplett hatte. Der war ja wohl einige Hunderttausend wert. Gott, müssen die Dealer ihm die Hölle heiß gemacht haben!"

„Kann ich mir auch gut vorstellen. Nur bin ich mir noch immer nicht so ganz sicher, ob der Kerl nicht doch gerissener ist, als man glauben mag."

Ich nickte.

„Ich fürchte, daß wir den Wulle offenlassen müssen. Gehen wir mal an Marga ran!"

Schweigen. Gertrud und ich pafften vor uns hin. Heinz knüselte seine Pfenniglippen zu einem Punkt und fluchte übers Wetter. Ich drückte schließlich meine Zigarette in meinem Terrassenascher aus.

„Ich weiß einfach nicht, warum die das macht. Die Motive, die kapiere ich nicht."

Wieder Schweigen. Alle hatten eben daran herumgekaut, und keiner wußte mehr als ich. Schließlich war auch Gertrud mit ihrer 120er Eva am Ende und versuchte ein Schlußwort.

„Ich werde morgen weiterspitzeln. Heinz, du könntest dir Wulles Alltag vorknöpfen. Und Pepa, Sie kümmern sich nur um Ihre eigene Sicherheit. Das geht vor. Und Sie lassen sich endlich mal von Heinz diesen Kugelschießschreiber erklären, stecken sich den ein und fahren zur Polizei."

„Nee, Gertrud! Das eben tue ich nicht!"

„Doch. Sie gehen um drei Uhr dahin und holen sich Material über Verkehrserziehung ab."

„Bitte?"

Heinz lächelte Gertrud an. Er war schneller als ich. Gertrud lächelte zurück.

„Sie meint, daß du da nur zum Schein hingehen sollst. Wenn die dich beobachten, und das werden die, dann bist du aus dem Schneider.“

„Aber nur vorläufig.“

Heinz nickte.

„Ich werde allerdings in der Nähe sein. Irgendwo müssen die ja stehen.“

„Und dann?“

„Du fährst nach Hause und machst brav wie immer deinen Schulkram …“

Ich räusperte mich.

„… und ich fahre hinter diesen Ganoven her. Bisher kennen wir nur diesen Lafontaine.“

„Und Andrej Ziegler.“

„Vielleicht gehört der auch dazu. Kann man den erkennen?“

„Ja, an seinen Stoppelhaaren und den langen Koteletten.“

„Gut. Welchen Wagen haben die damals gefahren?“

„Einen weißen BMW 524.“

„Kennzeichen?“

Ich guckte blöd.

„Muß ich passen.“

Jetzt war Heinz wirklich perplex.

„Pepa, das ist nicht professionell!“

Ich wurde patzig.

„Professionell kann ich dir den Siedepunkt von Schwefel runterbeten oder die Formel für das Chlorknallgas oder die marxistische Formel über die Profitrate oder Einsteins spezielle Relativitätstheorie.“

Heinz sah mich auffordernd an. Ein spitzes Lächeln. Gertrud wurde böse:

„Hört mal, ihr Kindsköppe! Laßt das! Wir treffen uns an der Treppe zum Dom. Sagen wir neunzehn Uhr?“

Heinz war nicht einverstanden.

„Wenn die einen im Visier haben, haben die uns dann gleich alle. Wir sollten uns auch nicht mehr bei Pepa treffen. Morgen treffen wir uns um zwanzig Uhr in der Sauna am Bahnhof. Dieses Sauna- und Squash-Center. Da bin ich immer um die Zeit. Gertrud kommt um viertel vor acht, Pepa um viertel nach. Und fahrt vorher Umwege! Am besten eine Runde durchs Umland."

Gertrud machte der Vorschlag sofort Spaß. Ich protestierte. Heinz wollte nur seinen üblichen Sauna-Termin nicht verpassen.

„Ich gehe da nicht rein! Schon gar nicht bei dem Wetter!"

Heinz hatte wieder eine glasklare Begründung.

„Das ist leider unwichtig. An dem Ort kann man am besten reden. Schwitzraum. Kaltbecken. Pool. Ruheraum. Bar. Da ist jetzt überall ziemlich Flaute und jeder ist sofort erkennbar, der reinkommt. Ich kenne die meisten da seit längerem. Aber die Gesichter aus Saunen behält man sich am schlechtesten. Das ist auch nicht unwesentlich."

„Wegen des Dampfes?"

„Nein. Weil man mehr auf das andere achtet."

Gertrud brach in Gelächter aus. Das war genau ihre Sache. Sie schien den Abend kaum abwarten zu können. Ich hielt den Mund. Bei solchen Gesprächen sitzt du in der Klemme. Wenn du weiter protestierst, giltst du als verklemmt oder unsportlich. Dem Gespräch mußte eine andere Richtung gegeben werden.

„Ich hole jetzt diesen Schießkuli."

„In Ordnung. Aber bevor ich es vergesse: Laß morgen gleich deine ganze Schließanlage auswechseln. Man kann nie wissen. Deine Außentüren solltest du auch mal aufrüsten. Die Haustür jedenfalls läßt sich spielend leicht öffnen. Du solltest dich mal mit dem KK – eh, Kriminalkommissariat Vorbeugung unterhalten. Aber das kannst du alles in einem Aufwasch mit der Reparatur machen."

„Danke. Aber dein KK kann mir gestohlen bleiben. Ich mache das mit einem Handwerksbetrieb. Das sind zwar Gauner, mir aber immer noch lieber als deine Kollegen."

Gertrud drehte sich in Richtung Terrassentür.

„Ich kann dann ja gehen. Waffen sind Männersache. Schon wegen der Formen."

Gertrud schien nur noch an die Sauna zu denken. Als sie gegangen war, gab ich Heinz im Wohnzimmer die Schreibtischwaffe in die Hand. Er schaute er nur kurz, erstarrte fast und legte das Ding schnell in Richtung der offenen Tür auf den Tisch.

„Mensch, das Ding ist gespannt. Und einen Sicherungshebel hat so eine Miniwaffe nicht! Da hätte aber leicht was passieren können, mein Junge!“

Heinz entspannte den Kugelschreiber vorsichtig und erkläre mir die Waffe. Er drehte den Kuli normal auf. Im vorderen Teil waren Lauf und Patronenlager mit einer Patrone. Heinz klopfte sie heraus. Kaliber 6,35. Dann drehte er das Ding wieder zusammen und schüttelte es hin und her.

„Hörst du? Da drinnen schlackert die lose Feder. Jetzt paß auf!“

Und er spannte mit einem Hebelchen am Klipp die Feder hinterm Schlagbolzen. Den Hebel konnte man arretieren. Jetzt war kein Schlackern mehr zu hören.

„Nun ist die Waffe schußbereit. Aber nur auf einen Meter trifft sie präzise. Es ist eben ein Nahkampfspielzeug. Wenn du jetzt auf den Knopf am Ende des Kulis drückst, löst du die Arretierung, der Schlagbolzen haut auf das Zündhütchen, und der Schuß löst sich. Aber unterschätze die Durchschlagskraft nicht!“

„Woher weißt'n das alles?“

„Ich bin nicht Polizist geworden, weil ich beim Finanzamt nicht dazwischenkam. Ist eben meine Welt. Wie Einstein und Chlorgas deine. So ein Kugelschreiber ist übrigens ein typisches Terroristenutensil. Die Pathanen und die Taliban-Leute um den Khaiber-Paß verdienen sich mit solchen Spezialitäten ihren Lebensunterhalt. Beliebter sind aber die Koppelschloßpistolen. Man löst den Gürtel, hat damit die Feder schon gespannt und kann den Lauf, der sich hinter Koppel und Koppelschloß befindet, auf seinen nahen Gegner richten. Das ist eine uralte Erfindung. Noch aus Nazizeiten. Willst du noch mehr hören?“

Ich schüttelte den Kopf. Heinz meinte, ich sollte die Waffe möglichst in einem harten Etui tragen, damit nicht irgendwann an der Kleidung die Feder gespannt würde, und fragte, ob ich heute bei ihm übernachten wollte. Ich markierte den Furchtlosen und lehnte ab.

Insgeheim hatte ich schon beschlossen, bei Helmut vorbeizufahren. Der hatte nach dem verregneten Wochenende mit seiner Neuen sicherlich Lust auf einen reinen Männerabend. Helmut hat gute Weine im Keller. Und es wäre nicht das erste Mal, daß ich meinen Wagen vor seinem Haus stehenlassen mußte.

Als ich klingelte, öffnete die Neue. Helmut war zu langsam gewesen. Er stand am Ende des Flurs und guckte wie ein Ertrinkender.

„N'abend, Pepa."

„N'abend."

Ich ließ rasch meine Schulter und meinen Kopf hängen und blickte leidend.

„Oh, du siehst aber nicht gut aus!"

„Nein. Tut auch weh."

Ich drängelte mich zu Helmut vor.

„Helmut, ich glaube, daß das genäht werden muß. Es ist schon heute nachmittag passiert."

„Warum bist du nicht eher gekommen? Zeig mal!"

„Na, ich wollte doch nicht stören. Ich wußte doch, daß ihr ..."

Helmut sah mich überaus zärtlich an. Wie seinen Erretter. Er riß das Pflaster ab.

„Aber sofort muß das unter die Nadel, mein Lieber! Das wird höchste Zeit! Das Zeug habe ich in der Praxis. Wie ist denn das passiert?"

„Diese niedrige Kellertreppe. Da ist so ein Vorsprung. Maurer sind Gangster. Alle Handwerker sind Gangster. Ich hatte beide Hände voll und konnte den Lichtschalter, der auch viel zu tief sitzt, nicht finden. Und unten bin ich hingeknallt. Du mußt dir auch dringend meine Schulter ansehen. Röntgen oder so."

Helmut hatte in seinem Laden kein Röntgengerät. Er grinste frech, befummelte meinen Arm, drehte sich dann zu seiner Neuen und zuckte mit den Achseln.

„Tut mir leid, Liebes. Aus unserem Abend wird wohl nichts mehr. Ist eben mein Beruf. Aber du hast ja Verständnis. Nicht? Das da bei Pepa sieht böse aus. Zum Röntgen müssen wir sowieso ins Krankenhaus."

Die Neue mochte unsere Freundschaftshilfe durchblicken oder nicht. Sie mußte ihre Sachen packen. Ein kurzer Kuß an Helmut, und er war sie los. Wir fuhren ein bißchen herum und kehrten dann zu Helmut zurück. So sind wahre Freunde.

12

Ich sah mich auffällig nach allen Seiten um. Nichts zu sehen. Auch von Heinz keine Spur. Meine Augen suchten die Umgebung ab. Nicht das Geringste zu sehen. Schon gar kein BMW.

So bog ich zur Kreispolizei ein. Ich wußte, daß hinter mir jemand lauerte. Und vor mir? Da holten mich die alten Gefühle ein. In der letzten Nacht hatte ich schon miserabel geschlafen. Nicht wegen Helmuts Wein, sondern wegen diesem braunrot-grünen Gebäude vor mir. Jedesmal, wenn ich einen Staatsbüttel von Nahem sehe, melden sich bei mir körperliche Symptome: ein Schlag auf den Schädel, ein umgeknickter Arm, ein Tritt vors Schienbein, ein harter Wasserstrahl, tränende Augen und quälende Fragen. Mir wird höchst unbehaglich. Ich verkrampfe mich, meine Körperbehaarung sträubt sich, und ich gehe in Verteidigungsstellung.

Leicht gebückt und den Regenschirm fest in der Hand drückte ich die Eingangstür auf, drehte mich aber noch einmal blitzschnell zurück, um meinen Beobachter endlich einmal zu Gesicht zu bekommen. Alte Lehrerunsitte. Für Aufsichten bei Klassenarbeiten effektiv, weil unberechenbar. Hier brachte das gar nichts. Bis auf einen Fast-Zusammenstoß mit einem Uniformierten, der einen Stapel angenässter Kuchenpappen und -tüten unterm Kinn jonglierte. Er blickte mich an wie ertappt.

„Man kriegt hier manchmal nicht mal ’en Mittagessen!“

Diese blöde Entschuldigung ließ ich unbeantwortet. Falls der sich gedacht hatte, ich würde ihm auch noch die Tür für sein besoldetes Kaffeekränzchen mit Gefahrenzulage aufhalten, hatte der sich getäuscht. Ich ging stracks geradeaus und orientierte mich nach vorne. Hinter mir entstand ein angestrengtes Geräusch. Als der Bulle an mir vorbei in den Fahrstuhl eierte, grinste ich mir einen. Einmal warst du wenigstens stärker!

Ich stand vor einer dieser selbstgemachten Etagen- und Abteilungspläne, die in allen öffentlichen Gebäuden anzutreffen sind. Mit Buchstabenstickern, ich suche dann immer nach Fehlern. Ich hatte ihn gleich: „Fernmeldelikte“. Bei dieser Behörde sparte man eisern. Bei manchen wird eher verschwendet: „Amt für Wohnungsgewesen“ zum Beispiel.

„Wo woll’n Se denn hin?“

Zwei Herren standen neben mir. Eher Hausmeistertypen. Vielleicht Stammhandwerker des Hauses. Ich konnte entspannt bleiben.

„Oh, ich schau grad selbst.“

„Fragen Se ruhig!“

Das mußten Beamte in Zivil sein. Immer Freund und Helfer. Auch wenn man gerade keinen braucht. Ich kannte das aus meiner Jugend.

„Zu den Leuten von der Verkehrserziehung.“

„Ach, die Puppenkasperls. Tja, die sitzen … Moment mal.“

Die beiden Naseweise stellten sich vor den Etagenplan.

„Mal gucken.“

Ich ließ sie stehen – man kann mit dieser Art unterbeschäftigter Mitmenschen ganze Stunden gestalten – und wandte mich sofort an den Informations-Freund und Helfer im Glaskasten neben dem Eingang. Ich klopfte, er öffnete mit einem einladenden Sicherheitssummton. Als ich die Information hatte, verschwand ich hinter den Naseweisen rasch im Treppenhaus. Jetzt mußte ich hier circa eine halbe Stunde verbringen. So lange benötigt eine Anzeige, wie sie die Gangster irgendwo da draußen erwarteten.

Ich versorgte mich mit einer hauseigenen Zeitung, verzog mich auf eine Herrentoilette und drehte auf Rot. Dummerweise hatte die Kloschüssel keinen Deckel. Die sparten hier eben eisern. Ich lehnte mich an die Kacheln. Den Artikel „Mehr Nachbar ist machbar“ las ich ganz. Das hätte von unserem Heinz geschrieben sein können, war aber mit „rrt“ unterkürzelt. Der Schreiber zitierte Zeitungsschlagzeilen wie „Toter lag wochenlang in der Wohnung“ als abschreckendes Beispiel einer nachbarlosen Welt. Ich sehe das völlig anders: Meine Prävention sind Sonja, Helmut, Gertrud, meine Kollegen, der Brötchenjunge und jetzt Heinz. Auch saß ich nur fünfzehn Stunden in meinem Keller und lebte noch. Das angepriesene Motto: „Vorsicht! Wachsamer Nachbar“ verstand ich andersrum: ständig bewegte Gardinen. Mehr Nachbar? Nein Danke!

Zweimal kam ein Herr und versuchte mich rüttelnd von meinem Leseplatz zu vertreiben. Ein farbenblinder Bulle! Das zweite Mal nach sehr kurzer Zeit. Ich hörte ein panisches Brummen und Geräusche schnellen Verschwindens. Dieser Freund und Helfer hatte sich offenbar am Kuchen überfressen. Man sollte sein Mittagessen eben nicht herunterschlingen!

Ein Tag ohne Lebensqualität! Montage sind immer problematisch für die Lebensbilanz. Dieser Montag besonders. Am Vormittag Bundesjugendspiele. Und jetzt drohte die Sauna. Nur das Telefonat mit Sonja hatte mir Kraft gegeben.

„Wie war dein Wochenende?"

„Nur Entspannung – und ein blöder Ausrutscher an der Kellertreppe. Es geht aber schon wieder. Gestern Abend war ich bei Helmut."

„Ein Ausrutscher? Ach, Gott, Pepa!"

Sonja klang mütterlich. Es reichte mir, daß ich mich auf diese ihre Seite verlassen konnte. Reden wollte ich jetzt nicht drüber. Ich lenkte ab.

„Helmut war ja am Wochenende mit seiner Neuen weg."

„Ach! Hatte ich ganz vergessen! Und?"

Sonjas Stimme überschlug sich. Das machte ihre Eifersucht. Sonja war wirklich erstaunt über sich. Ich auch. Sachen mit Helmut vergaß sie sonst nie. Ich wollte und konnte ihr nun eine wirkliche Freude machen.

„Die Neue mußte gehen, als ich kam."

„Du bist ein Schatz, Pepa. Hat Helmut sie also im Griff?"

„Na ja. Erste Hilfe braucht er schon noch."

„Hat er was erzählt vom Wochenende?"

Helmut hatte. Eine Menge. Aber da war ich diskret und hatte außerdem keine Lust, mich von einer eifersüchtigen, neugierigen Sonja ausquetschen zu lassen. Am Telefon schon rein gar nicht. Ich antwortete knapp. Sonja klang enttäuscht, aber ich blieb hart. Dann lenkte ich um.

„Und wie war's bei Omileinchen?"

Sonja stieg überraschend schnell ins neue Thema ein:

„Kirsten findet Omi ja immer super. Sie wird da verwöhnt, geht ausgiebig auf Omis Kosten shoppen, läßt sich stundenlang von ihr beraten und hängt im übrigen durch. Du kennst ja das Alter. Mich macht das alles nur wütend. Das sind die Dinge, die ich bei meiner Mutter nie gekriegt habe. Das ist überdeutlich. Aber daß die das jetzt, wo sie Zeit hat, an mir wieder gut macht – zum Beispiel damals bei der Scheidung – nee, daran denkt die nicht. Ich könnte ihre Hilfe wirklich oft brauchen. Aber, was rede ich? Das sind nur die blöden alten Gefühle.“

„Ich kann das gut verstehen.“

Ich redete so mit, wie man mit jemandem mitläuft. Eigentlich konnte ich Sonjas Gefühlswirrwarr nicht verstehen.

„So ging das jedenfalls von Freitagnachmittag bis Sonntagabend. Ich bin froh, daß das nicht zu oft passiert. Ich brauche danach immer Tage, um wieder gute Laune zu kriegen.“

Ich hätte auch keine fröhliche Sonja ertragen. So aber kam sie mir gerade recht. Wir telefonierten noch ein bißchen über Omis, Töchter und Enkelinnen, obwohl ich es sonst immer so kurz wie möglich mache. Sonja rechnete mir meinen geschlechtsuntypischen Einsatz beim Zuhören hoch an und bedankte sich mit einem sehr lieben Schlußwort, das mich an unser Liebesgeflüster vom Donnerstag erinnerte.

Sauna ist mindestens so schlimm wie Schwimmbad. Ich hätte mich gegenüber Heinz entschiedener zur Wehr setzen sollen. Seine Argumente waren fadenscheinig. Jetzt stand ich am Eingang dieser höllenähnlichen Schwitzanlage – mit einer Sporttasche, die vollgestopft war mit Frotteekram.

Hinter dem Tresen flötete eine durchgestylte Person, ich brauche erst hinterher zu bezahlen, die Bar sei links, der Naßbereich rechts, viel Spaß usw. Ich war schon verschwunden. Im Vorraum war niemand zu sehen. Ich zog mich in die Sphären zurück, die noch schwüler waren als die da draußen. Heinz war offenbar der einzige, der im Sommer montagabends saunierte. Er schwamm draußen im Pool. Gertrud saß an den Fußbecken. Sie trug einen seidigen Bademantel, der mindestens aus Hollywood stammte. Mit Sternchenmuster. Pink und Silber auf cremefarbenem Grund. Ihre Gummischläppchen mit rotem Apfel als Schnalle. Heinz dunkelblau gestreifter Frotteemantel hing prosaisch am Haken.

„Tag, Pepa. Wir sind wirklich die einzigen. Und es wird sehr, sehr interessant – soweit es mich betrifft.“

Mir war, als hätte sie „einzigsten“ gesagt. Aber ich verdrängte es. Sonst wäre ich gleich wieder gegangen.

„Setzen Sie sich zu mir. Ein kaltes Fußbad tut bei dem Wetter wirklich gut.“

Sie klopfte neben sich auf die Kacheln. Irgendwie hatte ich die Saunaregeln anders gelernt. Aber hier war alles exklusiver als in meiner finnisch-spartanischen Zeit. Die hellgrünen Kacheln hatten ein dunkelgrün-güldenes Band, das sich wie eine Schlange über die Wände zog. Man trat auf ausgesuchte, sanft gewellte Fliesen. In der Mitte des Atriums stand eine fröhliche Dschungelhütte mit zwei lianenumschlungenen Bäumen, die einzelnen Räume und Nischen waren als Grotten gearbeitet. Die Düsen, Duschknöpfe und Spritzhähne blickten als tier- und pflanzenähnliche Figuren in die feucht-heiße Runde. Überall Efeu und anderes Geranke. Hier schrie alles nach Tarzan und Jane. Gertrud freute sich sichtlich. Das hier war genau ihr Reich. Sie würde sicherlich irres Zeug träumen, wenn sie im Ruheraum dazu käme.

Schon stand Heinz vor uns. Er hatte seine kurze Gestalt achtbar konserviert. Eine drahtige Ausführung mit wenig Falten und Runzeln. Gertrud riskierte einen Blick. Heinz war ganz Saunaprofi und wurde gleich sachlich.

„Ideal für uns, was? In Herbst und Winter knistert hier in der Mitte ein Kamin, und es gibt Fichten statt dem Kletterpflanzengemüse. Gehen wir gleich in die Kabine! Vorher warm abduschen, bitte! Zur Porenöffnung!“

Wir gehorchten. Mir war plötzlich klar, warum Heinz seine Geheimkonferenz derart theatralisch in seiner Sauna führen wollte: Hier war er der Chef. Er gedachte, sich uns als Hilfssheriffs zu rekrutieren – für seine lebensabendlichen Verbrecherjagden. Die Suppe würde ich ihm versalzen!

Gertrud tat unter der Dusche genant. Tat aber nur so. Sie konnte ihre Hautfalten und dergleichen so wenig verstecken wie ich meine. Doch staunte ich über Gertruds beiderseitige Rundungen. Sie erfuhren offenbar eine regelmäßige, professionelle Behandlung. Im Dampfbad hätte man sie für eine etwas reifere Vorzugsdame des Sultans halten können – wenn auch beileibe nicht für Jane. Da war alles glatt und rund. Meine Brustpelle dagegen ist unbehandelt. Zu meiner Beruhigung jedoch überwuchert sie ein ansehnlicher Teppich aus grauen und schwarzen Haaren. Gertrud verkniff sich nicht den anerkennenden Blick auf diesen meinen männlichen Reichtum. Bei so einem Blick spüre ich immer lange Fingernägel durch mein Dickicht fahren. Als sie sich unter der Dusche drehte, sanken ihre Augen ein Stockwerk tiefer … Es ist nicht gut, wenn die Ehemänner ihre Frauen zu früh allein lassen. Eine lange Witwenschaft macht depressiv oder dekadent.

Ich hatte eher lau geduscht. Doch das Abrubbeln ließ mir den Schweiß sofort wieder auf die Haut treten. Ich ging verschwitzt in die Sauna. Heinz goß gleich auf. Langsam. Nach jeder Kelle fächelte er mit dem Handtuch. Ein Ritus und sein Verrückter. Ich kriegte Zustände, legte mich ins unterste Regal und griff gleich in die Eisbox, die Heinz in seiner christlichen Mitmenschlichkeit mitgebracht hatte. Demonstrativ ließ ich sie an meinem Kopfende stehen und nahm mir vor, mich nur zu bewegen, um da reinzugreifen. Heinz plauderte nach seiner sakralen Handlung gleich munter los. Er hatte sich in die oberste Etage gelegt. Ich litt unsäglich unter dieser Fichtennadelweihräucherei. Die Temperatur lag noch über der des Siedepunkts von Germaniumchlorid.

„Also. Los geht's! Hast du mich heute nachmittag gesehen, Pepa?"

„Nein."

„Ich saß oben im Schlauchturm der Feuerwehr. Gegenüber der Polizei."

Ich zog den Atem durch die Nase. Die Nasenscheidewand brannte. Die Wunde an meiner Stirn entfachte ein Lagerfeuer mittlerer Größe.

„Erzähl schon!"

Meine Hand suchte die Eiswürfel und griff gierig zu. Meine einzigen Freunde hier. Und die liefen mir davon.

„Du konntest den Kerl nicht sehen, der hinter dir her ging. Wenn du dich umdrehtest, trat er gemütlich hinter einen der Alleebäume. Hinter einem Ampelkasten an der Kreuzung stand der andere."

Heinz, oben liegend und mit seinem großen Kopf wie eine Osterinselfigur über uns thronend, redete gleichmäßig und vollkommen entspannt auf uns herunter. Manchmal meinte ich, ein selbstgenügsames Lächeln würde seinen Bericht begleiten. Seine Rechnung war aufgegangen. Er war der Boß.

Ich wischte mir über das Gesicht. Gertrud stützte sich auf ihre Ellenbogen. Sie wußte, wie ihre Figur zur Pose taugte.

„Kaum warst du im Gebäude verschwunden, trafen die Herren sich ganz offen auf dem Gehweg und gingen zu diesem weißen BMW, den du mir beschrieben hast. Übrigens UN-HX 216.“

Heinz konnte sich den Triumph nicht verkneifen. Mein Herz begann zu pumpen. Nur aus schlechter Laune. Gertrud saß noch immer in Pose. Ich meckerte los.

„Und ich Idiot dachte, die Kerle würden warten, bis ich wieder rauskäme, um zu sehen, ob ich wirklich eine Anzeige machte. Deshalb habe ich mich eine Zeitlang auf einem Lokus ohne Deckel rumgedrückt.“

Gertrud lachte auf, tröstete mich aber dann.

„Aber Pepa. Sie mußten doch damit rechnen, daß die das so machen. War schon gut so.“

Sie drehte ihren Kopf neckisch zu Heinz hoch.

„Und wer waren die beiden?“

„Natürlich Lafontaine und der Kotelettenmann Andrej. Mein Fernrohr zusammen mit eurer präzisen Beschreibung ließ keinen Zweifel zu. Ich bin sofort runter vom Turm und hatte Glück. Offenbar hatten sie noch im Wagen zu tun, warteten aus irgendeinem Grund noch eine viertel Stunde und fuhren dann erst los. Ich hatte meinen Golf ohne Probleme in Position bringen können.“

Gertrud schien von Heinzi immer mehr angetan. Ich mußte irgendwie dazwischen.

„Verfolgen war nicht abgemacht. Das ist zu gefährlich bei den Burschen. Wenn die wirklich einen organisierten Hintergrund haben.“

„Ich habe schon aufgepaßt. Die weitere Observation war in diesem Falle sogar höchst wirksam!“

Da bockte ich mich ebenfalls auf. Das letzte Eisstück hatte ich schon vor Unzeiten hinter meinem Ohrläppchen verschwinden lassen. Ich hatte keine Lust, hier zu Heinzis Hilfssheriff zu verkommen, und mußte endlich wieder die Initiative an mich reißen.

„Ich glaube, die Sanduhr hat was gegen zu lange Konferenzen."

Ich redete ultimativ, setzte mich hin und brachte meinen Kreislauf wieder in Ordnung. Heinz und Gertrud zogen widerspruchslos mit. Jetzt hieß es, den Kommandostab nicht wieder abzugeben. Ich hatte leider mit keinen großen Erkenntnissen aufzuwarten und konnte mich nur in Moderation und Atmosphäre beweisen.

Draußen stellte ich mich gleich wie selbstverständlich unter den kalten Wasserspucker. Der harte, kalte Strahl erinnerte mich an meine Straßenkämpfe in der Jugend. Wasserwerfer! Ich dachte, ich müßte sterben. Ich fühlte Gertruds Blick, Heinz stutzte. Dann ging ich schnurstracks auf das Kaltbecken zu und tauchte – so mir nichts dir nichts – eine halbe Minute unter. Ich dachte, meine Genitalien und Lungenflügel würden implodieren. Die Wunde an meiner Stirn, eben noch ein mittelprächtiges Lagerfeuer, baute sich einen Eisberg für die Titanic. Aber sonst hielt alles an mir durch. Und als ich hochkam, hatte ich zwar keine goldene Kugel im Maul wie der Froschkönig, aber Gertrud und Heinz standen um das Becken.

„Mein lieber Scholli!"

Ich weiß nicht, wer es gesagt hat. Aber gesagt hat es jemand. Ich reagierte cool:

„Hitze mag ich nicht so. Aber Kälte ist was für mich. Ich dusche meistens kalt."

Ich reckte ein wenig den Brustkorb. Wenigstens ein halber Tarzan! Im Fußbecken drehte ich heimlich auf heiß. Langsam kam wieder Leben in meinen Kreislauf. Gertrud und Heinz waren gleich in den Pool gegangen. Da war ebenfalls niemand.

Im Ruheraum, der als eine in den Dschungel geschlagene Lichtung ausfantasiert war und an den Background des Disney-Streifens von „Dschungelbuch" erinnern sollte, hatten es sich Gertrud und Heinz bereits bequem gemacht. Ein Deckenventilator und niedliche Wasserfälle an den Wänden spendeten einen Hauch angenehmer Kühle. Ich dachte an meinen Vorsatz, schwang mich neben Gertrud auf einen der Kippstühle und gab den Einsatz zum Fortgang der Konferenz.

„Na, dann leg mal los, Heinz! Wir warten gespannt auf den Rest."

Ich mußte über Gertrud hinwegreden. Etwas lauter als angenehm. Heinz verzögerte. Wahrscheinlich paßte ihm der Dirigententon nicht, mit dem er zur Geige herabgewürdigt wurde. Dann:

„Ich fuhr also hinter dem UN-HX 216 her …“

Ich ignorierte die Spitze souverän.

„… und landete an der Gnadenkapelle auf dem Hilgenberg.“

Unkeusch und unmarianisch schlug ich meinen Bademantel auf. Es war mir zu warm. Gertrud und Heinz lagen schon seit Beginn der Konferenz paradiesisch da.

„Leider konnte ich mich nur unter großem Risiko rühren. Also blieb ich im Wagen. Die beiden waren genau neunzehn Minuten in der Kapelle und kamen – ich dachte, ich träumte – mit einem Herrn wieder heraus, dessen schlaksige, lange Gestalt mir – leider – sehr gut bekannt war.“

Heinzis Tonfall war unsicher geworden. Ich hatte ihn weichgekocht. Meine Stimmung war prächtig.

„Na, wer denn?“

„Mein Schwager. Mein Schwager Gerd Friehling.“

Das war also der Grund für seine Unsicherheit!

„Na, Glückwunsch! Der Zeichner deiner Visitenkarte?“

„Ja. Der.“

„Leg los, Heinz!“

„Hör mal, Pepa! Das ist mein Schwager. Eigentlich nur der Mann meiner Schwägerin …“

„Also Schwippschwager.“

„Trotzdem! In solcher Gesellschaft! Das verträgt unsere Familie nicht mehr. Außerdem ist er bei der Stadt.“

Ich hielt mir das „nicht mehr“ im Hinterkopf und tat professionell.

„Und wo da genau?“

„Am Bauamt. Sachbearbeiter.“

„Und was ist dein Schwa…, eh Schwippschwager für ein Typ? Ich meine, so als Charakter.“

„An sich nicht so eine Leuchte. Eben so einer für den Innendienst. Er hat sich seit frühester Jugend in der Verwaltung gehalten und macht da alles. Handlanger für den Amtsleiter. Er ist schon seit über dreißig Jahren da und kennt natürlich alles.“

„Und sonst?“

Heinz wirkte gequält.

„Ich plaudere ungern über die Familie. Er kann eben ordentlich zeichnen. Jedenfalls für die Familie. Insgesamt aber wohl eher ein … Na, ja.“

Heinz stockte. Ich merkte, wie es ihm schwer fiel weiterzureden. Nachbarschaft und Familie mußten bei ihm clean sein. Heinz hatte einen Clean-Tick. Ich sollte ihm zum Geburtstag einen Globus mit Reinigungstuch schenken – oder meine verdreckten Backofenbleche. Mein armer Kompagnon konnte nicht ertragen, daß etwas in seiner Umgebung nicht in Ordnung war. Aber Heinz war auch ein Sachlicher. Polizeiausbildung. Er gab sich einen Ruck.

„Meine Schwägerin lebt seit fast einem Jahr von ihm getrennt.“

„Wichtige Gründe?“

„Ich halte mich aus so was grundsätzlich raus und …“

Das erstaunte mich doch nun wirklich. Ich hatte Heinz für den Oberneugier unserer Gegend gehalten.

„… habe beim Abendbrot erst mal meine Frau gefragt. Sie weiß natürlich alles über den Mann ihrer Schwester. Es ging wohl immer um Geldsorgen. Mein Schwippschwager kann nicht mit Geld umgehen. Der Wintergarten, der neue Mercedes, die Reisen und die ewigen Kleinigkeiten waren schließlich zu viel für die Familienkasse und meine Schwägerin. Sie mußte jeden Job annehmen, um das halbwegs auszugleichen und hat ihn schließlich aus dem Haus geworfen. Er wohnt jetzt in einer Wohnung, die auch nicht ganz billig ist.“

Ich reagierte sofort.

„Das ist es also. Diese Banden machen sich gerne an solche ran.“

„Aber der taugt nie und nimmer als Dealer.“

„Vielleicht in anderer Hinsicht.“

Ich nahm mir vor, mir das Früchtchen vorzuknöpfen. Gleich morgen. Gertrud lächelte zu mir herüber und berührte mich seicht am Oberarm.

„Na?“

Ich lächelte zurück und deutete ein Nicken an. Dann kippte ich mich hoch und sah über Gertruds Herrlichkeiten hinweg zu Heinz.

„Hast du denn selbst irgendeine Ahnung, was die Gangster von ihm gewollt haben können?"

„Mein Schwippschwager ist zwar ein labiler Typ. Aber mit Gangstern? Nein! Ich tappe wirklich im Dunkeln."

Gertrud stand ungeniert zwischen uns, die Hände in die barocken Hüften gestemmt und lächelte wissend.

„Jetzt bin ich aber dran. Ich verkomme hier ja sonst zur Garnierung. Aber bitte im Dampfbad. Ich denke, da ist es für den zweiten Gang angenehmer als in der Sauna."

Heinz zog im Dampfbad das Wasser von den beiden Marmorbänken und stieg hinauf.

„Nur zum Anschwitzen."

Ich bin einen Heinz-Kopf größer als der drahtige, smarte Heinz und kriegte, als ich ebenfalls zum Anschwitzen hinaufstieg, fast einen Hitzschlag. Meine Stirnwunde meldete einen Raketenstart. Sofort setzte ich mich.

„Da oben ist es ja lebensgefährlich!"

Gertrud hatte sich gleich flachgelegt und redete mit ihrer flachen Bauchdecke und schweren Oberweite vollkommen entspannt.

„Am Morgen bin ich gleich ins Volle gegangen. Herr Lammerding wollte gebadet werden. Als er in der Wanne saß, habe ich sofort losgelegt."

„Was gefunden, Gertrud?"

Sie drehte sich zu uns wie eine dieser Renaissancegöttinnen mit Putto. Ich dachte konkret an „Venus mit Organist". Von Tizian.

„Natürlich, Pepa! Wo denken Sie hin? Zuerst ein Foto. Auf dem Schreibtisch. Von Marga. Mit Widmung hinten drauf: ‚In Liebe, Deine Tochter Marga'. Irgendwelche Fragen?"

„Das ist was Konkretes. Gertrud, Sie sind …"

Ich warf eine Kußhand. Heinz lachte endlich mal.

„Ich schließe mich an. Du machst das präzise und schnell, Gertrud."

Gertrud brauchte jetzt nur noch einen Sultan oder einen Tarzan. Sie legte sich auf den Bauch und erzählte weiter:

„Dann habe ich auf dem Schreibtisch weitergesucht. Der Mann im Bade rief mich ab und zu für heißes Wasser oder den Schwamm. Aber sonst hatte ich meine Ruhe zum Suchen und habe – na, da werden meine beiden Männer …"

Gertrud hatte sich verraten.

„… aber staunen!"

„Bitte nicht ganz so spannend!"

„Ich habe da eine Mappe mit Briefen gefunden. Aber von wem und worüber – tja, das erzähle ich draußen. Jetzt möchte ich noch ein wenig entspannen."

Sprach's, drehte sich wieder auf den Rücken, und wir hatten zu warten. Als sich Gertrud schließlich in ihrer ganzen Reife erhob, zuckte ich zusammen. Mir war eingefallen, daß jetzt wieder meine idiotische Vorstellung im Kühlbrunnen fällig war. Lieber hundertmal frühchristliche Taufe als einmal diese Quälerei in Eis und Chloräthylen! Meine größte Sünde holte mich ein: Eitelkeit. Und diesmal stand am Beckenrand, als ich cool auftauchte, nicht mal mehr das staunende Publikum. Meine Stirnwunde schlug mit einem Eispickel in meine Schädeldecke.

„Jetzt kommen Sie doch bitte mit in den Pool, Pepa!"

Mehr hörte ich nicht. Ein weiterer Saunagast hatte sich eingestellt. Ich ging mit meinen beiden Detektei-Mitarbeitern ins Schwimmbad. Da hätte ich das Wasser umarmen können. Herrlich temperiert! Wir zogen einige Runden. Ein leichter Nieselregen begleitete uns. Irgendwann blieb ich dann am Beckenrand stehen.

„Gertrud, nun machen Sie es nicht dramatisch."

Sie lachte selbstgewiß und erhob sich mehr als nötig aus dem Wasser.

„Ach ja. Die Briefe! Allesamt aus dem letzten Monat und von Kreditinstituten. Stadtsparkasse, Volksbank, City-Bank, Spar- und Darlehenskasse, Deutsche Bank und – Moment – und Dresdner Bank. Mein Herr Lammerding braucht dringend einen Kredit."

Heinz und ich staunten nicht schlecht.

„Und in welcher Höhe?"

Gertrud hüstelte gekonnt, leckte sich über die regennassen Lippen und zog bedeutungsvoll die Augenbrauen gen Haaransatz.

„Es geht um eine glatte Million."

„Bitte?"

Es kam synchron aus unserer beider Münder. Gertrud nickte und stieß sich wie Odette im „Schwanensee“ vom Rand ab. Heinz und ich plantschten mit langen Hälsen hinter ihr her. Am anderen Ufer erwartete uns ein hocherhobenes Haupt.

„Ich denke, das löst unser Rätsel um Marga. Ihr Vater benötigt dringend Geld, und sie besorgt es.“

„Hat er Schulden? Das ‚Tonwerk‘ ist doch die einzige Disco in der Stadt.“

„Und was schrieben die Kreditinstitute?“

„Allesamt ablehnend. Ziemlich floskelhaft: ‚Wie bereits mündlich erörtert‘ usw. usw. Nur der von der Spadaka war etwas inhaltsreicher. Die schrieben was von zu geringen Sicherheiten und dem Anteil der Eigenleistung.“

Heinz schwamm einige Schläge in Rückenlage. Seine Tropfennase lag über dem Wasser wie eine Fischflosse. Gertrud war bester Laune.

„Das kannst du prima, Heinz! Ich laß das men.“

Sie kicherte wie ein kleines Mädchen. Ich stimmte ein. Gertrud hatte mal wieder alles mit einem Schlag gelöst: unsere kleinen, feinen Rivalitäten und unser Hauptproblem wegen Margas Motiv. Männer kommen ohne Frauen nicht zum Ausgleich. Es darf nur keine Liebe im Spiel sein. Ein bißchen Erotik schon. Aber keine Liebe. Gertrud war eine echte Perle.

Zu spät merkte ich, daß ich mit Heinz ein lächerliches Balztheater aufführte. Ich war bereits untergetaucht, hatte mich unter Wasser vom Rand abgestoßen, an der anderen Seite gedreht und kam nun wie ein Walroß vor Gertrud wieder hoch. Ich kann unter Wasser gucken. Die letzten Meter hatte ich mich zuerst gefreut, dann geärgert. Heinz grinste tiefenpsychologisch, als ich ihn wie eine Mischung aus Platzhirsch und Tarzan ansah. Ich mußte alles auf der Stelle wieder austarieren und tat beiläufig

„Gertrud, Sie sind große Klasse. Vielleicht können Sie von dem guten Mann noch mehr über die Disco und seinen finanziellen Hintergrund rauskriegen.“

„Wird gemacht, Pepa!“

Gertrud war überschwenglicher Laune und legte zackig die Handkante an die Stirn. Daß sie dabei strammstand und sich ungehörig über dem Wasser reckte, hatte sie garantiert beabsichtigt. Heinz war das zu blöd, und er stieg die seichte Treppe an Land. Wir folgten. Gertrud hinter mir. Ich hätte mich nicht gewundert, wenn sie mir in ihrer Albernheit einen Klaps auf den Hintern gegeben hätte. Daran denken tat sie garantiert! Gott sei Dank hielt sie sich jedoch zurück. Schließlich ist sie bei mir Putzfrau!

„Ich setze mich noch an die Fußbecken. Kommt jemand mit?"

Wir nickten. Ich dachte angestrengt an diese Diskothek. Mir war, als hätte ich da was gehört oder gelesen. Aber ich kam nicht drauf. Heinz redete, kaum daß wir saßen, wieder los.

„Ich habe übrigens am Vormittag diesen Wulle in Billerbeck besucht. Der wohnt in einer Art Kellerwohnung. Ziemlich verkommen. Das muß früher ein Waschkeller gewesen sein. Wulle war nicht da, hatte aber ordentlich abgeschlossen. Sogar Sicherheitsschloß. Und aushebeln wollte ich da nichts."

Beim Stichwort Sicherheitsschloß schweiften wir ab und redeten ein bißchen über meine Erkundigungen betreffs einer neuen Schließanlage, der Reparatur der beiden Außentüren und der Neuerrichtung meines Gewächshauses. Dann kehrten wir zu Wulles Souterrain-Studio zurück.

„Vielleicht war er doch zu Hause und hat nur nicht aufgemacht."

„Nein, nein. Der war wirklich nicht da. Man kann den ganzen Raum einsehen. Hinten links ist eine Art Bett. Das war leer."

„Und sonst was?"

„Allerdings! Ich weiß nicht, wie so eine Wohnung normalerweise aussieht. Aber daß sämtliche Stühle und die Stehlampe auf dem Boden liegen, einige Poster von den Wänden gerissen sind und das Frühstück neben der Stehlampe liegt, sieht mir eher nach äußerer Einwirkung aus. Außerdem hing an der Spüle ein Abtrockentuch, das entweder Tomatenflecken oder Blutspuren zeigte."

Ich zuckte zusammen. Heinz dachte sicherlich, wegen der Tomatenflecken. Aber ich hatte mir nur zuviel Heißes eingelassen und riß meine Füße aus dem kochenden Wasser. Gertrud schüttelte den Kopf.

„Pepa! Sie sind doch nicht so fürs Heiße!"

Gequält grinste ich.

„Mir kam gerade der Gedanke, daß da die gleichen Leute Druck gemacht haben wie bei mir. Da hat einer keine Zeit mehr und will den Markt endlich übernehmen. Wulle war offensichtlich noch immer unschlüssig. Die sanftere Methode mit Marga brachte da auch nichts. Jetzt kommen die Barbaren."

Heinz nickte mit seinem Dickkopf.

„Ich glaube auch. Wir werden noch einiges zu sehen und zu spüren kriegen."

Gertrud schien kaum beeindruckt und spielte über den paradiesischen Gummischläppchen mit ihren Zehen Kasperletheater. Dann sah sie mich an.

„Ich hoffe nur, daß unsere drei Rentner nach Ihrem Besuch ausgestiegen sind. Ich würde es den Dreien nicht gönnen, es mit solch einem Volk zu tun zu bekommen."

Gertrud hatte Seele und meinte es ehrlich.

„Wir müssen einfach abwarten", meinte Heinz. „Aber vorbeischauen sollte man schon."

„Ich mache das", sagte ich, „und du solltest versuchen, noch was über deinen Schwa-, eh Schwippschwager rauszukriegen. Kannst du nicht ganz zufällig deiner Schwägerin über den Weg laufen?"

Ich dachte dabei allerdings an meinen eigenen Plan. Der würde etwas direkter in der Methode ausfallen. Das lag mir mehr. Heinz machte wieder dieses unglückliche Gesicht. Familiensachen lagen ihm nicht. Aber hier war ein Job zu machen und keine Lustbarkeit.

„Ist in Ordnung. Es muß wohl sein. Ich will auch mal sehen, ob ich am Hindenburgweg was rauskriege. Dieser Andrej ist ja offenbar eine wichtige Figur."

Ich protestierte.

„Da gehst du mir nicht alleine hin, Heinz! Wir treffen uns morgen nachmittag da. So gegen halb fünf. Nein, paß auf! Wir treffen uns an dem Park da an der Ecke. Da gibt's diese Abenteuerhütten. Darin ist es trocken und lustig. Und man müßte von da einen guten Blick auf das Übergangswohnheim haben."

Heinz nickte etwas kraftlos. Er fühlte seine Entmachtung. Ich hatte die Initiative wieder an mich gerissen. Gertrud erhob sich.

„Ich bleibe an Marga und ihrem Vater dran. Ich muß ein bißchen auf die Uhr gucken, liebe Leute. Ich hab versprochen, bei der Tina noch ein Rezept vorbeizubringen.“

Ich hob den Kopf. Gertrud band sich ihren Sternchenmantel neu. Man konnte schlechterdings nicht vorbeisehen.

„Welches?“

„Frauenschenkel im Bohnentopf.“

„Was Türkisches?“

„Ja.“

„Dann kenne ich es.“

„Und?“

„Davon gibt's viel Wind, liebe Frau Brinkmann!“

Gertrud verabschiedete sich mit weiblichem Behagen. Die eigentliche Siegerin war mal wieder sie.

13

In einigen Tagen würde in diesen dunklen Gemäuern der Teufel los sein. Die Glasfenster aus Rot, Blau und Grün würden das Licht der Aufklärung aber auch dann kaum durchlassen. Als Bewohner unseres katholischen Städtchens kennt man das Volk, das Anfang Juli zu „Mariä Heimsuchung“ in Bussen oder Wanderschuhen singend und tratschend den Hilgenberg heimsucht. Ich sah mich in der Kapelle um. Noch war ich alleine. Wenige Möglichkeiten, sich hier unsichtbar zu machen, wenn man kein Heiliger war.

Einem Menschen, der sich gerne alte Hollywood-Filme ansieht, bietet so eine Gnadenkapelle wenig. Ein langgestreckter Raum. Je eine Bankreihe links und rechts, vorne in der Apsis etwas erhellt das verehrte Bildnis. Rechts neben dem Eingang aufgestapelt Stühle. Dahinter die Treppe, die zu einer niedlichen Kanzel draußen vor dem Eingang führt. Die Tür dorthin war verschlossen. Also nur ein einziger Ein- und Ausgang. Und diese Tür hatte Probleme mit Schloß und Klinke.

Neben der Orgel links war ein wenig Platz zur Wand. Da konnte man sich verkriechen. Oder zwischen den Bankreihen – wenn man gut in Kniebeugen war.

Gerd Friehling war sofort am Telefon gewesen, als ich ihn auf dem Amt angerufen hatte. Ich hatte wieder einen meiner filmreifen Auftritte.

„Hören Sie gut zu! Ich erkläre es nur einmal! Um Punkt halb elf sind Sie da, wo Sie gestern nachmittag waren. Allein. Sonst wird es für Sie äußerst unangenehm.“

„Aber – was ... Das ... Ich verstehe nicht.“

Es war für den armen Kerl in seinem Büro wahrscheinlich schwierig, offen zu sprechen. Er versuchte, geschäftsmäßig zu bleiben. Seine Stimme hatte eigentlich einen warmen Ton, schlug jetzt aber doch ein wenig ins Heiße. Meine blieb kalt.

„Seien Sie pünktlich! Es wird nicht lange dauern.“

Dann hatte ich aufgelegt. Ziemlich zeitig hatte ich auf dem Parkstreifen vor den Kleinbürgerhäusern gestanden, die die Kapelle umstehen. Die ewige Vorsicht vor eventuellen Verfolgern war mir plötzlich idiotisch erschienen. So blieb mir Zeit, die letzten Informationen in mein ‚Grass'-Fahndungsbuch zu notieren. Das enthielt trotz meiner kleinen Schrift immerhin bereits heilige sieben Seiten an Namen, Adressen, Daten, Aussagen und – ich gestehe es – neuerdings erst KFZ-Kennzeichen.

Jetzt stand ich vor „Unserer Lieben Frau". Viel Holz und einiger Goldanstrich. Ein recht nettes Abbild unserer rotbäckigen Bauersleute. Die Grünpflanzen drumherum mußten mit wenig Licht auskommen. Negative Aufklärung nennt man das. Hier kehrte alles zum Mythos zurück.

Ich war gerade von meiner profanen Kunst- und Kulturanalyse zurückgetreten und hatte mich in die erste Bankreihe gesetzt, da knarrte die Tür. Viel zu früh! Ich fuhr herum.

Ein kleiner Herr schaute herein.

„Entschuldigung. Ich dachte nur …, weil die Tür nicht verschlossen war …"

„Ja?"

„Ich dachte nur …"

„Ja? Die Tür schließt schlecht. Ich habe sie nicht zugekriegt."

Ich redete, als wäre ich aus der tiefsten Andacht gerissen worden. Nicht ohne einen gewissen Vorwurf in meiner gebrochenen Stimme.

„Ja. Sie schließt schlecht. Entschuldigen Sie. Ich dachte nur …"

Der Kleine war wohl eine Art Küster. Mit Wohnzimmerausguck zur Kapelle. Führte der eine Besucherliste? Der Diebstahl des echten, alten Gnadenbildes am Ende des letzten Jahrhunderts – im selben Jahr, als Nietzsches „Jenseits von Gut und Böse" erschien – saß ziemlich tief. Jetzt fürchtete man um die Raesfelder Ersatzmadonna oder diese Silberschildchen in Glaskästen, die links und rechts angebracht waren. Die üblichen Votivgaben von dankbaren Erhörten.

Der Alte verschloß die Tür mit lautem Knall und verzog sich wahrscheinlich zu seiner Strichliste ins Wohnzimmer. Ich entspannte mich und sah auf die Uhr. Hatte ich einen Fehler gemacht, nicht im Auto gewartet zu haben? Aber ich glaubte nicht, daß unser Schwager Andrej und Co. bestellt hatte. Das hätte seine Lage nur verkompliziert.

Ich verkroch mich neben die Orgel und prüfte den Sitz meiner Waffen. Noch eine Minute. Ich hätte doch draußen im Auto warten sollen!

Die Türklinke sprang an. Der Schwippschwager war pünktlich. Auch alleine? Ich reckte mich. Die Rechte am Rücken. Die P 1 war gespannt. Sorgfältig drückte er die Tür wieder zu. Er schien zu warten, sich umzusehen. Dann ging er nach vorne. Er war allein! Als er die erste Bank erreichte, sah ich ihn. Tatsächlich ein schlaksiger Lulatsch. Etwas gebeugt, graues, volles Haar. Er machte eine Kniebeuge und schlug ein Kreuzzeichen. Ich hatte einen gläubigen Sünder erwischt! Einen typischen Katholiken! Erst als er längere Zeit andächtig verharrt hatte, drehte er sich um. Ein bißchen James Stewart. Wenn man Augen und Mund abzieht.

Ich trat – wie Jesus durch die Wand – nach vorne. Er erschrak. Ein „Fürchte dich nicht!" wäre jetzt reine Blasphemie gewesen. Ich unterließ es. Der Schwager schluckte.

„Machen wir es kurz. Mein Auftraggeber ist ein Privatunternehmen, das irritiert ist durch Ihre Tätigkeit am Rande Ihres Jobs."

Meine Stimme hallte. Der arme Herr Friehling stand noch immer, als wenn hier Fatima oder Lourdes wäre.

„Ja?"

„Sie können ein hübsches Sümmchen einfahren, wenn Sie meinem Auftraggeber Planungssicherheit geben."

„Ja?"

Ich war nach vorne getreten. Ein Fuß stand lässig auf der Kniebank. Ich beugte mich nach vorne und stützte mich mit der Rechten auf. Uns trennten vielleicht fünf Meter. Der Schwager hatte Augen Marke „Derrick". Beziehungsweise die Brille hatte zu dicke Gläser. Er sollte an Kontaktlinsen denken.

„Wir haben Ihr Gespräch gestern hier aufgenommen. Leider nur zum Teil verständlich. Sehr ärgerlich für uns. Aber Sie können das reparieren. Wir werden Ihre heutigen Informationen abgleichen mit Ihrem Gespräch gestern. Davon hängt die Höhe Ihrer Prämie ab. Obergrenze ist zwanzigtausend – Untergrenze, sagen wir: Ärger in ähnlicher Höhe. Sie sehen, Sie sind uns etwas wert. Brauchen Sie Bedenkzeit?"

Ich wies höflich auf eine Bank. Ältere Herren von ansehnlicher Größe haben eigentlich etwas Stattliches an sich. Aber so wenig wie James Stewart es hatte, hatte es Gerd Friehling. Seine Brille war ein zusätzlicher Reinfall. Ich war ganz nach vorne getreten. Er hatte sich in die erste Reihe gesetzt und starrte vor sich hin. Ich ließ ihm Zeit, sah nur gelegentlich zur Tür. Doch hatte er sie sorgfältig verschlossen. Daher konnte keine Überraschung kommen.

„Woher wissen Sie, daß …"

Ich fuhr ihm gleich dazwischen.

„Es hat keinen Sinn, ein Gespräch über Gott und die Welt zu führen. Ja oder nein?"

Wieder eine Pause. Dann erhob er sich, ging die Stufe zum Altartisch hoch, hielt sich da fest, als suchte er geistlichen Halt und seufzte wie Petrus irgendwo in der Bibel.

„Was soll ich tun. Sie erpressen mich."

Ich antwortete nicht.

„Die Herren gestern haben mich gebeten, mich dafür einzusetzen, daß ein gewisses Bauprojekt rasch und unkompliziert genehmigt wird."

„Welches?"

Er zögerte und sah zu Boden. Ich sah ihn an. Eigentlich ein Mann ohne Chance. Verstrickt in tausend Abhängigkeiten – von den Gangstern bis zur Kirche. Ich will nicht sagen, daß mir so was nicht leid täte, aber das Leben ist anders. Wenn man begriffen hat, daß das Leben nichts anderes als die eigene Freiheit ist, läßt man sich nicht so hängen – auch nicht bei geschätzten Einsneunzig. Man ist, wozu man sich macht. Ich sollte ihm Sartre ins Amt schicken: Zur Freiheit verurteilt etc. Gerd Friehling war hier in der Gnadenkapelle vielleicht richtig, im Leben aber falsch. Eben anders als das Leben. Er war Katholik und büßte für seine Schwachheit freiwillig mit schlechtem Gewissen und frühem Herzinfarkt.

Der Lange setzte sich wieder, sah auf diesen sakralen Holzgegenstand und brauchte verflucht lange, um zu antworten. Endlich machte er den Mund auf.

„Ich habe es mir überlegt. Ich will Ihr Geld nicht. Verstehen Sie? Und der Rest ist mir egal. Ich will da nicht tiefer rein."

Das erwischte mich kalt. Damit hatte ich nicht gerechnet. Mariä Heimsuchung!

„Sie sind verrückt! Wir können Sie auffliegen lassen!"

Er sah wieder vor sich auf den Boden.

„Dann tun Sie es. Vielleicht tun Sie mir damit einen Gefallen."

Ich schlug einen pastoralen Ton an. Gerd Friehling steckte im Bewußtsein seiner Sündhaftigkeit fest. Eine typische Kirchenfalle. Man lese Nietzsche. Ich mußte diesen Amtsschimmel zum Sprechen bringen. Wenn es sein mußte, wie im Beichtstuhl.

„Hören Sie! Sie können sich von dieser Sache hier endlich freimachen. Mein Auftraggeber will sich nur vor einer bösen Fehlinvestition schützen. Das ist alles. Sie tun nichts Ungesetzliches, wenn Sie mir ein paar Informationen weiterreichen. Im Gegenteil. Und Sie erleichtern sich und haben endlich Ruhe."

„Endlich Ruhe? Sie vielleicht. Ich nicht. Ich will es nicht. Basta!"

„Ich bitte Sie, Herr Friehling! Ihre Situation ist schlimm genug. Ich biete Ihnen einen Weg, endlich ein bißchen da raus zu kommen. Schlagen Sie die angebotene Hand nicht aus!"

Mein Pastorenton schien ihm nicht überzeugend. Mir übrigens auch nicht.

„Sie sind vielleicht sogar schlimmer als die anderen. Was weiß ich? Nein, lassen wir das."

Er wischte sich mit den Fingern hinter den dicken Brillengläsern die Augen. Dann stand er auf.

„Auf Wiedersehen."

Mich packte die Panik. Ich stellte mich ihm in den Weg. Er sah mich an, atmete tief. Ein Alkoholhauch traf mich. Er redete aber fest und deutlich.

„Ich wußte, daß Sie auch so einer sind."

„Sie werden müssen. So oder so."

Er wollte sich vorbeidrängeln. Er war ein drittel Kopf größer als ich. Ich hielt ihn am Arm fest.

„Mein Auftraggeber will Informationen. Ohne die lasse ich Sie hier nicht raus."

Er schwieg und versuchte sich von mir loszumachen. Ich drückte ihn zurück. Er stolperte über die Stufe zum Altarraum und schlug auf den harten Marmorplatten auf. Etwas benommen stand er wieder auf. Auf den Altartisch gestützt starrte er mich an. Ich blickte hart zurück.

„Lassen Sie das! Sie kommen hier nicht raus!“

Plötzlich warf er sich gegen mich. Mit halb gesenktem Kopf – wie das Einhorn gegen das Schneiderlein. Es war ein Leichtes für mich, ihn zurückzustoßen. Er blieb mit dem rechten Fuß an einem Altarbein hängen, geriet ins Wanken und fiel – alkoholisiert, wie er war – wieder nach hinten. Diesmal an die spitze Kante des Rundbogens, hinter dem Maria und ihr Büblein thronten. Augenblicklich brach er zusammen. Eine klaffende Wunde am Hinterkopf. Mariä Heimsuchung!

Ich sprang nach vorne und richtete ihn auf. Nach ein paar Streichen links und rechts kam er Gott sei Dank wieder zu sich.

„Das war unnötig, lieber Mann!“

Er schwieg, kreidebleich im Gesicht. Ich faßte ihn unter den Achseln und schleifte ihn zur Sitzbank. Dann drückte ich ihm ein Tempo gegen die Wunde und den Rest der Packung in die Hand.

„Sie sollten mit dem Trinken am Vormittag aufhören. Das bringt nur Kopfschmerzen und Ärger. Sehen Sie zu, daß Sie sich hier ausruhen. Und dann ab zum Arzt! Ich hab noch zu tun.“

Ich eilte zum Ausgang und hoffte, daß der alte Wach- und Schließküster nicht hinter der Gardine hockte. Links vor der Tür stand eine Holzsäule mit einem kleinen Wasserbecken. Ich griff sie mir und brachte sie dem armen Mann noch.

„Hier! Erfrischen Sie sich und waschen Sie Ihre Wunde!“

Gerd Friehling sah auf und blickte mich entgeistert an. Ich machte, daß ich fortkam und kriegte die Tür wieder nicht zu.

Gertrud war ziemlich aufgeregt, sagte nicht mal „Hallo!“ und sprach halblaut.

„Pepa, hören Sie! Das ist vielleicht ein Ding! Mein Herr Lammerding hat nicht nur seine Kreditwünsche in seiner Briefmappe, sondern auch eine Kopie von einem Zeitungsausschnitt. Ich habe heute leider sonst keine Minute Ruhe. Aber jetzt sitzt er auf dem Klo. Ich mache es kurz. Haben Sie was zu schreiben?“

Ich hatte und Gertrud sprudelte los:

„Bevor ich es vergesse. Handschriftlich daneben stand ‚23. 1.‘ Das dürfte aus dem ‚Allgemeinen Anzeiger‘ sein. Da ging es um eine geplante Riesendisco. Einen Investor namens Heiner Nord GmbH. Haben Sie das? Deshalb braucht er Geld! Die neue Konkurrenz! Können Sie bei der Zeitung nicht alte Ausgaben einsehen?“

„Kann ich.“

„Gut. Dann bis später.“

Ich sah auf die Uhr. Es war viertel vor zwölf. Um zwölf saß ich im Foyer des „Allgemeinen Anzeigers“ und blätterte in diesen überdimensionalen Zeitungsordnern. Was ich herausbekam, machte allerdings einiges klar. Gegen ein Uhr war mein ‚Grass‘ um zwei Seiten meiner Kleinstbuchstaben reicher: Für das Areal des alten Güterbahnhofs gab es Neubaupläne. Die Nord GmbH zeigte Interesse an einer Großdisco dort. Betreiber sollte eine Kette aus Unna namens ‚Leisure KG‘ sein. Gespräche mit der Eisenbahn-Immobiliengesellschaft in Frankfurt, der Stadt und der Bezirksregierung liefen. Daneben standen Alternativpläne für eine Go-Cart-Bahn, ein Multiplex-Kino und einen Baumarkt.

Das Umblättern der Zeitungsmassen machte mir einen dicken Arm und verschwitzte Achseln. Hier brachte einem keiner was zu trinken.

Das Gerangel um diese Eisenbahnruine, in die ja vielleicht Igor und Marga den armen Markus geschleppt hatten, konnte ich mir gut vorstellen! Bei der Stadtverwaltung liefen die Fäden zusammen. Bauamt. Heinzis Schwager! Ein kleiner Artikel aus dem vorigen Monat deutete die Präferenz der Stadtverwaltung an: Großdisco. „Bei Einhaltung der Lärmschutzbestimmungen alles planungs- und bauordnungsrechtlich unproblematisch“ – so das Plädoyer von Amt und Ausschuß. Die Sache war noch immer nicht entschieden. Da wurden gewisse Herren langsam nervös …

Ich stellte mir die Situation von Marga und ihrem Vater vor. Bei solch einer Konkurrenz mußten sie investieren, wenn ihr „Tonwerk“ überleben sollte. Doch welche Bank will schon einen Millionen-Kredit in einer solch unsicheren Situation und ohne Sicherheit bereitstellen? Deshalb waren die Briefe an Herrn Lammerding allesamt so ablehnend ausgefallen. Das alte „Tonwerk“ bot mitsamt einer Neuinvestition keinen Gegenwert, wenn nebenan eine Super-Disco stand.

Der arme Mann mußte die Eigenleistung erhöhen. Und dafür war Marga zuständig.

Alles stand in meinem Notiz-‚Grass'. Auch: „Friehling – ‚ein gewisses Bauprojekt rasch und unkompliziert genehmigen.'" Damit hatte der Herr Sachbearbeiter ohne Zweifel den Disco-Neubau auf dem Areal des Güterbahnhofs gemeint. Nur die Rolle von Andrej und Lafontaine mußte ich mit einem Fragezeichen versehen. Was hatten die Drogengangster mit der neuen Disco zu tun? Welches Interesse konnten die an einer raschen Realisierung des Baus haben? Das alte „Tonwerk" taugte doch als Dealertreff noch allemal, wenn der Holländer-Ring aus dem Geschäft geworfen war. Und vor allem war dessen Junior-Chefin Marga ihre Komplizin! Da biß sich was und ich kam nicht weiter.

Ich zog das Fragezeichen zig Mal nach, bis es aussah wie ein Seepferdchen, das sich an Seegras überfressen hatte. Da mußten weitere Ermittlungen her. Wir mußten mehr über den Investor rausbekommen. Wie hing der mit Andrej, Lafontaine und Marga zusammen? Aber auf diese Kombination versteifen durfte ich mich nicht. Auch nicht darauf, daß Gerd Friehling für Bakschisch die Großdisco durchdrücken sollte.

Ich packte meine Sachen und ließ diese schweren Riesenordner der Zeitung auf Tisch und Boden liegen. Konnten die selbst wieder einschieben, wenn es kühler wurde! Ohne ein „Tschüß!" verschwand ich.

Die nächste Telefonzelle nutzte ich für einen Anruf bei Heinz, um ihn auf dem Laufenden zu halten. Er ärgerte sich. Marga sollte Komplizin von denen sein, die der Disco ihres Vaters das Wasser abgruben? Nun paßte auch für Heinz nichts mehr zusammen.

Mein Treffen mit seinem beschwipsten Schwager gab ich etwas verkürzt wieder. Von seiner Alkoholfahne und den Folgen daraus erzählte ich nichts. Daß er aber in einer Korruption steckte, war Heinz sofort klar. Seine Schwägerin hatte er noch nicht treffen können. Er wollte es aber noch vor unserem Treffen am Nachmittag versuchen. Vor allem hatte er einen Bekannten bei der Industrie- und Handelskammer in Münster. Heinz:

„Der wird für mich einmal im Handelsregister nachsehen, wer bei dieser Nord GmbH dahintersteckt."

Es war höchste Zeit für mein Mittagessen. Nur eine Kleinigkeit: Eingemachte indonesische Tomatenpaste aus dem Glas. Dazu Reis. Fertig. Die Paste stammte aus meiner letzten Saison. Zerriebene Knoblauchzehen und Chilischoten, alles in heißem Sesamöl kurz angedünstet und mit viel Tomaten, ein bißchen Zwiebeln, Kaffirlimonenblättern und Palmzucker eingekocht. Dann die Blätter entfernen und die heiße Tomatenpaste ins vorgewärmte Glas füllen. Dazu schmeckt mir übrigens ein Weizen am besten. Weil das Zeug scharf ist.

Endlich wieder ein Mittagsschläfchen! Weit nach drei meldete ich mich bei Gertrud. Ich hatte lange gezögert. Jedes Telefonat beeinträchtigt meine Laune entschieden. Und heute war es bereits das zweite. Gertrud war bester Laune. Ihr Selbstbewußtsein kam mir prall durch die Leitung entgegen. Ich gab ihr gleich durch, was ich aus den Zeitungen herausgeschrieben hatte. Sie verbuchte alles als ihren Erfolg. War's ja auch. Ich dagegen hatte mit meinem Kapellenverhör nicht viel zu bieten. Ich ließ aber die unangenehmen Begleitumstände meiner Ermittlungsarbeit bei der Zeitung einfließen. Gertrud antwortete lachend:

„Setzen Sie sich doch jetzt eine Flasche an den Hals, Pepa! – Ich hab da übrigens noch was."

Die Betonung lag auf dem „noch", und ich ahnte weitere Enthüllungen des bisherigen Kalibers. Wieder ging es um meine Position als Chef meiner Detektei.

„Machen Sie es aber diesmal nicht so spannend!"

Ich wollte das Gespräch kurzhalten.

„Keine Angst, Pepa. Also: In der Wohnung von Herrn Lammerding hat die Marga ein Zimmer für sich. Nicht sehr groß. Bett, Schrank, Stuhl. Nicht mal ein Tisch. Aber Nachttischschränkchen. Ein niedliches altes Teil. Marga war heute gegen elf übrigens kurz bei ihrem Vater. Also: In der Schublade dieses Nachtschränkchens liegt aller möglicher Ramsch von ihr. Alte Taschentücher, eine Bürste, ein Taschenbuch …"

„Titel?"

„Oh! Da müßte ich noch mal nachsehen. Ich hatte nicht viel Zeit. Lammerding rief dauernd …“

„Und saß diesmal nicht in der Wanne und nicht auf dem …?“

„Pepa. Nun hören Sie mal auf! Ich bringe Ihnen den Titel morgen nach. In Ordnung? Und dann noch eine Packung Kaugummis, Kassetten, Tampons …“

Meiner Perle ging die Putzfrau durch. Ich sah auf die Uhr. Der einzige Vorteil beim Telefonieren gegenüber einem leibhaftigen Gespräch.

„War denn was Wichtiges dabei, Gertrud?“

Ich unterbrach auch, weil ich kein besonderes Interesse an der Outdoor-Ausrüstung eines Teenies am Ende dieses Jahrtausends hatte.

„Nun haben Sie doch Geduld, Pepa! Also. Marga raucht nicht. Aber da war eine Zigarettenschachtel. Nur noch halb voll.“

„Marke?“

„Reyno. Die grünen Menthol und …“

Ich sagte laut, was mir durch den Kopf ging: Igors Marke! Ich hätte sie am Friedhof zu schmecken gekriegt. Das könne Igors letzte Schachtel gewesen sein!

„Und in der Schachtel, Pepa, war noch was!“

Gertrud machte es mit ihren gekonnten Pausen nun doch spannend.

„Na, was denn?“

Ich erwartete: Kondome oder so etwas.

„Tja, Pepa. Ein Armkettchen aus Silber. Und auf dem Schildchen ist was eingeritzt.“

„Und?“

„Ein A, dann zwei H und wieder ein A.“

Es machte gleich Klick bei mir.

„Das heißt ‚ANNA‘. Ist Russisch. Kyrillische Buchstaben.“

„Ich bin beeindruckt. Können Sie Russisch?“

Ich tat souverän. Die Großbuchstaben kannte ich aus alter Zeit: LENIN, STALIN. Das H für N hatte ich behalten.

Gertrud kombinierte gleich am Telefon über Margas Verhältnis zu Igor und vermutete, was ich ebenfalls vermutete.

„Die Gegenstände hat sie dem Russen wahrscheinlich abgenommen, als er im Schwimmbad ersoffen ist. Um sich keine Unannehmlichkeiten zu machen oder …"

Gertrud machte diesmal eine echte Pause. Ihr kam diese Schlußfolgerung plötzlich doch zu hart vor. Ich sprang ihr bei:

„… weil sie Spuren verwischen wollte."

„Pepa, hat Ihnen Marga nicht zuerst sogar erzählt, daß sie ihn umgebracht hätte – wegen Markus?"

„Ja, doch. Igor sei Nichtschwimmer gewesen, und sie habe ihn ins Wasser gestoßen."

„Und hat sie das nicht später widerrufen?"

„Genau. Als ich sie auf Igors mangelnde Sprachkenntnisse ansprach."

„Wahrscheinlich hat sie sogar nachgeholfen, damit der Kerl nicht noch über Wasser schrie."

„Nun spinnen Sie sich aber was aus, Gertrud. Wie sollte unsere nudeldicke Dirn das denn bewerkstelligt haben?"

„Was weiß ich? Wenn der auf'm Trip war, mußte sie ihn nur schnell runterdrücken oder an den Füßen runterziehen. Das Gewicht dazu hat sie ja."

„Gertrud, Sie haben eine böse Phantasie!"

„Keine böse, lieber Pepa. Nur eine schlimme."

Sie lachte vergnügt über ihre gelungene Präzisierung.

„Wann gehen Sie wieder zu Lammerding?"

„Gleich morgen. Er fühlt sich nicht sehr gut seit heute. Und ich habe ihm gesagt, daß ich auch wegen der vielen Arbeit, die am Anfang zu tun ist, mehr Stunden machen will. Ich möchte ihn mir noch ein bißchen mehr anwärmen, damit er mir sein Herz ausschüttet. Heute war er schon sehr zutraulich und hat von früheren Zeiten geplaudert. Auch davon, daß Marga seine Tochter ist. Ich tat überrascht. Er hat ein wildes Leben hinter sich. Vielleicht ist Marga auch mal länger da, daß man sich mit ihr richtig unterhalten kann. Die beiden schätzen mich aber schon jetzt, habe ich den Eindruck. Die sind richtig erleichtert, daß ich eine so Liebe bin."

Ich überhörte ihr fishing for compliments.

„Sie sind große Klasse, Gertrud. Halten Sie mich doch bitte weiter auf dem Laufenden. Sie haben sich da wirklich direkt an die Quelle chauffiert.“

„Alles nur für Sie, Pepa!“

Wieder lachte sie. Das ist ein Lachen – nicht heiser oder rauh, aber aus dem Hals heraus oder noch tiefer.

14

Heinz regte sich über die Graffiti auf, die an den Innenwänden der Hütte aufgekritzelt oder eingeritzt waren.

„So Schweinereien mögen ja auf Toiletten noch durchgehen. Aber auf Kinderspielplätzen?"

Wir – Heinz kaum, ich ziemlich – saßen geduckt, aber im Trockenen und spannten mit unseren Ferngläsern zum Übergangswohnheim hinüber. Ein hervorragendes Observationsörtchen! Ab und an rückten Heinz und ich mit Ermittlungsergebnissen und Vermutungen heraus. Ich erzählte von Gertruds neuesten Erfolgen. Heinz nahm sein ausziehbares Fernrohr vom Auge.

„Das alles sind Indizien, Pepa. Nur Hinweise. Nichts weiter. Sowohl die Sache mit der Disco und meinem Schw…, eh – Schwippschwager als auch die mit Marga und Igor."

„Aber sehr naheliegende. Oder jedenfalls sachdienliche."

Ich drehte mein Fernglas zum Sandkasten. Ein dickliches Herrchen unter einem KöPi-Regenschirm ließ da unbekümmert seinen Köter an den Sandkastenrahmen pinkeln. Er genoß seine Zigarre und sah uns nicht. Ich wäre ihm am liebsten auf den Balg gekommen. Wie Tarzan. An unsere Hütte schloß sich direkt eine Sause an, die unweit des Sandkastens endete. Doch blieb ich, wo ich war: mit meinen Knien im trockenen Sand der Hütte.

„Und deine Schwägerin?" Heinz sah sich das Malheur ebenfalls an und schüttelte den Kopf.

„Wahrscheinlich kinderlos – oder Kinderhasser. Den sollte man an einem Ferientag im Kletterturm aufspannen!"

Ich staunte. Heinz hatte Power!

„Wen? Herrchen oder Hund?"

„Beide!" Heinz grinste verwegen. Er fand sich cool. Mein gekrümmter Rücken fing an, sich zu melden. Ich lugte wieder Richtung Übergangswohnsheim.

„Und deine Schwägerin?"

„Schau dir diesen Hund an! Der hat eine Blase wie ein Elefant. Das ist ja ekelerregend! Ach so. Ja. Meine Schwägerin. Der habe ich aufgelauert. Zwischen den Regalen vom Plus-Markt. Ihr geht's so halbwegs. Ihr Mann säuft wohl mal wieder. Er tut ihr leid. Vollkommen überschuldet. Der Mercedes habe ihm den Rest gegeben. Da komme er nicht mehr raus. Er soll sich an Wochenenden was in einem Restaurant im Ruhrgebiet dazuverdienen. Mehr wußte sie auch nicht. Sieh dir das an, Pepa! Das gibt's nicht! Jetzt reicht's mir aber!"

Heinz sprang auf. Ich drehte mein Fernglas. Der Hund setzte gerade eine frische Ladung auf eine Sitzfläche der Wippe. Das dicke Herrchen guckte und paffte in die Luft. Heinz war schon bei ihm. Was für ein Temperament! Der Dicke wich vor meinem kleinen Heinz zurück, schien sich zu entschuldigen. Was aber Heinzi nicht reichte. Bis der Hundeherr zu den Anlagen watschelte, um einige Kastanienblätter abzureißen, den Kot auflud, in die Anlagen brachte und die Sitzfläche der Wippe mit seinem Taschentuch reinigte.

In mir war bei dieser Szene eine Freude gewachsen, wie ich sie selten gespürt hatte. Ich hasse Hunde. Hundebesitzer ertrage ich nur schwer. Herrchen sah, daß es fortkam. Halbnaß, da er bei seiner Zwangsarbeit seinen Regenschirm hatte ablegen müssen. Dazu war ihm die Zigarre ausgegangen. Heinz machte der Regen nichts. Als er zurückkam, goß ich Lob und Freude gleichermaßen über ihn aus. Heinz kochte noch. Er war wirklich einer dieser Globus-Putzer!

Wir legten unsere Geräte wieder in Richtung Wohnheim an und hofften, daß uns eine Idee kam oder etwas zu beobachten war. Daß wir da einfach zu zweit hingingen, um die Zieglers zum Reden zu bringen, erschien uns jetzt nicht besonders klug. Also observierten wir tapfer weiter. Unsere Holzhütte hatte eine schmale Öffnung als Fenster. Schließlich sollen unsere Kleinen früh lernen, wie man schießt, ohne sich selbst zu gefährden. Ich meckerte über die Maße der Hütte. Mein Rücken schmerzte. Heinz sah, daß ich hier wie auf einem Meditationshocker saß, und hatte Mitleid.

„Vertritt dir ein bißchen die Füße, Pepa! Hier, mein Schirm!"

Heinz war wirklich ein Christenmensch. Manchmal kann man die brauchen. Ich tat wie mir geheißen. Und es tat gut. Nur kam plötzlich ein kalter Wind auf. Ein ziemlich kalter. Ich zog meine Jacke zu. Als ich zurückkam, wartete ich mit einer neuen Erkenntnis auf.

„Die Sache mit Marga ist zweitrangig. Wir müssen rauskriegen, was hinter der Disco steckt. Was sagt das Handelsregister?“ Ich dachte mir, daß Heinz da nicht weitergekommen war. Sonst hätte er damit gleich zur Begrüßung losgelegt.

„Vor morgen früh schafft mein Bekannter das nicht. Leider.“

Er sah wieder mit Eifer durch sein Guckrohr.

„Schau mal!“

Ich schaute mal. Ein weißer BMW fuhr auf der dem Wohnheim gegenüberliegenden Seite vor. Das Kennzeichen war klar zu erkennen. Ich nickte Heinz zu. Heinz nickte oberlehrerhaft zurück. Es war unser BMW. Lafontaine stieg aus, blieb aber an der Tür stehen. Aus dem Wohnheim kam Andrej – mit der alten Ziegler unter Arm und Schirm.

„Mensch!“

Ich staunte.

„Was ist?“

„Das ist die alte Ziegler! Die ist angezogen wie eine Dame! Die erkennt man kaum wieder. Ein schickes Kostüm.“

Wir guckten beide, wie sie und ihr Sohn, ebenfalls in Schale, in dem Wagen verschwanden und abfuhren. Zur Verfolgung hatten wir keine Chance.

Schweigen in der Hütte. Ich fror bei dem frischen Wind. Wir hatten jeder unsere Gedanken. Heinz offenbar mehr als ich.

„Wir müssen die alte Ziegler irgendwo alleine kriegen und aushorchen. Die hängt vielleicht mit Lafontaine und Andrej nicht nur in Cafés herum. Du mußt noch mal da hin, Pepa, und sie irgendwie herauslocken.“

„Entschuldige, Heinz, aber wie?“

Heinz entschuldigte.

„Lassen wir das jetzt. Uns wird schon was einfallen. Jedenfalls bist du hier für das Grobe zuständig.“

Ich guckte beleidigt. Heinz stieß mich freundschaftlich an.

„Schau nicht so! Bei meinem Alter und meiner Statur falle ich aus. Und Gertrud ist eine Frau, oder? Wann bist du morgen zu Hause?“

„Morgen brechen die großen Ferien aus. Da gibt's immer noch eine Dienstbesprechung mit angenehmem Ausklang. So gegen eins, denke ich."

Ich hätte „so gegen drei" sagen sollen. Nun hatte ich wieder um meine Mittagspause zu fürchten. Heinz ist ein Preuße. Diese Streusandmänner kennen weder ein Mittagsmahl noch ein Nickerchen. Mein Nebenjob kostete mich immer häufiger neben den echten Kosten für Reparaturen und dergleichen die kostbarste Zeit des Tages. Es wurde mir zunehmend ungemütlich. Und ich fror. Es wurde Zeit, daß der Fall in trockene Tücher kam. Vorläufig regnete es noch. „Vermeide Unlust!" flüsterte mir der alte Epikur ins Ohr. Aber ich hatte keine Ahnung, wie das jetzt gehen sollte. Als ich den alten Griechen gerade fragen wollte, unterbrach mich Heinz:

„Gut. Um Punkt eins melde ich mich. Mit den neuesten Ergebnissen. So, und jetzt richte dich wieder auf und wandle! Das kann man ja nicht mit ansehen, wie so ein aufrechter Kerl wie du sich verbiegt. Dieser Stall war nicht deine beste Idee, Pepa!"

„Du kannst ja jetzt noch ein bißchen nach einem besseren Ausguck suchen. Und wenn du ihn gefunden hast, sagst du es mir, damit auch ich hingehen kann, um mich hineinzuknien."

Heinz merkte natürlich, daß ich den Kindermörder Herodes zitierte. Er staunte über meine Bibelfestigkeit. Die Weihnachtsgeschichte kannte ich aus Kindertagen. Wir mußten sie immer vorlesen. Wegen der Gemütlichkeit. Ansonsten gab's bei uns null Religion im Haus. Ich glaube, mein Vater hätte um sich geschlagen, wenn er so was gefunden hätte.

Ich grinste Heinz an und fügte hinzu:

„Nur paß auf, Heinz, daß du nicht in einen Hundehaufen trittst, wenn du suchst! Da wird kein Stern drüber stehenbleiben."

Heinz stutzte und sah mich ziemlich böse an. Ich gebe zu: Das war ein bißchen stark für einen Christenmenschen.

Zwar war mir Gertruds Küche wesentlich lieber als die Spielplatzhütte, doch paßte mir jetzt die Zeit nicht. Außerdem hatte ich mir auf dem Abenteuerspielplatz einen Schnupfen geholt. Gertruds Küchenuhr zeigte 22 Uhr. Ein Modell, bei dem die Beleuchtung die Zeit des

Tages von der Nachtzeit unterschied, indem sie jeweils als Sonne bzw. als Mond erschien. Und zwar genau nach Jahresplan. Bis ins Jahr 2050, wie mir Gertrud stolz erklärte. Die Nachtzeit war unterschieden nach den Mondphasen. Jetzt sah die Uhr recht trübe drein: Neumond. Meine Gertrud ging also exakt mit der Zeit.

Wir warteten auf Marga. Gertrud hatte mich angerufen. Margas Vater hatte einen Rückfall erlitten und befand sich nun auf der Intensivstation. Marga brauchte jemanden. Gertrud hatte sich clevererweise für eine Übernachtung angeboten. Unser Pummelchen wollte um zehn kommen. Wir warteten. Ich mußte öfter niesen. Aus dem Wohnzimmer ertönte die Kuckucksuhr. Ich bat Gertrud, das Ding abzustellen. Gertrud grinste frech und rührte sich nicht. Marga kam nicht.

Gertrud bat mich, zum Zeitvertreib was Nettes aus der Schule zu erzählen. Ich erzähle nie aus der Schule. Aus Prinzip nicht. Aber Gertrud schaffte es mal wieder. Ich gab zum besten, wie mich vor einigen Wochen zwei Sextaner reingelegt hatten – mit einem Hundehaufen aus Plastik, den sie mir vor die Autotür gelegt hatten. Täuschend echt, dieser Scherzartikel. Leicht glänzend. Gelbliches Braun. Ich hatte panisch reagiert und wäre fast ausgerutscht, weil ich, um dem Haufen auszuweichen, aus dem Gleichgewicht kam. Die kleinen Kerle standen wie Max und Moritz beim Schneider Böck um die Ecke und hatten einen herrlichen Spaß. In der Situation muß ein Pädagoge ebenso clever wie kindgemäß reagieren: Ich fiel in ihr Lachen ein und bot mich als Informant und Komplize an. Wir legten den Kothaufen vor die Autotür des lieben Kollegen Rainer. Als der kam, bemerkte er ihn gar nicht und trat traumwandlerisch sicher daneben. Das lähmte den Tatendrang der Kleinen keinesfalls. Das nächste Attentat wurde auf die liebe Kollegin Große-Lembeck-Hüskens verübt. Und die tat uns den Gefallen, schrie auf, als wenn ein Exhibitionist vor ihr aufgetaucht wäre und führte ein herrliches Tänzchen auf. Bis sie merkte, daß man sich diesen Haufen nicht an die Stöckelschühchen kleben konnte, dauerte es. So ist das mit der Panik. Die Kids klatschten vor Freude in die Hände, ich mit ihnen, und schließlich hatten wir auch die liebe Klein-Häuschen zum Lachen gebracht.

Gertrud fand mein Verhalten „klasse“. Ich sei sicherlich ein beliebter Lehrer. Das ist vielleicht richtig. Mein Verhalten war jedenfalls kalkuliert – wie meine Erzählung selbst. Man muß Sympathiepunkte sammeln. So spart man sich viel Streß mit der Jugend oder sonst wem.

Dann kam Marga. Um halb elf. Gerade als der Uhrenkuckuck sich meldete. Marga heulte. Gertrud setzte sie ins Wohnzimmer. Ich saß mit meinem ‚Grass', einem Bleistift und meiner Brille auf der Nase in der Küche. Die Tür einen Spalt geöffnet. Gertrud tröstete das arme Kind und bot ihr irgend etwas an. Marga erzählte mit zittriger Stimme, es sehe nicht gut aus mit ihrem Vater. Sie habe in der Klinik Gertruds Telefonnummer hinterlassen. Falls was wäre. Zu Hause bei ihren Alten ginge das ja nicht. Gertrud überraschte mich mit einer wohldosierten Mischung aus Mutter und Freundin. Marga beruhigte sich vorübergehend. Bis sie wieder losflennte.

„An allem bin ich schuld!"

„Aber, Kindchen! Warum denn?"

Marga schniefte. Ich kannte das und erinnerte mich nur zu gut an ihren gelungenen Auftritt in meinem Wohnzimmer – mit einer Kettenreaktion an Lügen, meinem versauten Kissen und ihrem Zahnbürstenklau. Leise schniefte ich ebenfalls. Mein Schnupfen fühlte sich in Gesellschaft.

„Ach, Sie wissen ja von nichts. Können Sie ja auch gar nicht!"

Ich griff nach meinem Bleistift. Jetzt kam es auf Gertrud an. Ob sie ihr was aus der Nase kitzelte?

„Ich habe Zeit, Marga. Und selbst 'ne Menge Mist hinter mir. Glauben Sie mir: In meinem Alter denkt man oft an seine Jugend. Mein Gott! Was ich da alles verbockt habe!"

Marga schwieg. Ich legte meinen Bleistift wieder weg und sah auf Gertruds Küchenuhr. Es wurde später und später. Ich kam mir idiotisch vor. Als Spitzel in der Küche zu hocken! Außerdem war Gertruds Küche ein Modell aus den siebziger Jahren. Cremefarbig mit Orange und dunkelbraunen Leisten. So was schüttelt mich durch und durch. Dann legte Marga los.

„Was haben Sie denn so verbockt?"

Ich fürchtete um Gertrud und wünschte ihr eine chaotische Jugend oder eine irre Phantasie.

„Damals kam Elvis in Mode. Wissen Sie. Da gab es dauernd Ärger wegen Musik, Kleidung, Alkohol, Moral. Ich war in einer Clique, die sich Klamotten und Geld auf ihre eigene Weise besorgte. Ich stand immer Schmiere."

„Was? Echt?"

„Tja, mein Kindchen. Sie meinen wohl, die Jugend heute wäre die erste, die danebenhaut."

„Aber heute ist das anders. Sie hatten ja noch ihre Vorstellungen. Wenigstens die Eltern. Heute gibt's so was nicht mehr. Alles ist egal. Und heute geht's nicht mehr um Alkohol. Nur um Ecstasy oder Koks. Und Klauen? Das tut doch jeder. Der eine über Steuern und Schwarzarbeit, der andere ein bißchen direkter. Also!"

„Na, na. Nun übertreiben Sie aber, Marga!"

„Sie dürfen mich duzen!"

„Oh! Danke! Dann aber gegenseitig! Deine Frau Brinkmann heißt Gertrud."

„Sie – eh, du bist echt nett, Gertrud. Ich übertreibe nicht. Ich weiß zum Beispiel von Bekannten in Berlin, daß da die meisten Schwarzarbeiter sitzen – in den Großbaustellen für die Heinis aus Bonn. Für die Protzbauten der Minister usw. Fast alles Leiharbeiter. Die wohnen richtig Scheiße in Containern und so. Und die Berliner Bauarbeiter sind arbeitslos. Der Staat selbst beklaut doch schon die eigenen Leute. Das war damals unter – na – Willy Brandt …?"

„Adenauer …"

„Auch egal. Also Adenauer. Da war das anders. Heute ist alles egal. Alles! Verstehst du? Heute gehen ehrliche Leute baden. Die cleveren, die rücksichtslosen, die machen die Kohle! Man muß sich entscheiden."

„Du hast ja ein bißchen Recht."

„Und mein Vater, den hat's auch erwischt. Der ist zu ehrlich! Die Preise in seiner Disco, die waren echt jugendgerecht. Und trotzdem ein Superprogramm mit guten Gigs. Und was hat er davon?"

Jetzt mußte Gertrud ran! Ich betupfte meine Nasenhöhlen mit links und hielt mit rechts meinen Bleier in Angriffsposition.

„Geht's ihm denn auch finanziell schlecht?"

Pause. Marga überlegte, ob sie und was sie sagen sollte.

„Die wollen ja jetzt diese Riesendisco bauen. Da kann er nicht gegen an. Da kriegte er seinen ersten Schlaganfall. Das ‚Tonwerk‘ ist sein Leben. Nicht mal wegen der Kohle. Vor allem wegen der Musik. Mein Vater war früher selbst Musiker."

„Ach daher die vielen schönen Bilder an der Wand!"

„Ja. Und als meine Mutter mit mir schwanger war, da mußte er für ’ne Zeit mit seiner Kapelle über den Teich. Punk haben die gemacht. Und richtig groß raus waren die da. Geil, was?"

Gertrud lachte lieb.

„Geil!"

„Meine Mutter wollte ihn dann nicht heiraten. Das wäre auch nie gut gegangen. Aber ich bin mit ihrem neuen Alten nie klargekommen. Das ist ein Arsch, der Kerl. Und als ich rausgekriegt hab, wer mein wirklicher Vater ist, da hab ich gewußt, wo ich hingehöre."

„Und die Disco?"

„Soll ich mal kriegen. Hat Daddy immer gesagt. Wir haben uns gleich super verstanden."

„Aber wenn die andere Disco …"

„Da habe ich vorgesorgt. Nur …"

Wieder ging das Geheule los. Dazwischen erklang das dämliche Vieh aus der Kuckucksuhr. Elf Mal! Ich legte den Bleistift weg. Protokollführen geht in die Knochen. Und das war hier wie im mündlichen Abi. Meine Nase kitzelte. Ich tupfte und tupfte mit dem Taschentuch herum. Der Lappen war schon durchfeuchtet. Ich kräuselte und verzog die Nase. Ich mußte an Gertruds Abtrockentuch rangehen. Leise stand ich auf, um es mir vom Haken zu holen. Gertrud ließ nicht locker.

„Nur? Dein Daddy?"

„Ja. Nein. Irgendwie. Ich habe Scheiße gebaut. Ich wollte Daddy das Geld besorgen. Wenigstens den Eigenanteil für einen Kredit. Damit er um- und anbauen konnte."

„Und da hast du angefangen zu klauen?"

„Nee. Das hätte ja ewig gedauert. Jedenfalls, als ich Daddy heute nachmittag davon erzählt habe, ist er ganz – der ist ganz still geworden. Dann hat er angefangen zu heulen. Er, er wollte das Geld nicht. Dann lieber pleite gehen … Er hätte sich das Geld für seine Disco durch Musik damals ehrlich verdient. Und durch so was wollte er sie nicht halten und dann …“

Marga platzte wie ein Wolkenbruch los. Jetzt hatten meine Hand und Nase endlich auch eine Pause. Sie weinte und weinte. Gertrud versuchte, sie zu beruhigen. Während ich in der Küche hin- und herging, überlegte ich, ob Margas Szene diesmal echt war. Ich neigte dazu. Alles klang logisch und paßte. Marga hatte ihren Vater bitter enttäuscht. Vielleicht war er schockiert. Das nahm sein Töchterlein ordentlich mit. Gertrud blieb konsequent am Ball.

„Dann hat er den Rückfall gekriegt. Und jetzt denkst du …“

„Ich denke nicht, ich weiß, daß ich dran schuld bin.“

„Aber Marga. Das ist Unsinn! Wenn nicht heute, dann vielleicht bei einer anderen Aufregung!“

„Das ist nicht so, Frau Brinkm…, Gertrud. Das ist nicht so. Ich hab ihm alles gesagt. Woher ich die Knete habe und so. Und das war zu stark für Daddy. Der ist zu weich für diese Welt.“

„War das denn so schlimm, was du gemacht hast?“

„Noch schlimmer!“

Ich saß wie auf Kohlen beziehungsweise wie auf Kohlenstoff. Mein Grafit-Ton-Schreiber erreichte den Schmelzpunkt und schrieb mit immer dickerer Linie. Marga atmete und japste laut. Heulen kostet Sauerstoff. Gertrud versorgte Marga mit ihrem Seelentröster. Der lokkerte die Zunge.

„Nu rede dir mal alles von der Seele, Marga!“

„Du bist echt nett, Gertrud. Dich als Mama! Das wäre was! Meine Mutter, die ist so doof. So weltdoof! Keine Ahnung vom Leben. Wie auch die meisten Pauker. Und dann noch schwach. Sagt keinen Pieps gegen ihren fiesen Alten. Du bist dagegen so – so – toll, echt!“

„Danke, Marga. Ich will dir ja nur helfen.“

„Ich weiß.“

„Also. Was war denn so schlimm für deinen Daddy?“

„Daß – na, daß … Ich arbeite mit Dealern zusammen. Wo kriegst du sonst schnell so viel Kohle her? Die laufen da mit dicken Geldpäckchen im Anzug rum. Das ist irre! Und ich hab da einen Bombenstart gehabt.“

„Aber, Marga! Wie bist du denn da reingerutscht?“

„Ich bin nicht reingerutscht. Ich wollte an Geld kommen! Aber dann war's doch Zufall. Durch einen Sprachkurs. Für Russisch. Da habe ich einen Russen kennengelernt. Der hatte die richtigen Beziehungen."

„Russen?"

„Ja, eben. Da hat mein Daddy angefangen zu heulen, als er das hörte. Aber die haben wirklich das schnelle Geld. Das ist einfach Wahnsinn, was da umläuft!"

„Aber, das ist doch gefährlich, Marga! Mein Gott, Kindchen!"

Marga hatte sich gefangen. Gertruds Hochprozentiger wirkte. Sie erzählte frei und fast stolz drauflos. Meine Hand begann zu schmerzen, meine Nase zu tropfen.

„So gefährlich ist das gar nicht mal. Der Igor, also der, den ich damals getroffen hatte, der war zuerst ganz nett. Aber ein Fixer …"

„So ein Drogensüchtiger?"

„Ja. Heroin. Und die machen alles. Allen Scheiß, um an den Stoff zu kommen oder Kumpels zu kriegen, damit sie nicht alleine mit der Drückerei sind oder wenn es ihnen mal wieder dreckig geht. Und so hat der einen angefixt, bei dem die Sache schief gegangen ist."

„Was?"

„Tot. Ja, leider. Gleich beim ersten Mal der goldene Schuß."

„Oh Gott, Marga! Und dann?"

„Wir haben ihn wegschaffen müssen. Stand sogar in der Zeitung. Dann wurde Igor langsam für uns ein Sicherheitsrisiko. Der hatte immer schlimmere Fehlleistungen. Da mußte er auch weg. Das stand auch in der Zeitung."

Gertrud tat entsetzt.

„Das ist ja Mord! Entschuldige, Marga. Aber jetzt muß ich mir auch einen genehmigen. Und was hast du damit zu tun gehabt?"

„Ich? Ich habe getan, für was man mich beauftragt hat. Ganz einfach."

„Ganz einfach?"

„Ganz einfach. Wenn du einmal weißt, wie es in der Welt läuft, ist alles einfach. Manchmal ist es knallhart und manchmal spaßig. Einen Pauker zum Beispiel, den zu verarschen, hat echt Bock gemacht. Nur hat der zuerst nicht so funktioniert, wie ich geplant hatte. Aber jetzt hat der Pfühl es endlich kapiert."

„Wie?"

Mir blieb der Mund offen. Meine Hand verweigerte plötzlich den Dienst für das, was noch kommen würde. Ich bohrte mit Gertruds Abtrockentuch in der Nase, um nicht laut losniesen zu müssen. Am liebsten hätte ich den ganzen albernen Protokollkram geschmissen und hätte mich leise davongemacht. Dennoch spitzte ich die Ohren. Mein alter Fehler: Neugier. Marga schien es Spaß zu machen, weiterzuerzählen.

„Den Pauker habe ich sogar in zwei Fächern. So ein cooler Typ, weißt du. Ziemlich illusionslos. Seine Lieblingsphilosophen sind Marx, Nietzsche, Sartre und die Leute von der Wiener und Frankfurter Schule. Wenn dir das was sagt." Marga war auf dem besten Wege, sich Gertruds Sympathien zu verscherzen. „Mit dem ‚illusionslos', da hat er übrigens Recht, der Pauker. Man muß die Welt sehen, wie sie eben ist. Du mußt selbst sehen, wo du bleibst."

„Und was hast du mit dem armen Mann gemacht?"

Marga erzählte und erzählte. Wie in einem Rausch von Selbstbefreiung. Ohne Rücksicht auf meine Hand, meinen Bleistift und mein Ego. Außerdem juckte mich die Nase tierisch. Ich kam ins Schwitzen, holte mir ein Bier aus dem Kühlschrank und öffnete leise den Kronkorken, während Marga schon bei ihrem Überfall im Haus meines linken Nachbarn war.

„Markus hatte mir mal erzählt, daß sein Vater 'ne alte Bundeswehrknarre im Nachtschränkchen hatte. Und aus Markus' Hose war der Hausschlüssel gefallen, als wir ihn weggebracht haben. Da brauchte ich nur zu warten, bis seine Eltern weg waren. Außerdem paßte das, weil ich den Auftrag gekriegt hatte, mir den Pfühl vorzuknöpfen. Der fing nämlich an rumzuschnüffeln. Nur dauerte es ewig, bis dieser faule Lehrerarsch endlich merkte, daß da wer beim Nachbarn rummachte. Aber dann war es echt spannend und spaßig."

Gertrud heuchelte Überraschung und Entsetzen.

„Marga, Marga! Du hast ja Talente, die einen erschrecken!"

Marga schien das zu amüsieren. Jedenfalls hörte ich noch ihr Grinsen im Ton ihrer weiteren Erzählung.

„Dem habe ich das Blaue vom Himmel gelogen und ihn tatsächlich für meine Sache eingespannt. Tut mir nur leid, daß er zwischendurch von unseren Leuten mal was auf die Nase kriegen mußte."

„Hör mal, Marga! Findest du nicht, daß das alles zu weit geht?"

„Nö. Warum? Glaub mir: Sonst erreichst du nichts. Überhaupt nie nichts! Das ist wie so ein doofes Spiel. ‚Mensch ärgere dich nicht!' oder ‚Malefiz' oder ‚Monopoly'. Da geht's drum, wer den anderen besser im Griff hat. Immer. Der Pauker selbst sieht das ja auch so. Genau so! Und die meisten im Philokurs finden das auch, daß er recht hat. Nun hat es ihn mal selbst getroffen. Pech. Er erholt sich schon davon. Ist ja 'en Beamter und abgebrüht genug."

„Und wer sind deine Leute, von denen du immer redest?"

Ich hielt es kaum noch aus. Diese laufende Nase kitzelte mich in Mark und Bein. Vor allem das linke Nasenloch. Gertruds Geschirrtuch war bereits durchnäßt. Ich hatte nicht daran gedacht, daß Alkohol den Schnupfen verschlimmert. Jetzt hatte ich den Salat. Marga wollte auch nicht mehr so recht, hatte ich den Eindruck. Jetzt ging es ihr zu sehr ans Eingemachte. Gertrud schien ebenfalls ihr Pulver verschossen zu haben. Ich sah auf die Küchenuhr. Halb zwölf! Vollkommene Ruhe. Nur der Kuckuck meldete sich einmal. Fast Geisterstunde. Und dann passierte es: Sie ließ mir keine Chance. Meine Nase nieste los.

Marga schrie los.

„Was war das? Scheiße, Gertrud! Wer ist da drinnen?"

Schon stand sie vor mir.

„Herr Pfühl! Du kriegst die Tür nicht zu! Der Pauker! Scheiße!"

Gertrud trat hinter sie und sagte seelenruhig:

„Tja, Kindchen. Der ist zufällig mein Freund. Wirklich Scheiße, nicht?"

Marga ballte die Faust und bebte. Ich nieste noch mal und sagte auch:

„Scheiße!"

Jedoch hatte ich keine Lust, mich weiter auf diesem Sprachniveau zu bewegen und stand auf.

„Nun ist es gut. Wir sind kultivierte Leute. Setzen wir uns. Wir werden die Kuh schon vom Eis kriegen."

Marga sah mich tödlich beleidigt an. „Kuh“ war auch nicht geschickt gewesen. Ich schob sie vorsichtig ins Wohnzimmer. Marga setzte sich tatsächlich in Gertruds Schwinger aus Metall, Rattan und Leder. Sie sagte nichts. Sie kochte nur und sah Gertrud mit Haß in den Augen an. Ich mußte sie jetzt im eisernen Griff halten. Jetzt oder nie. Bevor sie sich von dem Schrecken erholte.

„Marga, hören Sie gut zu! Das hier ist längst kein Spaß mehr. Es geht um Drogenhandel, Erpressung, Vandalismus, Bestechung und Mord. Ich kann und muß Sie eigentlich sofort in den Wagen packen und zur Polizei bringen. Das sind die Regeln im Leben. Wenn Sie sich schon um Kopf und Kragen philosophieren, dann sollten Sie auch wissen, daß da blöderweise immer Leute sind, die alles anders sehen und andere Spielregeln aufmachen.“

Sie sah mich trotzig an. Sie hatte wieder diese verheulten Albinoaugen – allerdings nicht wegen der Ansammlung ihrer Straftaten.

„Sparen Sie sich Ihre Reden!“

„Tu ich nicht, Marga! Ich will was sehr Konkretes. Erstens, daß Sie endlich erfahren, wie blöde Sie kalkuliert haben. Und zweitens, daß Sie mir die Leute nennen, mit denen Sie zusammenarbeiten. Die sind gefährlich! Weshalb hat Ihr Vater wohl seinen Schock gekriegt? Was? Verdammt, Marga! Ich setze Sie in den Keller! Tagelang! Ich mach das, was Ihre Leute mit mir gemacht haben. Ohne Hemmungen! Sie haben mich eben ganz richtig eingeschätzt. Ich quetsche Sie aus, Marga! Eiskalt! Ich habe die Schnauze voll von diesen Vandalen und Ihrem Pummelchenterror. Ist das klar?“

Ich glaube, daß meine Ansprache in einer Art Schreien auslief. Das Ende war leider durch einen Nieser markiert. Ich warf das blöde Geschirrtuch zur Seite. Marga sah mich groß an. Fast ehrfurchtsvoll. Gertrud stand hinter ihr und schien ebenfalls beeindruckt. Sie lächelte mir zu – diesmal ohne jede Ironie.

„Also, zu erstens: Sie haben sich verkalkuliert, zuerst, weil Ihr Daddy das Geld nicht will und von Ihnen maßlos enttäuscht ist. Aber damit müssen Sie alleine fertig werden. Und dann, weil die Leute, von denen Sie ihre Kohle kriegen und die Ware und die Aufträge, genau die Leute sind, die hinter dem Disco-Neubau stecken. Und damit sind die doppelt verantwortlich für den Zustand Ihres Daddys. Die benutzen Sie, wie Sie mich benutzen wollten."

Marga wischte sich übers Sommersprossennäschen und schluckte.

„Das kann jeder behaupten."

„Was die mit der Disco wollen, weiß ich auch noch nicht. Aber ich werd's rauskriegen. Morgen bekommen Sie von mir jedenfalls die Namen und Zahlen. Ich hab die Nase wirklich voll von Ihrem Gekrücke. Das ist so, wie ich Ihnen sage. Und jetzt will ich was über Ihre Leute wissen! Los geht's, sonst vergesse ich mich!"

Marga tat trotzig und fuhr sich durch die fettigen roten Haare. Sagte aber nichts.

„Ich sperre Sie in den Keller! Genauso, wie das Ihr Andrej mit mir gemacht hat. Da kriegen Sie Zustände! Hunger und Krämpfe. Sie werden sich die Klamotten vollpissen und fühlen, wie der Wahnsinn heraufkriecht. Also? Bock auf Extremerfahrungen!? Ja!?"

Marga wurde rot und fing zu flennen an. Ich blieb hart.

„Nee, diesmal nicht, Kindchen!"

Ich zog das Mädchen aus dem Sessel hoch und drückte sie Richtung Tür. Marga heulte laut auf. Gertrud trat auf mich zu und flüsterte:

„Ich hab keinen Keller."

Ich dachte, ich bräche zusammen, nieste aber nur. Ich schob Marga weiter, drückte ihr die Oberarme zusammen. Sie stöhnte auf.

„Lassen Sie das, Herr Pfühl! Verdammt! Ich sage, was ich weiß!"

Ich drückte sie wieder in den Sessel.

„Aber hurtig, Marga! Es ist spät. Ich brauche meine sieben bis acht Stunden Schlaf! Ich höre."

Gertrud hatte sich neben mich in den plüschigen Zweisitzer gesetzt. Wir mußten aussehen wie Eltern, die ihre Tochter über den neuen Freund aushorchten. Gott sei Dank nutzte Gertrud die Situation nicht aus und hielt Abstand. Sie hatte sich ja schon Freiheiten herausgenommen, indem sie mich als ihren Freund vorgestellt hatte. Marga schniefte. Gertrud reichte ihr ein neues Taschentuch und nickt Marga aufmunternd zu.

„Marga. Mit Herrn Pfühl kannst du Pferde stehlen. Der haut dich aus jeder Situation raus. Aber er kann auch ekelig werden. Ich kann dir nur raten, ihn nicht weiter hinzuhalten.“

Marga schneuzte sich und sah Gertrud mit einem Blick an, der hilfesuchend wirkte und zugleich wütend wegen des Verrats ihrer gerade erst gewonnenen Freundin

„Ich halte ihn ja gar nicht hin. Aber das ist nicht so leicht.“

Noch einmal ein Schniefen. Dann legte sie los. Befreiungsrede. Ich kannte das von Jupp Rensinghoff. Dabei kann man sich zurücklehnen.

Wir erfuhren, daß Marga tatsächlich in der Gangster-Szene steckte. Andrej und die alte Ziegler sowie ein Mann, den sie Brustein nannte – das mußte unser Eierkuchengesicht Lafontaine sein – waren ihre direkten Auftraggeber. Einmal sei sie in Dortmund gewesen. Da habe sie einen älteren Herrn gesprochen, der ihr auf die Schulter geklopft habe – nach Igors „Ersäufnis“, wie sie sich ausdrückte. Ein feiner Pinkel. Mit Bodyguard. Brustein habe ihr erzählt, der sei ein ehemaliger sowjetischer General. Ihren Stoff habe sie immer über die Reinigung Belau bezogen. Ich war platt.

„Aber der alte Belau ist doch ein Wrack!“

„Nein, nein. Seine Tochter macht das jetzt. Der Alte ist vor zig Jahren aus der DDR rübergekommen und hat den Laden hier aufgemacht. Seine Tochter managt jetzt alles. Aber so, daß die nie das Risiko tragen. Ich hab auch mal Kurierfahrten gemacht. Da fällt mächtig was ab!“

Hermann vom Rentnertrio hätte die Amphetamine für seine Sportskanonen also leichter über Belau beziehen können. Die schienen nicht gewußt zu haben, daß sie Kollegen in der Szene sind! Der nette alte Belau! Der die Klamotten von den Jungs immer so „für lau“ mit durchzog! Eine feine Gesellschaft in unserem Städtchen!

Ich wollte von Marga wissen, wie und warum sie Igor ersäuft hatte.

„Ich hab’s ja erzählt: Igor war das größte Schwein in der Truppe. Und seine Sucht wurde immer gefährlicher. Dem mußten wir dauernd Stoff abzwacken, damit der sich nicht woanders was organisierte, so daß es gefährlich für uns werden konnte.“

„Warum stand der bei Markus’ Beerdigung am Friedhof?“

Marga sah mich groß an, verkniff sich aber die Frage, woher ich das schon wieder wußte.

„Der brauchte Stoff. Und ich hatte versprochen, den mitzubringen. Der wartete zwischen dem ganzen Volk auf mich, der Idiot!“

„Und deshalb …?“

„Deshalb hat Brustein mir den Auftrag gegeben. Ganz von oben. Und wenn das reibungslos klappen würde, kriegte ich ein Päckchen Scheine. So war’s auch.“

Gertrud wollte sofort wissen, wie sie Igor umgebracht hatte.

„Den zur Badeanstalt zu locken, war Klackssache. Da hat der sich den Stoff reingedrückt, den ich ihm mitgebracht hatte. Ja, und dann ging’s schnell. Im Wasser ist man unter Stoff ohne Orientierung. Ich brauchte ihn nur zu döppen. Na ja, der hätte sowieso den Sommer nicht mehr überstanden. So wie der sich zufixte.“

Dann war – abgesehen von meinem Niesen – Schweigen. Vor uns saß eine Mörderin, die locker von ihrem Mord am Komplizen erzählte. Sie merkte es und knüselte sich ein gebrauchtes Tempo auseinander. Übersprungshandlung. Marga war gemeingefährlich. Wir mußten sie zur Polizei bringen. So oder so.

Gertrud sah mich betreten an. Aus Vermutungen und Indizien war Gewißheit geworden. Der Kuckuck schrie wieder. Ganze zwölf Mal. Wir horchten ihm hinterher.

Da klingelte das Telefon. Gertrud gab es Marga. Als sie aufgelegt hatte, fing sie wieder zu heulen an.

„Daddy geht’s ganz schlecht. In den nächsten Stunden … Kommst du mit, Gertrud? Ich, ich kann das nicht alleine … So was. Bitte, Gertrud!“

Hatte sie Gertrud verziehen oder war sie so durcheinander?

„Klar, Kindchen. Wir sehen dann später weiter.“

Gertrud nickte mir zu, ich ihr zurück. Unsere Aufklärung konnte davon nur profitieren, wenn Gertrud sie sich warmhielt. Außerdem durften wir Marga nicht mehr frei herumlaufen lassen.

Dann mußte meine Nase wieder niesen. Als ich aufstand, legte ich den Bügel über dem Kuckuckstürchen um. So ein Vieh braucht auch mal seine Ruhe.

15

Punkt ein Uhr rief Heinz an. Er erwischte mich in bester Stimmung. Erstens die Ferien. Zweitens hatte der Kollege Knetemann zu seiner Beförderung eingeladen. Belegte Brötchen und der gute Mumm! Da kann ich nie widerstehen. Daß vor kurzem der Kollege Boyer durch einen tragischen Verkehrsunfall ums Leben gekommen war, trübte wenigen die Laune.

Ich hatte meinen MX-5 stehengelassen, mir ein Taxi genommen und mich zu Hause gleich aufs Sofa gehauen. Ich duselte vor mich hin, nieste ab und an und dachte ein bißchen an das Rezept für heute abend. Sonja und ich machen es uns zu Beginn der Ferien immer so richtig gemütlich. Heinz hatte ich fast vergessen. Ich telefonierte im Liegen. Ein Hoch der Technik!

„Pepa, hör mal! Ich habe eine Menge wichtiger Informationen. Wir müssen uns irgendwo treffen."

Heinz schien zu glühen, beinahe zu explodieren vor Mitteilungsdrang. So was gibt's sonst nur bei den Kleinen in der Schule, wenn sie unbedingt aus den Ferien erzählen wollen. Das legt sich später eigentlich. Aber Heinz war ja auch ein ‚Kleiner'.

„Keine Chance, Heinz. Ich liege hier leicht angetütert."

„Lehrer müßte man sein!"

„Eben! Wenn ich nicht viel reden muß, leg los. Ich höre zu."

Ich sagte das eigentlich ungern. Sonst spare ich mit und bei jedem Telefonat. Aber jetzt war ein Notfall.

„Gut. Heute vormittag hat mein Bekannter von der Industrie- und Handelskammer angerufen. Die haben da großartige Recherchemöglichkeiten! Paß auf: Die Nord GmbH aus Hamm gehört zu siebzig Prozent einer Investorgruppe mit Namen ‚Investut', die ihren Hauptsitz in Berlin hat. Und jetzt wird's kompliziert. In dieser Investorgruppe wiederum hält einundfünfzig Prozent der Anteile eine Zwei-Leute-GmbH namens ‚Transitus'. Und das sind – halt dich fest – zwei unserer Bekannten."

„Hm."

„Sofie Ziegler und – jetzt kommt es: Franz Belau!"

„Nicht möglich."

„Tja. Das ist ein Ei, wie man so sagt."

„Is 'n Ei, Heinz."

Ich mochte Heinz gar nicht sagen, daß ich das bereits wußte. Irgendwo ist man ja auch Mensch.

„Es geht weiter, Pepa! Belau ist mit unserer Stadt, die Ziegler mit Dortmund aufgeführt."

„Hm."

„Und weiter!"

Heinz nahm immer mehr Fahrt auf. Er hatte eben was zu bieten. Ich gönnte es ihm.

„In diesem ‚Investut' sitzt noch ein anderer Kollege, der interessant ist. Ich habe natürlich den UN-HX 216" – manchmal war Heinz zum Kotzen – „nachchecken lassen. Der gehört einer Autovermietung aus Unna namens ‚Rentcar, Autoleasing/Gebrauchtwagen'. Der Inhaber dieses Ladens ist ein gewisser Dieter Mottek. Und der sitzt auch in unserem ‚Investut'."

„Mensch, Heinz."

„Und, Pepa, es geht noch weiter!"

Heinz begann fast zu singen.

„Dieser Dieter Mottek sitzt wiederum in einem anderen Geschäft mit drin, das uns interessiert."

„Ach."

„Ja. Der Betreiber für die neue Disco sollte doch eine gewisse ‚Leisure KG' aus Unna sein. Und was meinst du, wer als Komplementär da drin sitzt?"

„Unser Dieter."

„Genau! Mein Bekannter meint, das rieche alles nach straff vernetzter Treuhänderschaft."

„Strohmänner?"

„Ja. Da hat jemand zu viel Geld, will investieren, mag aber nicht auftauchen."

„Irre, Heinz!"

Heinz ging es blendend. Ich mußte niesen.

„Und damit du siehst, daß ich nicht nur auf andere warte, sondern systematisch vorgehe, wirst du heute noch was lernen."

„Prima, Heinz! Es sind ja Ferien."

Interessant waren Heinzis Ermittlungsergebnisse allemale. Und ich hätte sie auch sofort in meinem ‚Grass' festhalten müssen. Nur war ich fürchterlich besäuselt. Wenn schon, war mir telefonisch mehr nach Sonja als nach Ziegler und Co. Doch pflichtbewußt wie ich als Beamter bin, fügte ich mich und meckerte nicht weiter. Heinz hätte sich eh nicht aufhalten lassen.

„Gestern abend habe ich endlich einen alten Kollegen an die Strippe gekriegt, der sich jetzt in Düsseldorf um organisierte Kriminalität kümmert. Im LKA. KK 24. Die arbeiten dauernd mit Wiesbaden zusammen. BKA, weißt du?"

„Klar."

„Der hat mir Sachen erzählt! Da wurde mir doch ein wenig mulmig."

„Ach."

„Die Russen haben hier seit fünf, sechs Jahren die Szene überschwemmt. Vor allem aus der alten DDR. Die Generäle der ZGV – so hieß die in Deutschland stationierte Sowjetarmee – haben sich an der Rückführung der Armeebestände aus Ostdeutschland dusselig verdient. Die Hälfte davon haben sie verschachert. Zum Beispiel haben die sich auch die bundesdeutschen Mittel für die Soldatenwohnungen in Rußland unter den Nagel gerissen. Oder den Spezialmercedes des Berliner Polizeichefs. Den haben die einfach geklaut und mit einem Militärflugzeug nach Moskau verladen."

„Ich denke die ganze Zeit an Igor."

„Wahrscheinlich irgendeine Ordonnanz oder dergleichen von einem dieser Generäle. Die haben sich natürlich ihre vertrauten Leute mitgenommen."

Jetzt mußte ich doch aktiver werden. Trotz Telefon erzählte ich Heinz von Margas Auftritt bei Gertrud, ihren Enthüllungen über ihre Kontakte nach Dortmund und ihre Zusammenarbeit mit den Belaus. Mein Heinz schien ein klein bißchen enttäuscht, sagte nur ab und zu „Hm" und klang wie vom Thron gestoßen.

„Na ja. Jedenfalls haben wir den Hintergrund wohl exakt benannt, denke ich. Ich bin mir fast sicher, daß hinter unserer ganzen Geschichte irgendeiner dieser Untergeneräle von Burlakow steckt."

„Wer?“

Heinz versuchte, wieder Oberwasser zu bekommen.

„Burlakow. Der Chef der ZGV. Die Kerle arbeiten mit dem – Moment, ich hab’s gleich – mit diesem internationalen Trust, na – ‚M and S‘ zusammen. Da sitzen alle möglichen Unternehmen drin, zum Beispiel ‚Mir Trade‘ oder ‚Tumas‘ oder ‚Mosenko Invest‘. Die haben nur das eine Ziel, das Vermögen, das sie aus der ehemaligen ZGV herausgequetscht haben, umzuschichten und Eingang in die seriöse Finanz- und Geschäftswelt zu finden.“

„Zum Beispiel mit Discos.“

„Du bist gar nicht so betrunken, wie du tust, Pepa! Die suchen Investitionsobjekte für ihr Bares und Geldwaschanlagen für ihr schwarzes Geld aus dem Handel mit Drogen, Öl, Frauen und spaltbarem Material. Die nutzen jede Möglichkeit zum Geldwaschen.“

„Ach.“

Heinz ließ es sich nicht nehmen, mir eine Lektion nach der anderen zu erteilen. Wieder mußte ich niesen. Heinz sagte jedesmal höflich „Gesundheit!“, ich „Danke!“

„Ein Beispiel: Die kaufen hier einen – sagen wir, einen Ferrari.“

Heinz’ Tonfall war wie der meine, wenn ich den kleinen Schülern was erkläre.

„Verstehe ich.“

„Gut. Dann bezahlen die nicht mit Achtzigtausend, sondern mit Hundertzwanzigtausend. Der Händler überweist dann auf ihre Bitte die Differenz von Vierzigtausend auf ein österreichisches Nummernkonto. Fertig. Ab da ist das Geld sauber. Und wenn der Wagen von den eigenen Leuten geklaut war, war es noch lukrativer.“

„Das macht dann alles Dieter.“

„Was?“

„Na, Dieter Mottek, Unna. UN-HX 216.“

„Ja. Ja, natürlich.“

Langsam wich mein herrlicher Schwips. So ein Bombardement von Erkenntnissen hält kein Rausch aus. Mag er so zart und lind sein, wie er will. Ich richtete mich auf. Draußen schien es nicht mehr zu regnen. Ich wollte energisch klingen.

„Heinz, wir müssen uns doch treffen. Alle drei. Du hast hier einen Haufen von brisanten Ergebnissen ausgebreitet. Und was nun?“

„Tja.“

Heinz hatte keine Lösung für Marga und den ganzen Rattenschwanz von Problemen mit den Russen parat. Er wollte bei Gertrud anrufen und ein Treffen vereinbaren.

Ich fühlte mich mit diesen massiven Informationen immer hilfloser und war heilfroh, als Heinz auflegte.

Natürlich merkte Helmut gleich, daß ich nicht bester Laune war wie sonst immer um diese Tages- und Jahreszeit. Er hatte seinen freien Nachmittag und war auf der Flucht. Seine Neue hatte angedroht, ihn zu besuchen. Sie hatte nach den wenigen Wochen bereits herausgefunden, daß Helmut am Mittwochnachmittag zu Hause war, um seiner zweitgrößten Leidenschaft nachzugehen: dem Schachspiel gegen seinen Schachcomputer. Die Neue entpuppte sich immer mehr als rücksichtslose, penetrante Ruhestörerin.

Helmut war bedrückt. Kannte ich selten an ihm. Helmut ist der Typ eines schlanken, kurzhaarigen Midlifers. Sportlich, belastbar, dynamisch.

„Du mußt was unternehmen, Helmut. Du gehst mir ja sonst vor die Hunde!“

„Du bist gut. Was denn?“

„Rauswerfen, das Weib! Soll ich mitkommen?“

„Geht nicht.“

„Warum nicht?“

„Ich kann so was nicht. Weißt du doch.“

Wir setzten uns auf die Terrasse. Helmut guckte nicht mal hoch, fragte trotz meines vernehmlichen Niesens nicht nach meiner Erkältung und kriegte meine Gewächshausruine nicht in den Blick, an der seit drei Tagen gearbeitet wurde. Er stützte seine Ellenbogen auf die Knie, wippte mit den Hacken und besah sich die Fugen der Bodenplatten.

„Kann ich mir eine drehen?“

„Klar. Immer!“

Helmuts Trennungen laufen immer nach demselben Schema ab. Die Frauen wollen diesen smarten, renommierten Kinderarzt unter keinen Umständen mehr loslassen – Schicksal aller gut verdienenden Ärzte. Helmut ist emotional überfordert, Helmut kommt zu mir, Helmut dreht sich eine, ich manage die Sache für ihn. Helmut ist das noch Monate später peinlich – bis zum nächsten Frühling.

Natürlich hofften Sonja und ich immer darauf, daß es mal die Richtige wäre. Wenigstens für einige Saisons hintereinander. Vielleicht auch für immer. Helmut war so jung nicht mehr. Aber bei seiner jetzigen Neuen war für uns die Angelegenheit schnell erledigt. Und dann so was: Helmuts Mittwochnachmittag!

Helmut kann gar nicht drehen. Wenn man nur einmal pro Jahr dreht, kann man nicht drehen.

„Gib her, Helmut. Ich drehe für dich!“

„Danke!“

Helmut kann eigentlich auch nicht rauchen. Er pafft. Manchmal hustet er. Es tut mir immer in der Seele weh, wenn er die halb gerauchte Zigarette ausdrückt. Wenn das Beste noch kommt! Zudem verbrennt er sich regelmäßig die Finger dabei. Heute wieder.

„Aua! Mistzeug!“

Ich mußte grinsen. Das ist wie bei „Dinner for one“: Man weiß genau, was jetzt kommt. Nur Helmut war nicht zum Lachen. Für ihn war die Zukunft mal wieder grau und furchterregend ungewiß.

„Vielleicht schreibst du ihr einen Brief. Wie damals bei Karin.“

„Nee, Pepa! Nie wieder! Weißt du noch, daß sie mir dieses Foto schickte, auf dem ihr Kleiner meinen Brief stückchenweise zerkaute und zerriß? Ich hab es damals sogar vergrößern lassen. Es war tatsächlich mein Brief. Ich bin Kinderarzt. Brutalitäten an und von Kindern ertrage ich nicht. Kinder sind konstruktiv.“

„Aha. Das kann man auch ganz anders sehen.“

Ich erinnerte mich außerdem nicht mehr so genau an Karins Foto.

„Egal. Und ein Telefonat, bei dem du dich zusammenreißt? Einmal durchatmen und durch! Verstehst du?“

„Mensch, Pepa! Telefonieren! Das hasse ich so sehr wie du. Die Telefonate enden bei mir immer damit, daß ich ‚Okay‘ sage, wenn sie mich anbettelt, wenigstens für die letzte Aussprache persönlich mit mir zu reden. Das sei nur fair und solche Sachen. Und dann die Heulerei am Apparat! Den Rest kennst du. Wie bei Birgit. Das endete in einer Riesenzärtlichkeitsabschiedsparty – im Bett. Und weil Birgit da wirklich was drauf hatte – na ja …"

Daran konnte ich mich gut erinnern. Und an Birgit. Irgendwie eine Art Gertrud – allerdings fünfundzwanzig Jahre jünger.

„Vielleicht könntest du was erfinden. Zum Beispiel, daß du bisexuell bist oder ödipal oder DVU-Wähler oder so."

„Jetzt verarscht du mich. Ich bin nichts davon. Und ich lüge nicht. Ich hasse Lügen."

„Selbst schuld."

„Bitte?"

„Paß auf! Wir gehen jetzt in die Küche. Ich habe mit Sonja heute abend unser traditionelles Ferien-Hors d'oeuvre. Und da wirst du dabeisein. Und zwar schon als Single. Das ist gut für dich als Übung. Du hilfst mir beim Kochen, und ich gebe dir weiter so tolle Tips. In Ordnung?"

Helmut schien gerührt. Ich nieste. Helmut sagte nicht „Gesundheit!", sondern:

„In Ordnung."

„Aber erst gibt's einen Kaffee. Der brutzelt schon seit einer halben Stunde. Wir teilen."

„Was willst du denn kochen für deine Jahrtausendbeziehungskiste?"

„Baked Potatoe gefüllt mit Tomaten-Fondue."

„Na, dann los!"

Mit Helmut kann man eigentlich nicht kochen. Wie der bis jetzt ohne Mutter oder Haushälterin überlebt hat und wie seine Diagnosen manu propria so präzise werden konnten, ist mir ein Rätsel. Zwei linke Hände und überall Daumen. Helmut gebe ich daher beim Kochen ungerne Messer oder Gabel in die Hand.

Mein Freund mußte die neun Kartoffeln waschen – schöne große –, dann das Backblech salzen und die Kartoffeln bei 180 Grad vierzig Minuten backen. Damit hatte er genug zu tun.

„Also, Brief und Telefon gehen nicht. Was nun, Pepa?"

„Man könnte Sonja einschalten. Zum Beispiel, indem sie deine Noch-Freundin zufällig trifft."

„Hm."

Helmut schien nicht abgeneigt. Ich hatte den Trick von Heinzi und seiner Schwägerin übernommen.

Währenddessen schnitt ich acht kleine Lauchstangen in fünf Zentimeter lange Stücke. Sie ließ ich dann in einer Gemüsebrühe gar kochen. Um das Tomaten-Fondue für die gefüllten Kartoffeln herzustellen, nimmt man einen Eßlöffel Maisstärke mit wenig oder mehr Weißwein und … und zwischendurch ein Päuschen. Man kann natürlich eine geöffnete Weinflasche nicht unberührt lassen. Auch wenn es nur Tafelwein ist. Einschenken mußte ich. Ärzte saufen ja nicht …

Mir kreiste bald im Kopf herum, wie es Gertrud jetzt ging. Lebte Margas Vater noch? Marga würde jetzt sicherlich unserer Taktik nicht viel entgegenzusetzen haben. Außerdem mußte ich eine Lösung für unser weiteres Vorgehen finden. Was sollten wir mit ihr machen? Mit den Gangstern, die sich in unserem so friedlichen Städtchen eine Existenz aufbauen wollten? Marga mußte wie ihre Leute unschädlich gemacht werden. Aber was nützte es, wieder nur die kleinen Fische zu fangen?

„Weißt du, Pepa. Wenn Sonja da was machen könnte …"

„Sicher!"

Nichts würde Sonja lieber tun!

„Sie könnte deiner Klette zum Beispiel erzählen, daß du verheiratet bist oder irgendwo Zwillinge zu versorgen hast."

„Ach nee, Pepa! Das erzählt die überall rum, und dann bin ich mit meiner Praxis geliefert."

„Übertreib nicht! In der Provinz lesen die Leute auch Arztromane und gucken ‚Klinik unter Palmen'. Ein Doppelleben setzt man bei euch ledigen Ärzten doch voraus!"

Der Weißwein ging der Neige zu. An diesem Tempo war natürlich Helmut schuld. Ich hatte mich schon wegen meiner Erkältung zurückgehalten. Und ich hatte noch diese Präzisionsarbeit zu machen, die warmen Kartoffeln zu köpfen, zu schälen und auszuhöhlen. Das Fondue aus Tomatensauce, einer durchgepreßten Knoblauchzehe, acht kleingewürfelten getrockneten Tomaten, Thymianblättern, Pfeffer und einem Hauch gehackter Chilischote war aufzukochen. Es war schon nach sechs. Wenn man mit Helmut kocht! Sonja wollte gleich nach Ladenschluß kommen.

Ich mußte Marga dazu bringen, uns zu helfen, den Mafia-Clan aus unserem Städtchen zu vertreiben. Mehr war nicht drin. Vielleicht ein paar gute Tips für die Polizei – über Heinz. Gefährlich war das allemal! Man stelle sich vor: Mein Gewächshaus steht gerade wieder im alten Glanze, da kommen diese Vandalen zurück! Außerdem wollte ich die Ferien nicht im Krankenhaus verbringen! Wir mußten uns bald treffen, um das weitere Vorgehen in aller Ruhe abzusprechen. Da durfte nichts schiefgehen.

„Mir ist das Lügen nicht angenehm, Pepa. Wirklich nicht."

„Du bist gut, Helmut! Irgendwo wird es sicher unangenehm. Ist wie bei einer Behandlung bei euch Halsabschneidern."

„Komm, laß die Stichelei!"

„Ich hab nur die Krankenhausmafiosi in Weiß gemeint. Weißt du ja. Chefärzte sind die letzten Überbleibsel aus der Kaiserzeit."

Damit war Helmut zufrieden. Und ich kam auf eine Idee.

„Also, letztes Angebot: Sonja läßt durchblicken, daß du eine Neue hast. Irgendeine Chefärztin aus Hamburg, sagen wir mal. Da streicht sie garantiert sofort die Segel."

Helmut hatte mir eine Kartoffel nach der anderen zur chirurgischen Behandlung gereicht. Die letzte Kartoffel fiel ihm nun auf den Boden. Da waren's nur noch acht. Genau die richtige Zahl. Ich hatte Helmut in weiser Voraussicht eine mehr gegeben. Helmut sah mich trotz der zerplatzten Knolle glücklich an. Ich hatte es getroffen!

„Mensch, Pepa! Du bist ein echter Freund! So einen finde ich auch im nächsten Leben nicht mehr."

„Will ich meinen!"

Wir prosteten uns mit der letzten Weinpfütze zu. Dann mischte ich den geriebenen Greyerzer Käse unter die kochende Fondue-Mischung. Der zu Würfeln geschnittene Freiburger Vacherin mußte mit der aufgelösten Maisstärke eingerührt werden. Helmut schaute in Gedanken meinen geübten Handgriffen zu. Ich hatte gerade eben den Lauch viereckig auf unsere Teller gelegt, die ausgehöhlten Kartoffeln in die Mitte gesetzt und mit dem Tomaten-Fondue gefüllt, da klingelte es.

Es war Sonja. Sie drückte mir eine rote Rose in die Hand und einen feuchten Kuß ins Ohr. Sie fand es überhaupt nicht schlimm, daß Helmut da war. Wir wußten, daß ein freier Helmut unserer Beziehung guttat.

Sonja erwartete ein unterhaltsamer Abend und ein noch unterhaltsamerer Auftrag in Sachen Helmuts Freiheit Nummer soundsoviel. Den würde sie sicherlich mit aller Kraft ausführen. Ach, war das Leben interessant! Ich werde immer ganz gerührt, wenn mich so ein volles Lebensgefühl überkommt.

16

Krankenhauscafés sind das Ungesündeste, was es gibt. Es gibt Lidl-Würstchen mit Aldi-Kartoffelsalat, pappigen Kuchen mit gelblicher Sahne und Kaffee, der die Kranzgefäße zum Oszillieren bringt. Die Bedienungen sind unter aller Beschreibung und die Preise weit darüber. Von links zog es und von rechts paffte ein Rotkopf im Pyjama Zigarillos. Sein Qualm zog halb an uns vorbei. Wahrscheinlich hatte ihm der Herzchirurg Lungenzüge verboten, aber ihn für die Lunge seiner Mitmenschen nicht sensibilisiert. Meinen Cognac für sieben Mark fünfzig hatte ein Idiot in den Kühlschrank gestellt. Nach der Devise: Schnaps ist Schnaps.

Daß Gertrud uns hierher bestellt hatte, mußte man ihr wegen der äußeren Umstände verzeihen. Marga war dem Kollaps nahe. Gertrud hatte sie seit vorgestern abend nicht aus den Augen gelassen. Das Sterben von Margas Vater zog sich hin. Gertrud hatte Routine – von ihrem Mann damals. Wahrscheinlich war sie davon so abgebrüht geworden. Sie hatte mich lächelnd mit dem Titel des Taschenbuchs von Marga begrüßt:

„Die Reliquie."

„Was?"

„‚Die Reliquie' von Evelyn Anthony. Bastei Lübbe."

„Ach so!"

„Roman aus Rußland. Irgendwas wie Thriller."

„Danke!"

„Bitte. Ist aber längst überholt."

„Was anderes druckt Bastei Lübbe auch nicht."

„Ich meine: Unsere Ermittlungen sind darüber hinweggegangen."

„Ach so."

Heinz hatte von all dem nichts verstanden. Der letzte Satz hatte ihn jedoch beruhigt.

Nun saßen wir an einem dieser viel zu kleinen Cafétischchen, die für Schnapstrinker ausreichen mögen, für Cognacgläser aber schon zu klein sind.

Gertrud sah blaß und übernächtigt aus. Ich meinerseits hatte gut und lange geschlafen. Ich schlafe danach immer gut. Die Nacht mit Sonja hatte sogar meinen Schnupfen geheilt. Gertrud trank einen Espresso. Eine Kaffeetasse mit Kännchen hätte auch nicht mehr auf den Tisch gepaßt. Heinz hatte auf nichts Appetit. Wohl nicht nur wegen der Ausmaße des Tischchens. Er sah ebenfalls müde aus.

Gertrud wollte gleich etwas loswerden. Heinz natürlich auch. Ich eigentlich nicht. Höflichkeit und Fairneß ließen Gertrud den Vortritt.

„Ich mache es kurz. Margas Vater wird den Tag kaum überleben. Marga hat jeden Pep verloren. Sie ist noch zu jung für so was. Ihr Vater muß furchtbar aussehen. Ich habe trotzdem die Frechheit gehabt, ihren Rucksack zu durchsuchen."

„Und?"

„Erstens zwei Autoschlüssel mit vier Hausschlüsseln. Ein Führerschein und KFZ-Schein von Igor Awerin, geboren 1974 in Baku. Wahrscheinlich gehörte ein Autoschlüssel mit Hausschlüssel ihm."

Heinz und ich mußten über Gertruds klaren Verstand staunen. Sie bemerkte unsere Anerkennung, zeigte jedoch nicht ihre übliche Befriedigung darüber. Sie war müde und verkaufte, was sie zu verkaufen hatte, ohne Reklame. Sachlich fuhr sie fort.

„Und dann noch neben dem üblichen Krimskrams zwei Teile, auf die sich unsereins erst einen Reim machen muß: ein Spiegel und ein Röhrchen."

Heinz sprang sofort an.

„Kokain!"

„Aber ohne das Zeug. Marga also auch! Na ja. Irgendwie tut sie mir leid. So ein junges Ding, schon einen Menschen auf dem Gewissen und süchtig und – ach, was weiß ich – bald ohne Vater. Eigentlich immer schon ohne Vater …"

Ich rückte meinen Cognacschwenker, den ich seit einiger Zeit zwischen den Beinen wärmte, auf den Tisch.

„Gertrud. Sie sollten das unterdrücken. Was Marga hier angestellt hat, ist ein zu dickes Ding. Ich habe auch Sympathien. Schließlich kenne ich sie seit …, jedenfalls ziemlich lange, und ich bin ihr Lehrer. Aber man darf der Jugend ab einem gewissen Punkt nichts mehr durchgehen lassen. Sonst ist man selbst bald nur noch Spielball. Die sind erwachsen, wollen so behandelt werden und sollen andere nicht für dumm verkaufen oder unsereinem das Leben noch schwerer machen. Das ist alles.“

Heinz nickte ohne Enthusiasmus und setzte dazu:

„Du hast dich genug eingesetzt. Die Leute, mit denen sie sich da eingelassen hat, das sind keine Gauner oder Spitzbuben, sondern gewissenlose Mafiosi, Menschenhändler und Mörder, wozu Marga nun auch gehört – freiwillig. Hat sie noch ein Gewissen? Ich weiß nicht. Margas Komplizen jedenfalls sind ganz üble Kerle. Ich hab fast die ganze Nacht die Bücher gelesen, die ich mir über die ‚neuen Russen‘ besorgt habe. Da wird dir anders, Gertrud. Wirklich!“

„Heinz, jetzt übertreibst du! Ich liebe Rußland und habe da Freunde. Was soll das: ‚neue Russen‘? Zum Beispiel der Belau, von dem Marga erzählt hat. Der ist vielleicht so ein Spion, ein Stasi- oder KGB-Mann, den sie vor dem Mauerbau damals rübergeschleust haben, um ihn irgendwann zu aktivieren. Wahrscheinlich hat der nach dem Fall Honeckers Kontakte zu den Russen behalten und sich da einspannen lassen. Das könnte doch sein. Oder?“

Gertrud ließ wieder mal zur Höchstform auf. Heinz guckte sie an wie Rotkäppchen den bösen Wolf. Ich glotzte nicht viel anders.

„Oder?“ wiederholte Gertrud.

„Doch, doch!“

„Also. Das sind Drogenhändler. Gefährlich. Und Marga hat diesen Igor beseitigt, der selbst ein übler Kerl war. Aber daraus muß man nicht gleich eine Menschheitsbedrohung machen.“

Heinz fühlte sich aufgefordert. Ich dachte als 007-Fan wie er. Gertrud hatte keinen Sinn für die großen Linien, in denen zum Beispiel ein General wie Burlakow dachte.

„Diese Leute, Gertrud, sind Strategen. Die denken in globalen Dimensionen. Rußland ist ein schönes Land, aber leider, seit Gorbatschow, auch das Zentrum des international operierenden Verbrechens. Und was wir hier vor uns haben, das ist nur ein Saugnapf dieser Krake.“

Ich mußte Heinz bitten, leiser zu reden. Die Dame hinterm Tresen polierte schon seit einigen Minuten ein und dasselbe Glas.

„Ich will nicht behaupten, daß ich das beweisen kann. Aber als alter Polizist darf ich auch mal mein Gefühl loslassen."

Gertrud blickte unbeteiligt. Meine netten Blicke ignorierte sie und wirkte etwas abwesend. Sie hatte sich die Café-Karten gegriffen und blätterte darin rum.

„Also: Zwischen Rotterdam und Rußland gibt es eine Region, die sich hervorragend für die Handelsgeschäfte dieser Herren von der alten ZGV eignet. Erstens: Nähe zu Holland und Ruhrgebiet. Zweitens: geringe Überwachungsdichte. Drittens: harmlose Konkurrenz. Da könnte so ein General auf die Idee kommen, vom Ruhrgebiet aus einmal die ein oder andere Neugründung zu versuchen. Vielleicht hat das auch was mit der Machtübernahme der ‚Patenkinder' zu tun."

Ich guckte unklar.

„Das ist die zweite Gangster-Generation."

Ich war wirklich schlecht informiert.

„Haben die denn da noch nötig, mit Drogen zu handeln?"

Heinz grinste sein Überlegenheitsgrinsen. Das hatte ich schon in meiner wilden APO-Zeit an den Bullen nicht leiden können. Aber ich konnte es Heinz jetzt nicht übel nehmen. Schließlich hatte er sich – anders als ich – dafür seine Nacht um die Ohren gehauen und wollte nun die Streicheleinheiten einkassieren. Gertrud stand auf und schloß ein Fenster. Nun zog es nicht mehr, aber der Zigarilloqualm ging genau in meine Richtung. Gertrud merkte es nicht, und Heinz war nur mit meiner Frage beschäftigt.

„Seit Gorbatschow gibt es drüben eine riesige Drogenszene und seit einigen Jahren die Handelsrouten und Laboratorien dafür. Zentralasien, die Kaukasus-Staaten, vor allem Afghanistan und Polen. Na ja. Die organisieren sich meistens nach Volksgruppen und sind nicht festgelegt. Auch Öl, Plutonium, Frauen, Organe. Alles."

Heinz störte sich an Gertruds geistiger Abwesenheit. Jetzt rupfte sie am Papierdeckchen ihrer Untertasse herum. Heinz blitzte einige Male ärgerlich zu ihr hinüber. Gertrud bemerkte nichts. Da wurde Heinz direkter:

„Gertrud! Das sind Leute, die interessiert nicht, was Menschen fühlen und denken. Die wollen nur soweit kommen, daß sie zu einem dieser Abendessen mit lebendigen Tischen eingeladen werden. Das ist dann der Höhepunkt ihrer Karriere: Ein zig-gängiges Mahl auf dem Körper einer Frau, die auf allen Vieren oder auf dem Rücken liegt. Das sind Sklavinnen! Die Top-Sklavinnen aus der gesamten GUS! Vier bis fünf Stunden unbewegt lebendes Möbel!"

Plötzlich prustete Gertrud los. Heinz meckerte sie an:

„Was soll das, Gertrud? Das ist nicht lustig!"

„Tschuldigung, Heinz! Ich weiß! Ich dachte nur gerade daran, daß wir eigentlich über Marga reden."

Unser Gespräch hatte eine peinliche Pause. Ich beobachtete die Bedienung hinterm Tresen, die sich kaum als Stilmöbel eignete, sondern sich dauernd in den Haaren rumfummelte und offenbar Probleme mit dem Ohrenschmalz hatte. Ich verzichtete auf eine weitere Bestellung. Es war gegen halb zwölf. Das erste Pflege-Personal trudelte mit seinen weißen Socken in weißen Sandalen ein und bestellte Würstchen mit Kartoffelsalat. Die hatten ja ihren Arzt in der Nähe. Deshalb fingen sie auch gleich an, rücksichtslos zu qualmen.

Ich empfand die Verpflichtung, das Gespräch wieder anzuwerfen. Das Wichtigste war noch gar nicht angesprochen: Was nun? Was mit Marga? Was mit den Russen? Als ich davon anfing, blieben die beiden schweigsam.

„Jetzt reißt euch mal zusammen! Wir haben bisher ordentliche Arbeit gemacht. So! Besser jedenfalls als die Beamten von der Polente."

Heinz nickte. Gertrud nickte.

„Soll das alles gewesen sein? Daß wir uns noch mal bei der Beerdigung von Margas Daddy treffen, Gertrud endlich mal wieder bei mir putzt und den Berg von Unterhosen wäscht …?"

An dieser Stelle mußte Gertrud mich nun doch anlächeln.

„… und Heinz irgendwann auf einen Kaffee vorbeikommt? Um Punkt vier! Wir reden drüber, wie doll die neue Disco läuft, daß der alte Belau nun auch abgekratzt ist und der weiße BMW – UN-HX 216 – dauernd an der Gnadenkapelle parkt. Ja?"

„Nein, Pepa. Entschieden nein!"

Gertrud sah mich entschlossen an. Heinz schlug sich in die hohle Hand. Ich hatte meine Truppe wieder!

Eines wurde uns im folgenden Gespräch klar: Polizei einschalten ging nicht. Erstens wegen mir, zweitens wegen deren Unterbesetzung und Überforderung. Im besten Fall konnten die einige kleine Lichter für einige Jährchen aus dem Verkehr ziehen. Wir mußten die Sache alleine regeln. Vielleicht über Marga dem Oberbojaren signalisieren, daß ihr Kleinstadtprojekt kurz vor dem Auffliegen war? Oder über die Zieglers direkt verhandeln? Hatten wir eine Chance? Eventuell. Wenn es uns gelang, die Bosse zu überzeugen, daß eine Riesenpublicity losginge, wenn sie ihre Zelte hier nicht abbrächen. Daß ihr feines Gesellschafternetz zerrisse. Vor allem aber mußten wir an den Generalissimus heran, ihm bedrohlich werden. Und wir mußten damit wuchern, daß die nur mich kannten. Hoffentlich konnten diese Barbaren nüchtern kalkulieren!

Gerade wollte ich ein Eis für uns bestellen, um der neuen Ideenschmiede Feuer zu machen, da hatte ich mich unwillkürlich zu dukken. Vor mir liefen zwei Herren an der Fensterwand des Cafés vorbei, die mir allerdings bestens bekannt waren. Heinz sah mich fragend an. Gertrud drehte sich ungeniert um, ohne die beiden noch zu sehen. Ich klärte sie halblaut auf:

„Andrej und Brustein alias Lafontaine."

„Was machen die denn hier?"

„Keine Ahnung. Ich bin mir nicht sicher, ob Brustein mich nicht gesehen hat. Scheibenkleister!"

Ich dachte nach. Da gab es nur eins. Heinz und Gertrud hatten die Burschen nur von hinten sehen können. Sie mußten augenblicklich aus deren Augen! Also ab in meinen Roadster und weg von hier! Ich machte das den anderen beiden klar.

„Wir lassen dich doch nicht alleine, Pepa!"

„Rede nicht! Mein MX-5 fährt 205 km/h, und ich bin auch nicht schlecht. Hauptsache, die sind von euch weg!"

Ich war schon dabei aufzustehen.

„Ach, noch was: Zahlt bitte für mich!"

Ich hatte mir gedacht, daß die noch in der Eingangshalle lauerten. Sie hatten eigentlich zu Marga gewollt. Weiß der Henker, wie sie das rausgekriegt hatten, daß die hier im St. Anna-Hospital war. Aber nachdem sie mich gesehen hatten, war ich ihnen wichtiger.

Ich rannte los. Die Fernentriegelung klappte auf fünf Meter. Der Motor sprang surrend an. Nun war das Münsterland meine Mutter. Die P 1 und der Kuli waren mein Vater. Los ging's!

Natürlich war es idiotisch, hintereinander herzufahren. Jeder wußte, wo er den anderen packen konnte. Und doch ging es nicht nur darum. Durch meine Flucht hatte ich Verfolgerinstinkte geweckt. Für Männer ist klar, daß man dagegen nichts machen kann. Ein kühler Kopf hätte sich meine Tischgenossen angesehen, gemerkt, notiert, wäre vielleicht hinter ihnen hergefahren ... Aber das waren Mafiosi aus dem Osten. Außerdem – das gebe ich zu – wollte es mein Flitzer ebenfalls wissen!

Die hofften natürlich, mit mir irgendwo in der heimatlichen Parklandschaft fertig zu werden, mich an einem Straßenrand zu stellen, in ihren BMW zu zerren und hinter einer der übriggebliebenen Wallhekken kurzen Prozeß zu machen. Ich testete ihren Wagen aus. Meine Beschleunigung war besser, die Kurven zog ich – geübt mit dem übersteuernden Heck – besser durch. Der Wendekreis war viel enger, die Reifenprofile wie neu. Das führte ich den Banditen auf dem feuchten Straßenbelag einige Male vor. Ich war im Vorteil und konnte mir unseren Überholpunkt aussuchen. Ein Hoch dem MX-5-Projektleiter Takao Kijima!

Ich fuhr einige Sehenswürdigkeiten ab: das Kloster Gerleve, dann den Longinus-Turm. Weiter ging's zum Geburts- und Altershaus unserer größten Dichterin, wo ich aber nicht anhalten wollte. Donnerstagnachmittags, da war sicherlich weit und breit kein Literaturinteressent zu finden – wie auch in der restlichen Woche nicht. Aber ich benötigte für mein Vorhaben Publikum.

Die Autobahn mied ich. Ich fuhr Dorfstraßen, Wirtschaftswege und Landstraßen und quälte mich durch Orte, die am Ortseingang mit so peinlichen Sprüchen Werbung trieben wie: „Aussteigen und glücklich sein!“, „Langweilig ist es nur woanders!“ oder „Die Gemeinde im Grünen“. Gegen dreizehn Uhr hatten wir diese meine Heimat erkundet. Und ich hatte richtig getippt: Meine männlichen Verfolger sahen es als point d'honneur an, mich wie eine Beute zu erjagen. Mehr als einmal hatte ich sie in einem der saftig grünen münsterländischen Straßengräben gewähnt. Aber Brustein war ein ganz passabler Fahrer.

Ich hatte immer wieder befürchtet, meine Mitspieler würden nicht mehr mitmachen und das Spielbrett einfach umdrehen. Aber ihre maskulinen Instinkte hielten sie auf der Strecke.

So sahen wir uns das Sportschloß in Velen, die Wasserburg in Gemen und das imposante Gewerbegebiet von Gescher an. Von da an wurde es für mich gefährlich. Diese Ausbaustrecken im Münsterland konnten mein Tod sein! Mein Navigator hatte mich ungünstig geführt, und so landete ich auf so einer Breitwandpiste. Der weiße BMW kam mir immer näher und näher. Ich spürte beinahe den Beißatem in meinem Nacken. Da entdeckte ich die große Chance: Auf der gegenüberliegenden Fahrbahn kam uns ein Schweinetransporter entgegen, dahinter eine Schlange von Autos. Ich überschlug blitzschnell die Situation, riß das Steuer herum, arbeitete mit Bremse und Gas, wie ich es auf dem Nürburgring gelernt hatte, schleuderte auf den Seitenstreifen der anderen Straßenseite, stand in der richtigen Richtung, der LKW – leider konnte ich das Gesicht des Fahrers nicht sehen – war bereits links neben mir. Ich beschleunigte auf dem Seitenstreifen. Der Trukker war auf Zack und wich nach links, so daß ich in achteinhalb Sekunden wieder auf hundert war.

Bei der nächsten Möglichkeit bog ich auf kurvenreicheres Terrain ab. Über Holtwick und Osterwick gelangte ich von Osten her nach Lette. Mit hundertzwanzig sprang ich über einen Hügel mit Party-Service-Reklame und raste auf den Dorfrand zu. Es war gegen zwei Uhr. Meine Verfolger hatte mich längst wiedergefunden, und dort sollte es sein: Am Glasmuseum der alten Tenne Hersting. Da kannte ich mich aus.

Ich stellte mein Kabrio auf den Parksteifen und eilte ins Scheunenmuseum. Dort zahlte ich brav die drei Mark an eine ehemalige schlanke Hübsche und stellte mich hinter ein Ausstellungsregal mit wunderschönen Stücken von Romanelli. Auf dem Boden vor mir fand sich ein Kunstwerk, das mir im Moment weniger Freude machte: Der nekrophile Gherardi hatte mir eine sternförmige Komposition von Sargkästlein mit Skelettfragmenten vor die Füße gelegt. Ich atmete, dann lud ich durch, den Kuli spannte ich mit dem Hebelchen am Klipp. Mir war mulmig.

Gerade hatte ich das Ding in eine Glasglocke von Martimizzi gelegt, weil ich es in dem scharfen Zustand nicht am Körper haben wollte, da traten meine Spielkameraden ein, zahlten ebenso brav wie ich. Was mich beruhigte. Die wollten also kein Aufsehen. Das war mein Kapital. Die vollschlanke Schönheit hinter der Theke mochte sich schon genug über die drei Besucher mitten in der Woche wundern.

Brustein und Andrej kamen grinsend auf mich zu. Auf den ersten Blick war zu erkennen, daß der Boß Brustein war. Ich bin nie ein Fan von Pfannkuchensachen gewesen. Crêpe, Eierkuchen und Omeletts sind nicht mein Ding. Und Menschen, die so aussehen, werde ich nie leiden können. Da war mir der kantige Koteletten- und Stoppelhaartyp Andrej Ziegler schon angenehmer.

„Sie haben Ferien. Glückwunsch!"

Brusteins Deutsch war akzentfrei.

„Danke! Nehmen Sie doch auch mal frei!"

Solche Leute haben nie frei. Ihr Job ist langweilig und zeitaufwendig. Warten auf Aufträge, Warten auf Lieferungen, Warten auf Kontaktpersonen, Warten auf ... Nie Feierabend. Und keine gesicherte Altersversorgung. Brustein unterbrach meine mitleidigen Gedanken, die einem Schopenhauer – „unser aller Leben ist Leiden" – gewiß Freude gemacht hätten.

„Wir wollen es kurz machen, Herr Pfühl. Ich habe die Möglichkeit, Ihnen ein Angebot zu machen. Sie sind ein harter und kluger Mann und ein ausgezeichneter Autofahrer ..."

Ich konnte es mir nicht verkneifen, ihn mit einem „Danke!" zu unterbrechen.

„Sie dürfen wählen: Steigen Sie bei uns ein oder – na ja, Sie können sich denken, daß wir Sie sonst nicht laufen lassen können."

Das Angebot überraschte mich nicht übermäßig. Nicht wegen der Beurteilung meiner Qualifikationen, sondern wegen der Strategie dieser Leute. Bereits bei Marga hatte ich es mir gedacht: Die sind heiß auf Kontakte, die nicht aus ihrem verdächtigen Milieu sind. Auf den deutschen Durchschnitt – beziehungsweise etwas darüber. Hier eine Abiturientin, da ein Studienrat – so ließ sich ein Netz aufbauen.

„Ich bitte Sie, Brustein!"

Brustein stand vor dem Kunstwerk aus Särglein, wäre beinahe in ein gläsernes Fußskelett getreten und schien nicht glücklich darüber, daß ich seinen Namen kannte. Und ich hatte vor, ihn noch ein bißchen mehr zu verwirren.

„Was soll so ein Larifari-Angebot? Was hat ihr General Handfestes zu bieten? Einen Roadster habe ich schon. Eine Freundin auch. Er könnte mir das neue Gewächshaus bezahlen – und Sie, Andrej, Sie könnten mir meine Porsche-Uhr zurückgeben!"

Ich zeigte auf Andrejs Handgelenk. Andrej guckte verärgert. Brustein zuckte kaum sichtbar mit dem Kopf. Und schon hatte ich meine zweitausend Mark wieder. Ich bedankte mich höflich und wanderte zum nächsten Exponat, das ich meinen beiden Banausen zu erklären begann: „Spider shoe" von Simsa Cho. Die Dame hinterm Tresen sah ab und zu herüber und sollte sich nicht zu sehr wundern. Brustein und Andrej waren die Glasobjekte ziemlich schnurz. Ob „Mixed Media" oder „Pate-de-Verre". Typische Russen sind diese ‚neuen Russen' nicht mehr, dachte ich mir. Die Russen haben Sinn für Kunst und Kultur. Das hier war ungebildetes Pack.

„Mein Chef kann Ihnen bieten, was Sie wollen. Sic werden wissen, über welche Mittel wir verfügen. Ist Ihnen dieses miefige Leben nicht zu wenig, Herr Pfühl? Ein Mann mit Ihrem Horizont und Durchsetzungsvermögen! Ich bitte Sie! Schule! Pah!"

„Sie werden philosophisch, Brustein. Das steht Ihnen gut. Also: Was kann Ihr Gangsterleben unsereinem bieten? Das interessiert mich wirklich! Legen Sie los!"

Brustein versteckte hinter seinem Eierkuchengesicht doch ein bißchen Bildung und Gewandtheit. Der Dialog machte mir Spaß. Nur drückte mich die P 1 am Rücken gewaltig.

„Sie sind ein Fuchs, Herr Pfühl! Sie denken nicht wirklich darüber nach, sondern wollen was ganz anderes."

Die beiden Banausen interessierten sich auch nicht für zwei Vasen von der Peretti, die mit dem Sandstrahl bearbeitet waren. Meine Erklärung, daß statt Sand heute meist Aluminiumoxid verwendet wird, fanden Sie nicht anregend. Hätten die Kunstverstand, hätten die auch meine Peretti-Vase damals mitgehen lassen.

„Sie täuschen sich, Brustein! Ihr Leben hat was. Ich bin mir nur nicht im Klaren, ob das, was Ihr Leben hat, größere Vorteile verspricht. Sie treten gegen eine äußerst angenehme Lebenspraxis an – mit regelmäßigem Gehalt und einer Alterssicherung, die ihren Namen verdient – jedenfalls jetzt noch.“

Brustein grinste über sein ganzes Gesicht und ging achtlos um den genialen „Dancing Rabbit“ von Simsa Cho herum. Es machte ihm Spaß, durch zwei Glasscheiben auf mich zu sehen und den klugen Kopf zu spielen.

„Wir können Ihnen Abwechslung auf hohem Niveau bieten. Das wissen Sie. Ihre Gegenleistung dürfte lächerlich gering dagegen ausfallen. Sie bleiben im alten Job und tun uns ab und zu einen Gefallen. Das ist alles. Ihre Wochenend- und Feriengestaltung ist dann unser Bier. Sie rufen an, wir organisieren. Wie ein Touristik-Büro – allerdings mit exklusiven Angeboten.“

Brustein lächelte durch die Kälte des Materials. Ich wunderte mich, daß sein Angebot mich ebenfalls kalt ließ. Waren das nicht die Sachen, die sich jeder erträumte? Das Risiko hielt sich in Grenzen. Ich hatte freie Auswahl für meine geheimsten Träume. Keinen Augenblick war an Brusteins Worten zu zweifeln. Die gierten nach Verbindungen in die Welt des Bürgerlichen, Unverdächtigen.

Sollte ich doch einschlagen? Ich hatte schon einige Jährchen über der Lebensmitte auf dem Buckel. Brustein lächelte weiter durch die Vitrine. Andrej lächelte ebenfalls. Aber plötzlich kamen mir diese drei Rentner im „Si“ in Erinnerung. Solch ärmliche Vergnügungsprämien! Selbst wenn das Niveau stimmte: Es war gegen meine Ehre! Vielleicht war ich nur zu alt für solch eine Änderung meiner Prinzipien und Verhältnisse. Vielleicht ängstigte mich unbewußt die Welt Brusteins. Vielleicht bin ich nur der Typ, der eine Sache zu Ende bringt und sich nicht auf halbem Weg in die Büsche schlägt. Vielleicht …

Außerdem war da wieder Schopenhauer: Keine Befriedigung ist von Dauer! Du findest in keinem Ziel ein Ende! Glück ist eben nicht, das zu haben, was man will, sondern das zu wollen, was man hat. Die Erfüllung gewisser Träume war also gar nicht wesentlich. Das, was Brustein bot, war eine Seifenblase!

Mit einem Satz: Sein Angebot war nicht nach meinem Geschmack. Nach meinem Geschmack waren Sonja und Helmut, Rotwein und Tomaten und andere rote Sachen wie mein Mazda.

Wir schlenderten zum nächsten Ausstellungsstück. Ich mußte die beiden dazu bringen, sich das ganze Projekt in unserem Städtchen aus dem Kopf zu schlagen. Deshalb war ich durchs Münsterland getourt. Und das war es auch, was mich am ehesten motivierte, dem Gespräch eine andere Richtung zu geben: Ich wollte die Sache endlich vom Schreibtisch haben. Die Ethik aller Beamten.

„Hören Sie, Brustein! Ihr Angebot in Ehren. Ist aber nichts für mich. Jetzt bin ich dran mit Angeboten. Okay? Das sieht so aus: Ich habe einen ziemlichen Haufen an Material angesammelt. So einen Stapel! Übrigens nicht bei mir zu Hause, sondern an einem Plätzchen, das man ziemlich rasch öffnen würde, wenn mir was passierte. Da stehen Sachen drin, über Sie beide, über Ihre Frau Mutter, über Marga Anders, Igor Awerin, über Franz Belau …"

Die beiden guckten etwas dumm aus der Wäsche.

„… über Gerd Friehling, Dieter Mottek, über ‚Investut', ‚Transitus' und, und, und. Mein Angebot: Verziehen Sie sich hier! Dann halte ich dicht. Mich interessiert die Polente nicht. Mich interessiert meine Tomatenzüchtung! Ihr Projekt hier ist so oder so gestorben. Das können Sie Ihrem Herrn General mitteilen. Und ich wünsche jetzt in Ruhe gelassen zu werden! Sonst fliegen ein paar Namen hoch wie die Federn bei Frau Holle! Ich habe Ferien! Und die bitte ich auch seitens Ihrer Mafia-Trupps zu respektieren!"

Jetzt war ich dran mit Grinsen. Brustein und Andrej bewegten sich nicht, dachten nach. Sie berieten sich leise und auf Russisch. Ich wartete einige Zeit. Dann drehte ich mich um.

„Auf Wiedersehen, die Herren!"

Die beiden verstellten mir sofort den Weg. Die Museumskassiererin guckte irritiert herüber.

„Tut uns leid, Herr Pfühl. Wir können Sie nicht gehen lassen!"

Meine Spielkameraden sahen aufgebracht aus. Ich hatte sie provoziert. Das waren sie nicht gewohnt. Ich blieb ruhig und wandte mich an Andrej:

„Noch was – für Sie, Andrej! Wir haben Ihre Frau Mutter einkassiert. Sie haben uns dafür während unserer Spazierfahrt ja hinreichend Zeit gelassen. Ich darf Sie nunmehr bitten, mir den Weg freizumachen! Halten Sie mich nicht für einen Anfänger!"

Andrej Ziegler stieg der blanke Haß in die Augen. Brusteins Miene wurde hektisch. Ich stand vor ihnen und wußte, was nun kam. Gangsterinstinkte lassen sich nicht auf Dauer kaschieren.

Als Andrej ausholte, parierte ich. Der Schlag rutschte von meiner Schulter ab und warf den armen Ziegler nach vorne. Brustein reagierte sofort, jedoch zu langsam. Ich trat ihn mit aller Wucht gegen die Beine und rief:

„Die Alte telefoniert! Los Andrej, hindern Sie sie!"

Andrej war gewohnt zu gehorchen und rannte tatsächlich zum Tresen, um die Kassiererin unschädlich zu machen. Ich sah halb, wie er ihr den Hörer fortriß, den Mund zuhielt und sie gen Toilette schleppte. Jetzt hatte ich Brustein allein und eine Chance. Vielleicht ein oder zwei Minuten. Brustein fackelte nicht lange, zog seine Pistole. Die ‚neuen Russen' sind – ganz anders als die anderen Russen – verdammt ungeduldig und ohne Respekt vor den gläsernen Leistungen einer Prisse oder eines Meitner. Und mit Kanonen auf Lehrer schießen!

Ich sprang hinter den Regalen hin und her. Der erste Schuß ging in die Wand, der zweite mitten in eine Glasscheibe. Einscheibensicherheitsglas. Es zersprang in tausend kleine Stückchen. Dahinter ging mindestens ein Weltkulturerbstück zu Bruch. Brustein schien das Spaß zu machen. Ich lag am Boden und hatte meine P 1 im Anschlag. Mit dem erste Schuß traf ich eine Vitrinenbasis. Dann unterlief mir ein ähnliches Mißgeschick wie diesem Barbaren Brustein. Ich glaube, eine Stück von Tessa Clegg.

Trotz des Schocks über diese sinnlose Zerstörung mußte ich mich konzentrieren. Zwei Schüsse hintereinander, wenn Brustein auftauchte. Ganz ruhig, alter Pfühl! Jetzt ruhig oder für immer ruhig! Da tauchte Brustein auf. Ich zielte, schoß. Schoß zweimal. Die Vitrine zersprang, zerbröselte und sackte wie von der Abrißbirne getroffen in sich zusammen. Brustein ebenfalls. Wer am Glashaus sitzt …

Ich mußte raus hier, bevor Andrej zurückkam, rannte zu der Glasglocke von Martimizzi, holte meinen Kugelschreiber heraus. Jetzt nichts wie weg! Doch war Andrej wieder da. Mein Weg nach draußen war abgeschnitten. Aber ehe er seine Waffe zücken konnte, war ich die Treppe zum Obergeschoß hinaufgehastet – im Zickzack. Zwei, drei Schüsse pfiffen an mir vorbei. Oben warf ich mich sofort auf die Dielen. Ein weiterer Schuß ging über mich hinweg. Ich rollte nach rechts, kniete mich hinter eine Vitrine mit den gläsernen Schuhen Aschenputtels – ein wunderschönes Objekt von Caroline Prisse – und wartete auf Andrej.

Plötzlich tauchte er auf. Rannte wie ein Wahnsinniger die Treppe herauf und schoß aus zwei Pistolen. Ich hatte keine Chance, spurtete Richtung eines massiven Vitrinenregals. Der Kerl schoß wie mit einer MP in alle Richtungen, traf die Stirnwand mit Glasscheiben und Glasobjekten drin. Venards „Centauto“. Eine rote Vase von Tagliapietra. Meitners Flaschenöffnerhand und irgendwelche Vitrinen mit Vasen von Klepsch. Mein Gott! Welch eine Verwüstung!

Noch ehe ich mich bei dem Kugelhagel richtig orientieren konnte, war er hinter mir. Seine Waffen jedoch klickten nur hell.

„Ich mach dich fertig, du Schwein!“

Er sprang auf mich los. Sein Hieb mit der Faustwaffe in der Rechten verfehlte mich nur knapp. Mein Schuß ging wieder ins Glas. Diesmal nur ein Spotlight. Dann war Andrej über mir. Ich schlug ihm mit meiner Pistole die seinen aus der Hand. Meine Waffe flog dabei ebenfalls fort. Wir wälzten uns auf dem glatten Dielenboden. Die Glasstückchen drückten sich in meinen Rücken. Ich war schwerer als mein Sparringspartner und nutzte mein Übergewicht aus. Mit einem Ruck zog ich Andrej in die Höhe und schleuderte ihn gegen die Treppenabsperrung aus Stahlseilen. Wie einer dieser Wrestling-Hohlköpfe kam er zurückgeschleudert, nahm den Weg zu mir durch ein Glasobjekt von Meitner – eine Art Echse mit Rohr – und stand etwas konsterniert vor mir. Ich sprang zur Seite, zückte den Kuli und hielt ihn Andrej vor die Brust.

Diese russischen Mafiosi sind wirklich Verrückte. Andrej blieb nicht stehen, sondern sprang auf mich zu! Ich schoß. Andrej schrie auf und fuhr zurück. Ich hatte ihn an der Seite getroffen.

Sofort eilte ich zu seinen beiden Pistolen, schnappte sie mir, griff mir meine eigene und hastete zu meinem Auto, hinter mir einen riesigen Haufen von Glasstücken und Scherben zurücklassend. Und nicht ein Mensch aus der Nachbarschaft hatte etwas bemerkt! Unbehelligt stieg ich in meinen Wagen. Um die Zeit schläft man ja auch! Es war kurz vor drei.

17

Ich mußte an Heinz rankommen. Er mußte mir ein sicheres Plätzchen und Munition besorgen. Jetzt hatte ich die halbe Russenmafia auf dem Hals.

An der nächsten Telefonzelle hielt ich an. Zu Hause bei Heinz meldete sich eine sanfte Stimme. Heinz hatte eine angenehme Tonlage geheiratet. Kompliment! Sie gab mir durch, daß er angerufen habe. Sie solle mir ausrichten, daß er am Hindenburgweg sei. Heinz hatte sich sicherlich was dabei gedacht. Aber ich konnte mir keinen Reim machen. Was wollte er da? In der Höhle des Löwen! Aber was sollte ich tun? In kaum zehn Minuten war ich dort, stieg wieder durch das vom Elend der Welt vollgestopfte Übergangswohnheim bis zur obersten Etage, trat vorsichtig in den muffigen Flur. Die alte Ziegler – eine harmlose Alte mit rissigen Fingern und zugleich Mafiosa! Ich konnte es eigentlich nicht glauben.

Ich fand Heinz und sie im Wohnzimmer. Sie blickte mich säuerlich und ein bißchen ängstlich an. In ihren Fingern hielt sie eine dieser maschinellen Filterlosen. Der Telefonhörer lag neben dem Apparat auf dem Tischchen und tutete leise vor sich hin.

Heinz atmete hörbar auf, als ich unversehrt und allein vor ihm stand. Ich nickte, daß alles in Ordnung sei. Heinz klärte mich rasch über seine Strategie auf.

„Ich habe Frau Ziegler gesagt, daß wir ihren Sohn haben. Jetzt, wo Sie da sind, können wir losfahren. In Ordnung?"

Heinz wuselte mit den Augenlidern. Ich verstand.

„Es wird noch was dauern, bis sie ihn dahingeschafft haben. Aber wir können ja schon mal rüberfahren."

Die Babuschka benahm sich reichlich nervös. Wahrscheinlich war Andrej ihr ein und alles und sie selbst ohne ihr Söhnchen nichts. Heinz mußte sich ja was ausgedacht haben. Vielleicht hielt er es ebenso wie ich für den richtigen Zeitpunkt, über die Zieglers an den Oberbojaren heranzukommen und ihm das hiesige Projekt madig zu machen. Oder er hatte instinktiv eine Geisel genommen, weil er um mich fürchtete. Heinz war ein netter Kerl. Er rettet gern Studienräte vor

vor dem Wahnsinn, hilft ihnen beim Umkleiden und zeigt ihnen die Funktionsweise von Kugelschreibern.

Die Alte setzte er in seinen Golf, band ihr fachmännisch die Hände hinterm Sitz zusammen und fuhr gemütlich los. Ich hinterdrein. Die Ziegler hatte keine Miene verzogen. Nur schwebte andauernd ein Schatten von Haß und Angst über Mund und Augen. Am Wohnheim hatte sich niemand für uns interessiert. Heinz fuhr quer durch die Stadt – wahrscheinlich, um die Alte zu verwirren. Ich hatte die Augen unablässig im Rückspiegel. Schließlich hielten wir am Hermann Löns-Weg einundzwanzig.

Offensichtlich hatte Heinz die Schlüssel des Lammerding-Hauses besorgt – wie und von wem auch immer. Das Haus war tipptopp. Gertruds Handschrift. Wir setzten uns ins Wohnzimmer. Die alte Ziegler sah in ihrer Babuschkagewandung, ihrem weiten Rock mit einer ausgebeulten Windjacke darüber etwas fremd aus in dieser Umgebung aus Musikelektronik und einschlägiger Software. Sie saß in einem Ledersessel mit Chromgestell. Wir hatten nicht einen Blick füreinander. Wer eine Beziehung mit Lügen beginnt, hat keine Chance mehr – wenn es rauskommt. Die alte Ziegler und ich würden uns in diesem Leben nicht mehr die Nase im Gesicht glauben. Sie steckte sich eine Zigarette an und wackelte mit den Füßen. Aber immer dieses gleichbleibende Gesicht. Man konnte ahnen, was sich dahinter abspielte.

Mütterchen begann immer mehr zu wackeln und bat schließlich darum, austreten zu dürfen. Heinz nickte, ging aber vor und steckte sich den Schlüssel in die Tasche. Ich bewunderte Heinz rückhaltlos.

„Pepa, wir müssen sie psychologisch kleinkochen, damit sie uns was über ihren Boß ausplaudert."

„Auch meine Meinung. Übrigens: Ich habe Brustein wahrscheinlich erschossen und Andrej angeschossen. In der Tenne Hersting. Die ist jetzt eine Schutthalde."

Heinz sah mich entsetzt an. Er schluckte.

„Das kann schlimm werden! Wir müssen jetzt dringend an die Hintermänner ran, um zu verhandeln. Du wirst denen einen ordentlichen Schrecken eingejagt haben. Hoffentlich denken die rational und nicht wie die Tartaren."

„Der Dschingis-Khan war ein kühler Rechner!"

„Na, da haben wir ja Chancen!“

Heinz grinste etwas gequält. In seinem großen Kopf schien sich etwas abzuspielen wie der Gedanke an die Rettung unserer Stadt vor den Horden aus dem Osten. Historisch betrachtet eine ziemlich belegte Idee …

Als die alte Ziegler wieder erschien, fing Heinz an, auf sie einzureden. Ich hatte den Eindruck, sie lächelte vor sich hin und merkte, daß Heinz nicht viel in der Hand hatte. Sie tat, als dächte sie nur daran, schnell eine perfekte Deutsche zu werden, als wäre all das nicht ihre Welt: Und Andrej? Ja, mein Gott! Wenn der nur anständig blieb und nicht dumme Sachen machte! Sie selbst wußte von nichts. Heinz war keine Leuchte im Verhören und im Lügen.

Nach einer Dreiviertelstunde fühlte ich mich gedrängt einzugreifen. Heinz war genervt von der Zähigkeit der Alten und knapp davor aufzugeben. Bei den Bullen heutzutage scheinen die subtilen Methoden nicht mehr gelernt zu werden. Ich gedachte, eine Kostprobe zu geben. Auffällig sah ich auf meine Uhr. Die alte Ziegler glotzte auf mein Handgelenk. Ihr Gesicht bekam plötzlich einen ängstlichen Überzug. Sie hatte die Uhr also wiedererkannt. Ich konnte mit meinem Bluff beginnen.

„Hören Sie, Holtkamp! Das dauert mir zu lange. Wann kommen die endlich mit dem Sohn von der Alten da? Dann werden die sich schon miteinander an ihren Vorgesetzten erinnern.“

Heinz schaute erlöst auf und reagierte blitzgescheit.

„Keine Ahnung. Wird was dazwischengekommen sein.“

Die Äuglein der Ziegler blickten noch ängstlicher. Ich hatte sogar den Eindruck eines gewissen Schreckens.

„Ich ruf mal an.“

Ich wählte meine eigene Nummer, trat etwas abseits und preßte den Hörer an mein Ohr, damit Mütterchen das Besetztzeichen nicht hörte, und redete wie mit einem Gesprächspartner.

„Wo bleibt ihr denn, verdammt? Was? Der Idiot! Nichts Schlimmes also! Doch? Könnt ihr ihn selbst verarzten? Scheiße! Aber keinen Arzt! Klar!? Nein! Ich sagte doch: kein Arzt! Ist mir egal. Warum macht er auch solche Zicken?“

Ich sah ab und zu auf unsere Babuschka. Sie saß da mit blankem Entsetzen im Gesicht.

„Nein! Auch kein Transport! Wir kommen vielleicht rüber. Gut. ich rufe vorher noch mal durch."

Rasch drückte ich die Trenntaste und legte den Hörer zurück. Meine Ohrmuschel tat mir weh. Da stand schon die Ziegler neben mir. Ich hätte doch Schauspieler werden sollen!

„Sagen Sie, was los ist!"

Ich sah auf das Mütterchen herunter.

„Unangenehme Sache, Frau Ziegler. Ihr Sohn ist ein Hitzkopf. Leider."

„Was ist los?"

Ich schüttelte mit dem Kopf und sah das arme Mütterchen fies an.

„Sie erzählen uns was, und ich erzähle Ihnen was. Vielleicht fahren wir hin. Vielleicht!"

„Was ist mit Arzt?"

Lange würde ich das nicht mehr aushalten. Sofie Ziegler stand vor mir und war den Tränen nahe. Das hier war was anderes, als eine Theaterrolle zu spielen.

„Arzt? Nichts. Im Moment gar nichts. Es sei denn, daß Sie … Na, Sie wissen, was wir von Ihnen haben wollen."

Plötzlich begann die Alte, mich mit den Fäusten zu bearbeiten. Ich wich zurück. Heinz sprang mir bei, und wir drückten sie in ihren modernen Sessel zurück.

„Denken Sie gut nach, Frau Ziegler! Wir wollen nur einen Kontakt. Das ist alles. Sonst …"

Sofie Ziegler brach in Tränen aus. Ich hatte Mühe, ungerührt zu bleiben. Doch für Gefühle war hier nun weiß Gott der falsche Ort!

Da sprang plötzlich die Tür auf! Ich fuhr herum. Vier, fünf Kerle rannten auf uns zu. Einer hielt mir, ein anderer Heinz eine Pistole vor. Ehe wir uns versahen, saßen wir im Sofa, waren meine Waffen von einem der Burschen eingesackt. Sogar mein Kuli. Ich erwartete das Schlimmste. Die alte Ziegler war sofort in der Horde untergetaucht und höhnte mich mit ihren noch feuchten Guckern an. Einer rief was auf Russisch. Die Alte schrie auf und drehte sich um: Da stand ihr Andrej! Gestützt von einem Kumpan und lachte und freute sich wie seine Mama, die sich an ihn hängte. Er zuckte kurz zusammen. Sie flüsterten etwas. Die Alte befühlte und besah seine Seite. Unter seiner Jacke schimmerte ein Verband hervor. Ihn hatte es also nicht allzu schlimm erwischt.

Andrej kam auf mich zu. Er nahm einem seiner Rohgardisten die Pistole aus der Hand und zielte auf meinen Kopf. Er grinste. Ich verzog keine Miene. So ist das also, dachte ich, wenn man neugierig und blöd zugleich ist. Mir jagten Bilder durch den Kopf: Igor am Friedhof, Marga in meinem Sessel, Heinz in meinem Keller, Sonja mit Rose in ihrer Hand und ihrem Mund an meinem Ohr. Ich sah nicht Andrej und nicht seine Leute. Ich hörte nur, wie er sagte:

„Brustein ist tot. Und Sie, Pfühl, werden ebenfalls sterben! Das heißt: Erst stirbt ihr Kollega da!"

Damit richtete er die Pistole auf Heinz. Hielt sie eine Handbreit vor seine Stirn. Heinz saß unbewegt. Ich wagte nicht, ihn anzusehen. Man guckt nicht in die Gesichter von Menschen, die den Tod vor Augen haben. Ich wartete. Auf den Schuß.

Plötzlich lachte Andrej auf: „Ha! Nein, nein! Ist zu auffällig. Wir machen anders!"

Er gab die Pistole zurück und schnippte mit den Fingern. Jemand reichte ihm ein Handy. Mir schoß durch den Kopf, daß die alte Ziegler wahrscheinlich auf dem Klo ihre Leute angeklingelt hatte. Auch mit so einem Ding. Ihre ausgebeulte Jacke bot Platz für zehn solcher Apparate. Die mußte sich Straße und Hausnummer genau angesehen haben! Im nächsten Leben würde ich jede alte Dame einer Leibesvisitation unterziehen, bevor ich sie aufs Klo ließe. Die Alten sind die Schlimmsten. Wie in den Märchen. Ich hatte mir zu viele Fehler erlaubt für diesen Job. Jetzt war Zahltag. Merkwürdig, wie ruhig ich war.

Andrej redete irgend etwas. Das Russische klingt nicht immer brutal. Das Deutsche klingt kalt, hart, gläsern. Das Russische nicht. Es hat etwas von einem Traktor, der den Pflug durch die dampfende Erde zieht. Das Deutsche ist wie ein Rasenmäher. Das hatte Fritz einmal gesagt, als er bei mir mähte. Riesen sprechen russisch, Hexenmeister deutsch.

Plötzlich drehte sich Andrej wieder zu mir. Er nickte in den Hörer und reichte ihn mir weiter. Am anderen Ende sprach eine hohe Stimme mit Akzent, aber einwandfreiem Hochdeutsch.

„Ich bin ganz in Ihrer Nähe, Herr Pfühl. Zufällig hier. Treten Sie bitte an das große Fenster, das zur Straße geht! Ich möchte Sie einmal sehen!“

Ich trat an das Wohnzimmerfenster. Draußen stand eine dunkelblaue Limousine mit schwarzem Fondglas. Da saß er also wahrscheinlich. Der General. Und sah sich mein Gesicht an. Und er war eine mir verwandte Seele: Telefonieren ist unangenehm, weil man das Gesicht des anderen nicht sieht.

„Danke! Bleiben Sie bitte da stehen! Man hat mir gesagt, daß Sie nicht wollen zusammenarbeiten mit uns. Schade! Sie sind ein guter Mann, Herr Pfühl. Viel zu schade für ihren Job. Aber ich akzeptiere.“

Ich war vollkommen verwirrt. Die Stimme aus dem Apparat beziehungsweise dem Fond des Wagens klang wie eine Geisterstimme, hing irgendwo in der Luft. Wie in einem Traum. Ich lebte nur noch halb. Und jetzt solche Töne!

„Wir werden uns hier aus der Stadt zurückziehen. Ohne Rache. Sie sehen: Wir sind großzügig. Aber, Herr Pfühl: Sie und Ihr Kollege werden den nächsten Tag nicht schmerzfrei erleben, wenn wir feststellen, daß Sie uns weiter Probleme machen. Wir verstehen uns?“

Ich nickte. Ein Wort brachte ich nicht heraus. Irgend etwas Hartes fiel von meinem Herzen. Ich merkte, wie ich zu zittern begann und lehnte mich an.

„Kein Sterbenswörtchen. So sagt man bei Ihnen. Das ist ein sehr guter Ausdruck! Kein Sterbenswörtchen!“

Ich hörte eine Art Lachen aus dem Apparat.

„Genießen Sie die Ferien, Herr Pfühl! Sie haben gewonnen. Glückwunsch! Und wenn Sie doch mit uns kooperieren wollen, lassen Sie ihre Wäsche reinigen. Sie wissen, wo das ist!“

Wieder nickte ich. Langsam kriegte ich das Zittern unter Kontrolle. Der Herr General war ein guter Psychologe. Und so gebildet! Und so nett!

„Auf Wiedersehen!“

Mich durchschoß ein Gedanke.

„Moment! Hören Sie!“

„Ja?“

„Ihre Leute sind nicht sehr pfleglich mit meinem Gewächshaus umgegangen. Und Sie werden nicht wollen, daß ich den Schaden melde. Der beläuft sich auf circa zwanzigtausend. Dann sind wir quitt!“

Ich hatte die Schadenssumme verdoppelt. Wenn schon, denn schon. Einige Evolutionsbiologen behaupten, das menschliche Gehirn habe sich nur durch dauernde Einübung ins Lügen entwickelt. Ich bin Anhänger dieser Theorie. Am anderen Ende brach ein schallendes Lachen aus. Nach einer Weile:

„Herr Pfühl! Schade, wirklich, daß Sie nicht zu uns kommen wollen! Ich mag Sie! Geben Sie mir Herrn Ziegler!“

Ich reichte den Apparat an Andrej. Der guckte ziemlich überrascht, nickte aber sofort und schickte einen seiner Büttel raus. Ich dachte, ich spinne. Man muß kühlen Kopf behalten. Das ist es! Dann kann man sich auch ein gewisses Maß an Neugierde und Blödheit erlauben. Als der Bursche wieder reinkam, übergab er Andrej einen Umschlag. Andrej reichte ihn mir. Dabei verzog er keine Miene. Die alte Ziegler, die dicht neben ihm stand, sah mich an, als mißgönnte sie mir jeden Atemzug. Ihr Sohn wirkte großzügiger. Eigentlich kein häßliches Gesicht. Die Stoppelhaare und die Koteletten standen ihm durchaus. Ein Mann mit Geschmack.

Heinz saß noch immer auf dem Sofa. Mit einem Gesichtsausdruck, wie ihn nur ein pensionierter Bulle haben kann. So ein Weltverbesserer befürchtet ganz tief drinnen, daß er im Bett stirbt, ohne Brimborium wie jeder Hinz und Kunz. Ich nickte ihm eine Entwarnung zu. Etwas stolz, fürchte ich. Ob er nun enttäuscht war? Das Unbewußte ist eine schwierige Sache für das Bewußtsein.

Irgendwie hatte ich es nicht mitbekommen. Plötzlich war die Wohnung geräumt. Die Horde war abgezogen, der Wagen war weg. Wie ein Imbiß im Stehen. Hinterher weißt du nicht, was und wie lange du gegessen hast. Du bist erst bei der Bezahlung wieder richtig da.

Ich sagte irgend etwas zu Heinz über das Telefonat und den General. Langsam erhob er sich. Er kam auf mich zu und sah mich an. Der kleine, harte Mann kriegte plötzlich feuchte Augen, umarmte mich, schluchzte ein paar Mal und ging zur Tür. Er kramte nach dem Hausschlüssel.

„Du, Pepa. Das ist … So was – so was habe ich noch nicht … Na ja. Ich spendiere uns was.“

Ich nickte und zog das Geld aus dem Umschlag. An sich bin ich kein Stück geldgierig. Aber jetzt wollte ich es wissen. Ich zählte und zählte und schüttelte den Kopf. Dann sah ich auf. Heinz stand schon in der offenen Tür. Der Wind wehte herein. Heinz wollte weg von diesem Ort.

„Heinz. Besser, ich gebe uns einen aus.“

„Warum?“

„Das sind nicht zwanzigtausend, sondern dreißigtausend!“

Heinz runzelte nur die Stirn.

„Das ist Schweigegeld, und da klebt Blut dran, Pepa!“

Ich lachte.

„Nee, Heinz. Nicht Blut! Tomatensaft!“

18

In der Nacht war Margas Vater gestorben. Nun saß Marga stumm und mit nassen Augen auf Gertruds Terrasse. Zwischen den Gartenzwergen und dem Terrakottazeug. Es regnete nicht. Ein schöner Abend. Gertrud hatte uns eingeladen und machte sich in der Küche an einem Pizzablech zu schaffen.

Ich hatte bei Margas Heulerei zwiespältige Gefühle. In jedem Fall aber machte sie das nicht hübscher. Sie hatte auch getrunken. Gertruds roter Seelentröster stand auf dem Terrassentisch. Heinz und ich gingen im Garten auf und ab und sahen uns die Blumenpracht an. Eigentlich ohne sie wirklich zu sehen. Männer gucken sich Blumen an wie eine Kinderschar. Nur als Hintergrund für ihre Gespräche. Damit die Pausen nicht zu sehr auffallen. Da muß man nicht gleich in Panik geraten, wenn man mal länger schweigt. Heinz und ich führten allerdings ein sehr herzliches Gespräch. Situationen wie die in meinem Keller oder die in Lammerdings Wohnung verbinden. Wir sprachen natürlich von letzterer.

„Da hast du aber nicht viel von ihr rausgekriegt."

„Ehrlich gesagt, hatte ich mir das vorher auch nicht so genau überlegt. Ich war zu ihr gefahren, weil ich Angst um dich hatte. Wenn dir was passiert wäre, hätte ich wenigstens die Ziegler gehabt. Für die Polizei oder für Verhandlungen mit den Gangstern. Aber dann … Na ja. Ich bin auch nur ein Mensch."

„Du bist gut. Das kann jeder sagen."

Wir lachten. Im Hintergrund heulte Marga auf. Ich fand, daß sie da durch mußte. Als Läuterung. Wie in der griechischen Tragödie. Hinterher würde sie wissen, wie das Leben lief. Heinz machte es offenbar Schwierigkeiten, sich da rauszuhalten. Solche Leute wie er glauben, immer gefragt zu sein und zur Optimierung menschlicher Gefühlshaushalte benötigt zu werden. Ein alter Fehler all der Leute, die noch nicht fünfundzwanzig Lehrerjahre durchgemacht haben.

„Du bist ein wirklich harter Bursche, Pepa. Diese Chuzpe, in so einer Lage Geld für das Gewächshaus zu verlangen! Das hat mir die Sprache verschlagen."

Das schmeichelte mir mehr, als Heinz vermuten konnte – und durfte. Ich lachte aus Herzensgrund.

„Man kann aus einem Waschlappen keinen Funken schlagen, Heinz. Ich war zwischendurch schlapp genug gewesen. Für lange Zeit mag ich das aber nicht an mir.“

Heinz stand angesichts Margas Jammerzustand wirklich unter Strom. Er hatte dann immer diese typisch münsterländischen Wangen. Als wäre jemand mit dem Bügeleisen drübergefahren.

„Wir haben uns da auf eine haarige Sache eingelassen. Das hätte leicht schiefgehen können. Wenn ich jetzt daran denke. Mein Gott!“

„Wenn du deine Hand in eine Mülltonne steckst, mußt du damit rechnen, daß ein Penner reinbeißt. So ist das Leben.“

„Aber man kann sich auch nicht aus allem raushalten. Ich kann das jedenfalls nicht und habe es nie getan.“

„Ich weiß, Heinz. Andererseits lohnt es sich nur selten, seinen Kopf zu weit aus dem Fenster zu strecken. Meist scheißt dir von der Dachrinne ein Vogel drauf.“

„Und warum hast du dann mitgemacht?“

Heinz hatte einen pikierten Tonfall. Oder war es Enttäuschung? Ihm paßte offensichtlich meine aufgeklärte Philosophie nicht. Gertrud kam raus und stellte ein Radio auf den Tisch. Sie hatte es ziemlich laut gestellt. Offenbar Lust auf Partystimmung. Das begriff ich nicht. Konnte Gertrud keine Heulerei aushalten? Lokalfunk.

Bereits gestern war im Radio was über die Schießerei im Glasmuseum gebracht worden, wie mir Gertrud erzählt hatte. Auch im Regionalfernsehen. Von den Tätern fehlte jede Spur. Andrej hatte also seinen toten Kumpel Brustein mitgenommen. Die Polizei vermutete eine Bandenschießerei. Der Schaden ging in mehrere Millionen. Es tat mir leid. Aber unter dem war unser Städtchen nicht zu retten gewesen.

Das Gedudele ging mir auf den Wecker. Ich ging hin, um es leiser zu stellen. Marga sah mich an. Zu einer Entschuldigung hatte sie sich bisher nicht durchgerungen. Es hätte mir auch kaum etwas gebracht. Darf man die nicht ein bißchen länger hassen, die einen fast umgebracht hätten? Egal, ob mit voller Absicht, mit halber, viertel oder fast gar keiner. Ich sah sie kalt an.

„Wie werden Sie jetzt weitermachen, Marga?“

„Weiß nicht.“

„Sie haben wahrscheinlich schon mit zwölf als Erpresserin auf dem Schulweg angefangen und werden jetzt immer so fortfahren. Sie sollten nur das Tempo rausnehmen.“

„Was soll das?“

„Ich überlege die ganze Zeit, ob ich Sie, noch bevor die Pizza fertig ist, in den Wagen packen soll, um Sie bei der Polizei abzuliefern. Dann hätte ich mehr von der Pizza.“

„Glaub ich nicht. Die halten Sie da erst stundenlang fest, um alles aufzunehmen und so.“

„Sie sind nicht dumm. Aber skrupellos.“

„Und Sie?“

Marga brachte das Gespräch von der Heulerei ab. Das war es mir wert. Ich setzte mich und drehte mir eine.

„Sie verwechseln etwas: Nicht ich habe Sie fast umgebracht, sondern Sie mich!“

„Ich weiß. Zu einem Spiel gehören eben immer zwei. Jetzt haben Sie Oberwasser. Kosten Sie es ruhig noch weiter aus! Ich gönne es Ihnen. Wo Sie ja fast von den Toten auferstanden sind.“

„Ich hatte die gelinde Hoffnung, daß Sie sich entschuldigen wollen. Wenigstens meine Zahnbürste hätten Sie mir zurückgeben können! Das könnte ich als Anreiz dafür werten, mit Gertrud und Heinz noch mal über Ihre Auslieferung an die örtlichen Behörden zu sprechen.“

„Sie lügen wie gedruckt! Sie haben noch gar nicht drüber gesprochen!“

„Aber doch!“

„Tun Sie jedenfalls nicht so, als wären Sie der Vorkämpfer für Gerechtigkeit, Menschenrechte und Ideale und so was! Sie kennen – schätze ich – nicht mal Leute, die so sind!“

„Und Sie?“

Marga goß sich großzügig von dem Roten ein und schüttete ihn runter. Sie schien sich hier wie zu Hause zu fühlen. Vielleicht hoffte sie, bei Gertrud unterzukommen. Aber dann hatte sie sich geschnitten. Das würde meine Gertrud nicht mitmachen. Die hatte was übrig für Abwechslung, aber nicht für einen zweiten Pflegefall in ihrem Leben.

„Ob ich solche Leute kenne? Natürlich! Sie werden sich wundern! Mein Daddy war zum Beispiel so einer. Oder Wulle."

„Wulle?"

„Ja. Es müssen nicht alle Idealisten rote Sportwagen fahren."

„Warum gerade Wulle?"

„Sie wissen nichts, Herr Pfühl! Als Pauker vielleicht. Aber hier nicht."

„Dann machen Sie mich schlau!"

Die Neugier hatte mich wieder gepackt. Ich merkte es und checkte diesmal rasch das Risiko und die Nebenwirkungen ab. Ich mußte meine Bitte nicht zurückziehen.

„Sie können es nicht wissen: Wulle hat sich sogar verprügeln lassen dafür, daß er nicht zu uns übergewechselt ist. Den haben unsere Leute mehrmals auseinandergenommen, nachdem er auf mein Drängen nicht angesprungen war. Wie bei Ihnen!"

„Was hat das mit Idealen zu tun?"

„Wulle hat nur aus einem Grund nicht gewechselt: Weil er meinte, unser Haufen sei noch schlimmer als seine Dealer. Er sagte mal: Wenn ihr hier die Szene übernehmt, dann gibt's in einem Jahr doppelt so viele Fixer, und die leben nur noch halb so lang. Dafür hat er sich verdreschen lassen! Und was haben wir ihm geboten! Besten Stoff! Kohle! Alles! Nee, hat der gesagt!"

Plötzlich mußte ich an Heinzis Schwager Gerd Friehling denken. Der hatte sich ebenfalls nicht – mehr – durch Geld ködern lassen, obwohl ich ihm ein sattes Angebot gemacht hatte.

„Alle Achtung! Aber da kann ich ja noch mithalten. Mir geht's allerdings um Sie, Marga."

„Um mich? Ich bin ja ganz gerührt! Um mich geht es Ihnen nicht und niemandem hier in dieser Scheißwelt! Auch nicht Gertrud!"

Ich wollte mir diesen Ton eigentlich nicht anhören, der dauernd zwischen Selbstmitleid und Rücksichtslosigkeit changierte. Ich hasse die Wohlstandszöglinge, die diese Gratwanderung wie das Aus- und Einatmen praktizieren. Auch die müssen sich für eines von beiden entscheiden. Im Hintergrund lief Guildo Horns dämlicher Meistertitel.

„Und Sie selbst? Was ist mit Ihrem Einsatz?"

„Ich habe Markus gerächt."

„Ach. Sie wurden dafür bezahlt – wie ein Killer!“

„Deshalb allein habe ich es nicht getan. Ich habe ihnen in der Nacht damals erzählt, ich hätte Igor wegen Markus umgebracht. Das stimmt wirklich – in gewisser Weise. Igor hatte Wulle unter Druck gesetzt: Wenn er nicht zu uns käme, würde er Markus an die Venen gehen – oder Schlimmeres. Der wußte, daß Wulle für Markus ’ne Menge übrig hatte. Manchmal hatte ich auch das Gefühl, daß da Eifersucht im Spiel war. Und als er das gemacht hat – vielleicht absichtlich mit der Überdosis – da habe ich beschlossen, dieses Schwein umzubringen.“

„Aha. Ihre Form von Idealismus! Prima! Glückwunsch, Marga!“

Es ist erstaunlich, über welche Fähigkeit der Homo sapiens sapiens verfügt, sich seine Erinnerung und Selbsterkenntnis angenehm zu machen. Man könnte zum Konstruktivisten werden. Aber ich habe den Verdacht, daß Konstruktivisten heimliche Idealisten sind – und Metaphysiker.

„Hören Sie doch endlich auf, Herr Pfühl, den Moralapostel zu mimen! Sie wissen so gut wie ich, daß das Leben ein Spiel ist. Wir werden sogar in der Schule darauf vorbereitet! Das fängt schon in der Mittelstufe an. Börsenspiel! Die Sparkasse sponsert das Spiel mit dem Leben anderer, und die Schule zieht es durch. Scheiße! Ich hab in der zehnten Klasse den ersten Platz auf Landesebene gemacht mit unserem Team. Das nannte sich ‚Global playing‘. Da habe ich richtig Spaß am Geldmachen gekriegt. Egal, welche Leute im Hintergrund ihre Existenz verlieren. Hauptsache, deine Papiere steigen und die der anderen fallen! Ist doch so, oder?”

Ich war platt: Eine Kriminelle philosophierte sich durch das Leben! Da war alles schlüssig, alles überlegt. Wenn sie lernte, sich nicht mehr zu beklagen, konnten unsere Gesellschaft und sie ein gutes Team werden.

Endlich erschien Gertrud mit dem Pizzablech. Es roch prima, und ich hatte Hunger.

„Pepa, den Teller hoch!“

Gertrud sorgte immer zuerst für mich. Verständlicherweise. Schnell drückte ich meine Zigarette aus. Sie nahm das erste Stück und jonglierte es fadenziehend Richtung meines Tellers. Leider trat sie auf

Margas Rucksack und zuckte zusammen. Solche Dinger liegen ja mittlerweile überall auf dem Globus herum. Als Markierungen für die Machtergreifung unserer Jugend. Mein Pizzastück landete auf den Terrassensteinen – verkehrt herum. Ein Naturgesetz nach dem amerikanischen Soziologen McMurphy: Das Butterbrot fällt immer auf die falsche Seite. Und ich hatte immer die falschen Schüler.

Als wir alle aßen, schaltete sich Heinz ein. Er appellierte an Margas Moral, ihr Gewissen. Heinz tat mir leid. Er merkte zu langsam, daß Marga sich an seiner biederen Kirchenmoral weidete. Schließlich drohte er. Doch da wurde Marga deutlich.

„Herr Effsing! Wenn Sie mich bei der Polente abliefern, werde ich eingebuchtet. Klar. Falls mich meine Leute nicht vorher – so oder so – aus dem Verkehr ziehen. Ich kriege vielleicht ein bißchen Haft, lerne da endlich die richtigen Profis kennen. Na, was sagt da so ein Biedermensch?"

Heinz guckte reichlich bedröppelt. So kraß hatte ich es ihm nicht gegönnt. Er schob seinen halbvollen Teller von sich.

„Tut mir leid, Gertrud. Für so was bin ich zu alt. Es schmeckt mir nicht mehr."

Dann stand er auf und verabschiedete sich. Er hatte seine Baskenmütze bereits aufgesetzt und den Fahrradschlüssel in der Hand, da drehte er sich noch mal um.

„Sie sind wie ein Tintenglas, Marga. Einfach nicht sauber zu kriegen. Passen Sie auf, daß Sie nicht irgendwann von irgendwem weggeworfen werden. Wenn es schlimm kommt, sogar von sich selbst. Ich gönne es Ihnen nicht. Und nochmals: Mein herzliches Beileid."

Der Abgang war stark. Marga kriegte wieder feuchte Augen und schob ebenfalls ihren Teller von sich. Gertrud sah mich betreten an. Die Stimmung war ganz dahin.

Ihr schmeckte es nun ebenfalls nicht mehr. Sie holte sich ihre „Eve 120" und paffte nervös. Ich aß in Ruhe weiter. Gertrud hatte – für mich – an Tomaten nicht gespart, und ich wollte sie nicht beleidigen. Als harmoniebedürftige Frau mußte Gertrud die Szene retten. Ich hielt mich da raus.

„Was wirst du nun machen, Marga? Ich meine, wohin?"

„Keine Ahnung. Echt nicht. Aber keine Sorge. Ich falle hier jedenfalls keinem zur Last. Wenn Daddy unter der Erde – ich meine, in der Urne – ist, dann werde ich erst mal wochenlang heulen. Das kann ich ganz gut. Zu meinen Alten werde ich nicht mehr gehen. Da kann meine Mutter sich die Zunge aus'm Hals schreien. Geld hab ich ja nun. Mal sehen."

Natürlich ahnte Marga, daß wir sie nicht bei der Polizei abliefern würden. Sie hatte zwar keinen Schimmer von der Absprache zwischen dem General und mir, aber schien den Braten doch zu riechen.

„Und das ‚Tonwerk'?"

„Keine Ahnung. Vermache ich an die alte Ziegler."

Wir sahen erschrocken auf. Sie lächelte cool.

„War nur 'en Scherz. Echt. Aber die alte Ziegler ist gar nicht mal so'n Unmensch. Die hält eisern zu ihren Leuten und ist so 'ne richtige Mutter."

Wahrscheinlich dachte sie wieder an ihre eigene Mutter.

„Sie hat mir mal erzählt, der General sei ihr Peterchen, sie sei Katharina und ihr Andrej sei Aleksej. Ich hab lange gebraucht, bis ich rausgefunden hab, was sie meinte: Peter der Große hatte vor der Heirat Kinder mit der Magd Katharina, die später Kaiserin wurde. Ich habe immer geahnt, daß die Ziegler was Besonderes mit dem General verband. Den General hab ich ja mal gesehen. Andrej ist ihm wie aus dem Gesicht geschnitten."

„Wie du deinem Vater!"

Gertrud biß sich auf die Lippen. Das hätte sie jetzt nicht sagen sollen. Sie löste einen Heulanfall aus.

„Entschuldige, Kindchen. Tut mir leid."

„Schon gut. Ich muß jetzt ins Bett."

Sie kramte nervös in ihrem Rucksack und griff sich in die Innentasche ihrer Schlabberweste. Ich dachte mir, welchen kostbaren Stoff sie da verbarg. Als sie weg war, nickte Gertrud.

„Ist mir egal. Soll sie doch! Wenn es sie aufheitert."

Ich hatte mir ein weiteres Stück der guten Gertrud-Pizza genommen und war gerade damit fertig. Nun war ich an der Reihe, die Konversation aufzupolieren.

„Die alte Ziegler ist eine tragische Figur. Finden Sie nicht, Gertrud? Sie hat ihr Herz an zwei Menschen gehängt, die Mütterchen Rußland wieder unter eine Art Tartarenherrschaft bringen wollen und denen die Mütterchen ziemlich schnurze sind."

Gertrud reagierte nicht. Sie hatte jetzt keinen Sinn für Betrachtungen allgemeinerer Art. Ich versuchte es mit etwas Konkreterem.

„Sagen Sie mal: Waren Sie wirklich in jungen Jahren in einer solchen Diebesbande, wie Sie das Marga erzählt haben?"

Gertrud sah einen Augenblick hoch und sagte lustlos:

„Doch, doch, Pepa!"

Sie war in ihren Gedanken bei Marga. Das merkte man. Da half nur eins: Ich legte meine Hand auf ihre Knie, rüttelte sie sacht auf und fragte:

„Kommen Sie denn am Montagmorgen wieder – wie üblich?"

Das schien zu wirken. Als sei sie aufgewacht, schüttelte sie sich ein wenig und lächelte wieder ihr vitales Lächeln.

„Aber sicher, Pepa! Was soll ich denn sonst auf dieser Welt? Aber nur, wenn bei Ihnen wieder Blut – oder wenigstens Marmelade zu lecken ist."

Wir stießen mit dem Rotwein – einem schlichten Bardolino Classico – an, und Gertrud sah mir in die Augen. Wieder wie Ava Gardner!

Auf den Samstagnachmittag hatte ich mich gefreut. Helmut war eingeladen, Sonja wollte sich trotz des langen Samstags freimachen, und es blieb trocken. In den Tagen zuvor war mein Gewächshaus neu erstanden, so daß ich meine Terrasse wieder wie früher nutzen konnte. Der herrliche Tag hatte nur einen dieser unangenehmen Einkäufe in meiner Bäckerei mit anschließendem Malheur gebracht. Ich hasse diese aufgesetzte Freundlichkeit der Bedienung. Sie laufen und lächeln herum wie Playboy-Häschen, sind nur halb so knackig und doppelt so albern. Geben die mir Wechselgeld heraus, habe ich immer Angst, daß sie mir in die hohle Hand kitzeln.

Außerdem hatte ich mir neben meinem heißgeliebten Ciabatta-Brot noch ein heimisches Kürbiskernbrot besorgt. Als ich es aus dem Papier schlug, sprang eine Ladung Kürbiskerne durch die ganze Küche.

Und als ich das Kehrblech ausleeren wollte, stieß ich an die Mülleimerkante und fand mich wieder am Boden.

Sonst aber war der Samstag bisher prima verlaufen. Vor allem hatte ich meinen ‚Grass' wieder ins Bücherregal geräumt. Es waren immerhin einundzwanzig Notizseiten geworden. Damit war der Fall für mich abgeschlossen. Und ich war gespannt auf ein neues Rezept – das diesmal Sonja ausprobieren wollte.

„Ich bringe alles mit, Schatz. Am Mittwoch, das war so großartig, Pepa! Jetzt bin ich mal dran. Einverstanden?"

Helmut und ich saßen auf der Terrasse und sahen Fritz beim Rasenmähen zu. Ich hatte ihn vorzeitig gebeten, weil ich dringend einen normalen Menschen aus dem Osten um mich brauchte. Bei meinen Erlebnissen war ich glatt in Gefahr, dümmliche Vorurteile zu kriegen. Helmut und ich redeten über Sonjas – vermeintlich – selbstlosen Einsatz für Helmuts Seelenruhe. Sie hatte gestern morgen Helmuts Neue tatsächlich im Supermarkt erjagt und ihr brühwarm die Geschichte mit Helmuts Hamburger Chefärztin aufgetischt. Die Neue sei der Verzweiflung nahe gewesen. Unserem Freund gegenüber hatte Sonja das natürlich abgemildert geschildert. Helmut ist zu weich. Er hätte einen Rückzieher gemacht. Wir leben nun mal in einer Pinocchio-Gesellschaft, und weiße Lügen sind erlaubt bis notwendig. Die Natur hätte uns allesamt mit langen Nasen ausstatten müssen – um der Ehrlichkeit willen.

Helmuts Neue hatte sich seitdem nicht mehr gezeigt. Obwohl sie sich für denselben Abend verabredet hatten. Helmut hoffte darauf, daß es damit sein Bewenden hätte. Ich war mir nicht so sicher, doch nickte ich ihm zu.

Plötzlich schoß die Sonne durch die Wolkendecke. Sogar Fritz stockte und blinzelte in den Himmel. Ich zeigte nach oben. Helmut tat erstaunt. Ich grinste.

„Weißt du, was das ist?"

„Na?"

„Der Komet Helios. Der kommt alle zwei Jahre hier vorbei."

„Idiot!"

„Kein Idiot! Ich meine das nicht nur astronomisch, sondern auch metaphorisch. Weißt du: Mit den Frauen, das ist wie ein Naturschauspiel. Nimm es so! Nur muß man den Frauen das gleich klarmachen."

„Du bist so gut zu mir, Pepa. Und so hilfreich. Danke!"

Helmut sprühte vor Ironie. Ich finde so was herrlich.

„Bitte! Ich meine es ja nur gut. Du investierst zu sehr. Jedesmal neu. Aber alles das sind biologische Abläufe. Wenn du willst: neurochemische. Verfeinerter als bei Kaninchen, aber nicht prinzipiell anders. Du läufst hinter den Kometen her wie hinter der Venus. Aber der eine kommt einmal im Leben, der andere ist ein Planet. Alle Frauen sind für dich immer gleich Abend- und Morgensterne, die dein Leben umleuchten sollen. Vergiß es! Sie sind Kometen!"

„Und deine Sonja?"

„Was hat das mit Sonja zu tun? Sonja ist anders. Das weißt du!"

„Aha!"

Wir grinsten uns an. Fritz schob vergnügt mit dem Rasenmäher an uns vorbei. Ich war froh, als Mann geboren zu sein. Doch ehe ich dieses Gefühl richtig auskosten konnte, klingelte das Telefon. Sonja war dran.

„Tut mir leid, Schatz. Es wird später. Ich komme hier einfach nicht weg. Die Leute reißen mir die Bademode von den Stangen. Man kann bald quer durch den ganzen Laden sehen."

„Wie denn das?"

„Das schlechte Wetter hier. Die buchen die letzte Sonne. Und die neue Mode ist ja wirklich süß. Findest du nicht? Die Bikinis sehen aus wie Spitzenunterwäsche. Ich hab dir doch mal welche vorgeführt!"

„Ach, die! Oooh ja!"

Sonja kicherte.

„Es tut mir wirklich leid. Aber ich habe für alles gesorgt, Rezept und Zutaten in einen Korb gepackt und Kirsten losgeschickt."

„Du lieber Gott!"

„Na, hör mal! So doof stellt sie sich ja nun auch nicht an. Sie wird das Gemüse schon rüberschaffen. Ich bin sicher gegen fünf da. Vielleicht schafft ihr zwei Männer das ja, bis ich gestreßt aus meinem Geschäft komme."

Zwanzig Minuten später schrillte meine Hausglocke. Helmut zuckte ebenfalls zusammen. Kirsten stand lässig an der Tür. Keine Spur von Rotkäppchen mit den guten Tips von Mama: ‚Vergiß nicht, Guten Morgen zu sagen‘.

„Soll ich hier vorbeibringen."

„Danke, Kirsten!"

„Bitte."

Und hast-du-nicht-gesehen hatte sich Kirsten schon umgedreht und war entschwunden. Eigentlich die effektivste Form der Freundlichkeit, wenn man um die Zeit von Gorbis Amtsantritt geboren ist und sowieso keine Zeit mehr hatte, Benehmen zu lernen.

Als ich den Korb ausgepackt hatte, fand ich ganz unten einen Brief. Zugeklebt. Ich riß ihn auf. Helmut guckte. Ich griff zu meiner Lesebrille und drehte mich zur Seite. Da stand:

„Lieber Schatz! Ich schreibe zwischen zwei Kundinnen, denen die Bademode noch besser steht als mir. Gut, daß du sie nicht siehst. Da würde mir angst und bange. Ich glaube fest an uns. Sonja."

Helmut guckte noch immer. Er war in einer hypersensiblen Phase. Ich gab ihm den Brief natürlich nicht. Das hätte noch gefehlt nach meiner Vorlesung über Kometen, Planeten und Kaninchen! Ich lächelte Helmut nur an.

„Nur ein paar Hinweise für das Rezept. Dann woll'n wir mal!"

Wieder Helmut als Ko-Koch! Muscheln und Garnelen mit Bulgur-Paella. Mahlzeit!

Ich erklärte Helmut, wie man Muscheln vom Bart befreit und ordentlich wäscht und die Erbsen in Salzwasser kocht. Weil wir noch einige bewegte Theorien über Kometen, Planeten und Karnickel entwickelten, zog sich das hin. Helmut tat jedoch konzentriert. Ich schälte die Riesengarnelen, entfernte den Darm, dünstete Frühlingszwiebeln und Knoblauch in Olivenöl, gab Bulgur – extra aus dem Reformhaus oder von Ginweils Bioladen eingeholt –, Currypaste, Safran, Zitronengras, Kaffirlimonenblätter und Chilischote dazu und goß den Riesling an.

Das war wieder Helmuts Gelegenheit! Ärzte werden haltlos, wenn sie einen Freund haben, der sie kennt, sie mag, dicht hält und Wein zum Kochen benötigt, von dem man eingeschenkt bekommen kann. Und dann in dieser selbstmitleiderregenden Lage!

Nachdem ich die Muscheln unter Helmuts Zuprosten beigefügt hatte, goß ich nach und nach die Brühe dazu. Sonja hatte an alles gedacht und ihre Wohlstandstochter hatte unterwegs nichts verloren. Das ganze Paella-Gemisch mußte nun einige Zeit quellen.

Irgendwann kam Helmut auf die Zeitungsmeldung über die Schießerei im Glasmuseum zu sprechen. Darüber redeten seit ein paar Tagen ja nun alle! Stadtgespräch. Das sei ’en Ding! Ich tat uninteressiert. Phantombilder von den drei Gangstern hätten auch drin gestanden.

„Ach?“

„Ja. Die Kassiererin hatten sie auf der Toilette eingeschlossen. Ziemlich unsanft. Sie hat einen Schock erlitten und kann sich kaum noch an die Gesichter erinnern. Die Zeichnungen sind entsprechend schlecht. Ein Gesicht hat mich sogar an dich erinnert!“

„Ach?“

„Ja. Dein Breitwand-Mitchum-Gesicht.“

„Der Schaden ist wirklich immens. Daß so was schon hier passiert! Ich werde mir mal von der Polizei einen dieser Kriminalitätsvorbeuger kommen lassen. Die sollen über Einbruchschutz kostenlos beraten.“

„Ach.“

Zwischendurch war Fritz hereingekommen und hatte die Beendigung seiner Arbeit gemeldet. Ich bezahlte und fragte so nebenbei, als ich ihn zur Tür begleitete, wie es denn seinen Freunden im Wohnheim so ginge. Die seien gestern ausgezogen, habe man ihm erzählt. Die alte Ziegler sei ja ganz in Ordnung gewesen. Um die täte es ihm leid. Das sei ein Verlust für die Deutschrussen hier. Aber ihr Sohn – der sei ihm nie so richtig geheuer gewesen. Man habe da auch so gemunkelt.

„Was denn?“

„Ach, Herr Pfühl! Das ist eine traurige Sache. Andrej hat vielleicht mit einigen schlimmen Herren was gehabt, die in Rußland den Staat und die Menschen bestehlen und im Westen ihr Geld anlegen. Das sind ganz üble Kerle. Die neuen Mongolen, verstehen Sie? Die machen Rußland kaputt. Und wir hier kriegen es zu spüren.“

„Wie denn?“

„Na, manche sehen uns schon an wie Gangster. Alle die aus Rußland kommen, sind Mafiosi, sagen sie. Die alle aus dem Osten. Die machen krumme Sachen und sind dumm, sagen die Leute.“

„Dumm?“

„Ja. Daß wir unkultiviert sind.“

„Aber Sie doch nicht, Fritz!“

Fritz sah mich traurig an. Oder war es eher mitleidig?

„Wissen Sie, sogar mein Chef, ein ganz netter Mann, schließt Kasse ab, wenn ich in der Nähe bin. Und hat mich gefragt, ob ich selbst unterschreiben kann auf dem Arbeitsvertrag. Dabei bin ich Schriftsetzer gewesen.“

„Tja, Fritz. Tut mir leid. Dann noch schönes Wochenende!“

Fritz lächelte merkwürdig, gab mir keine Antwort und drehte sich rasch um.

Die Tomaten schnitt ich lieber selbst in Würfel. Ich nehme mein rasierklingenscharfes Messer und schneide die Tomate, ohne Druck auszuüben. Ein Vorgang wie ein anständiger Mord. Nur ganz wenig roter Saft wird das untergelegte Brettchen nässen. Alles eine Frage von Stil und Schärfe. Die Haut der Frucht wird nur wenig Widerstand zeigen. Beim Eintritt des Messers ebensowenig wie beim Austritt.

Ich weiß, daß es Menschen gibt, die Tomaten nicht lieben. Meistens als aufgeschnittene. Mancher findet sie obszön. Jedoch als ungeschnittene muß sie jeder mögen! Diese weiche Festigkeit! Spitze und Stilansatz machen die Oberfläche reizvoller. Schließt man die Augen, wird man verwundert sein. Läßt man nämlich die Frucht in der Hand hin- und herrollen und nimmt man sich eine zweite dazu, wird das Erlebnis ein besonderes. Über die Haut der Frucht zu fahren und gleichzeitig den Widerstand des Fleisches zu spüren …

Die Tomatenwürfelchen waren mit den Erbsen unter die Paella zu mischen und ein wenig zu würzen. Ebenso die Riesengarnelen. Sie mußten in Olivenöl beidseitig kurz gebraten werden.

Dann warteten wir. Helmut sinnierte, fast schlief er ein. Wieviel schlaflose Nächte mußte ihm seine Art zu lieben eingebracht haben! Er hatte die Flasche in zu kurzer Zeit und diesmal fast alleine geleert. Ich las noch einmal Sonjas Brief. Er rührte mich. „Ich glaube fest an uns." Das hatte meine Sonja geschrieben! Und Mitte nächster Woche sollte es in die Toskana gehen. Sollte das eine hochzeitsreiseähnliche Reise werden?

Zufällig legte ich den Brief neben das Rezeptfoto des aufgeschlagenen Kochbuches. Ein besonders gefühlvoller Arrangeur hatte die Garnelen und Muscheln in eindeutiger Pose auf dem Teller komponiert. Ich konnte es kaum noch abwarten, bis Sonja kam – und Helmut ging.

Unser dreiwöchiger Urlaub in der Toskana war wunderbar gewesen. Wir hatten übermäßig viel Muscheln und Garnelen gegessen, das gute Wetter genossen und die ganze Welt hinter uns gelassen. Endlich mal Egoismus zu zweit. Sonja und ich haben einen anstrengenden Job. Da muß das auch mal sein.

Am letzten Tag vor den viel zu kurzen Ferien schrillte die Klingel dreimal. Sturm. Als ich öffnete, fand ich einen Brief auf meinem Postkasten. Von Marga!

Mir wurde ganz anders. Diese Affäre hatte ich wie einen bösen Traum vergessen und abgetan. Jetzt tauchte all das Böse wieder auf! Ich erwartete eine schlimme Überraschung.

„Sehr geehrter Herr Pfühl! Wir werden uns nicht wiedersehen. Ich habe aber ein Abschiedsgeschenk für Sie. Sie können es sich unweit der Erinnerungstafel an die Schlacht am Hohler Feld abholen. Sie müssen nur – einmal – nach oben schauen. Holen Sie es sich sofort! Es ist sehr wertvoll! Ihre Marga."

Wenn Nietzsche diejenigen, die einen Überschuß an freiem Willen haben, als „neugierig bis zum Laster" bezeichnet hatte, hatte er Recht gehabt. Ich gehörte zu ihnen. Ich fuhr sofort los.

Als ich mein Kabrio an der bezeichneten Stelle abgestellt hatte, mußte ich suchen, bis ich Margas Geschenk fand: ein Drachen! In klassischer Form. Und in Rot! Über den Wipfeln eines Wäldchens. Es war ein wenig windig, und er zog und zerrte an der Leine, die irgendwo in einem Baum festgemacht sein mußte.

Ich hatte in dem nassen Wäldchen einige Zeit zu suchen, bis ich die Drachenschnurkurbel fand. Sie war gelb und hing in circa vier Metern Höhe in einer Lärche. Weiß der Henker, wie Marga mit ihrer figurbetonten Konstitution da hochgekommen war. Ich überlegte lange. Dann begann ich – wie zu meiner Jungenzeit – nach Ästen und Punkten für das Raufklettern zu suchen. Marga hatte sich nicht den schwersten Baum ausgesucht. Also, los ging's!

Ich fand mich nicht schlecht. Nur ärgerte mich, daß meine Klamotten ganz versaut wurden. Ich würde es Gertrud beichten müssen! Als ich die Kurbel hatte, holte ich den Vogel bis auf zwei, drei Meter ein, klemmte mir die Kurbel hinter den Gürtel und kletterte wieder nach unten. Der Drachen war spiralförmig vollgeschrieben. Er folgte mir brav. Die Bäume standen nicht zu eng. Der Abstieg ist immer schwieriger als der Aufstieg. Wie im Leben.

Den letzten Ast verfehlte ich, rutschte am Stamm nach unten und landete auf meinen Füßen. Ein Schmerz durchzuckte mich. Als ich aufstehen wollte, stürzte ich gleich noch einmal. Mein linker Fuß trug nicht mehr. Ich biß die Zähne zusammen und zog Schuh und Socken aus. Da wuchs eine riesige Beule in Grünblau hervor. Mist!

Kriechend suchte ich nach einem Ast als Krückstock. Der erste brach. Ich schrie auf, als ich wieder in den nassen, weichen Waldboden fiel. Der zweite trug mich bis zu meinem Wagen. Der Drachen ließ sich geduldig hinter mir herschleifen. Ich fluchte auf Nietzsche.

Unterwegs dachte ich, mir schwänden die Sinne, wenn ich die Kupplung trat. Dauernd fuhr ich unter- oder übertourig. Zu Hause warf ich mir eine Schmerztablette rein, mich selbst aufs geschlossene Klo und hielt mit fast zerbissenen Zähnen meinen Fuß unter die kalte Dusche. Vielleicht eine halbe Stunde. Dann untersuchte ich mit schmerzverzerrtem Mund und Lesebrille den Drachen, den ich die Treppe hinter mir hochgeschleppt hatte.

Hübsche Arbeit! Eigenhändige Bastelei! Auf Augen, Nase, Mund und Ohren waren jeweils Teile von Margas Lieblings-Goethegedicht „Über den Gipfeln ist Ruh" geschrieben. Nein! Sie hatte das Goethe-Gedicht umgeschrieben:

„Über allen Wipfeln
Ist Ruh,
Von deinen Lippen
Sprüh'n immerzu
Atem und Rauch;

Hält einer am seidenen Faden,
Verbirgt in Schwaden,
Ziehet hinauf?“

Der Text drumherum war witzig und etwas chiffriert.

„Geehrter P.! Sie würden mich nicht wiedererkennen. Haare ratzekahl ab und schwarz, zwanzig Kilo runter und auf Achse. Die Haare hängen am Schwanz des Drachens. Können Sie sich irgendwohin pinnen.“

Ich hatte es noch nicht bemerkt: Marga hatte mir tatsächlich ihre abgeschnittene fettige und rote Haarpracht vermacht. Sollte das ein Versöhnungsgeschenk sein? Ich versuchte, den verfluchten Schmerz zu ignorieren und las weiter.

„Ich werde weit weg segeln. Kies habe ich ja massig. Ich werde meine Ruhe finden. Aber nicht so eine spießige wie die ihre. Nur mit einem Faden mit dem Kram da unten verbunden. Frei im Wind! Wie der Windvogel. So eine Ruhe! Und keine Sorge: Ich werde nicht mehr spielen. Ihrer Devise zum Trotz. Sie haben Unrecht! Kein absurdes Leben. Kein Geworfen-Sein. Ich will nicht geworfen sein, nicht hineingeworfen und nicht weggeworfen. Von mir nicht und von keinem anderen. Kein universaler Zufall. Ich glaub’s nicht. Nie! Das Leben muß mehr sein als Chemie! Ich werde es beweisen. Aber Sie werden das nicht mehr begreifen. Ach, sehen Sie sich die Augen meines Drachens an! Wußten Sie, daß chinesische Drachen Kamel, Hirsch, Fisch, Adler und Tiger, riesengroß und klitzeklein und noch viel, viel mehr sein können? Sehen Sie sich die Augen an! Und die Nase! Den Mund! Sogar die Ohren! Lösen Sie diese Teile langsam ab! Aber Vorsicht: Sie sind wertvoll! Behandeln Sie sie mit CH_3 CO CH_3! Nehmen Sie für die gewonnene Substanz einen Spiegel und ein Röhrchen! Beste Qualität! Werden Sie selbst ein Drache! Fliegen Sie! Einmal in Ihrem Leben! Wickeln Sie den Drachenschwanz um den Körper und fliegen Sie! Ihre M.A.“

Ich saß da wie im Taumel. Zuerst der Schmerz. Dann das dauernde Drehen des Windvogels. Schließlich dieser verrückte Brief, der einem Goethe und Kokain in einem Nasenzug anbot und vom Baum warf. Nichts blieb einem erspart!

Als ich mich nach unten geschleppt hatte, um Helmut anzurufen, brauchte ich eine Stunde Ruhe. Der Fuß klopfte mir bis in den Schädel. Wie eine Kirchenglocke. So massiv und so aufdringlich. Keine Frage: Da war was gebrochen. Knöchelbrüche sind meistens langwierig und kompliziert!

Plötzlich mußte ich lachen. Und ich konnte nicht mehr aufhören. Es war zu verrückt! Ja! Ich war ein Glückspilz! Natürlich! Das Unglück, das mir Marga eingebrockt hatte, war der Putt dieser Saison! Das, was jeder sich erträumt, aber nicht zu sagen wagt. Das bedeutete verlängerte Ferien, wenn ich Glück hatte! Vor lauter Übermut drehte ich mir eine und begann, mitten im Wohnzimmer zu rauchen. Dann wälzte ich mich zu meiner Musikanlage und schob eine Aufnahme von 1938 rein: „The Flat Foot Floogie" mit den Mills Brothers. Ich wählte nicht Helmuts Nummer, ich wählte die Nummer des St. Anna Hospitals. Unfallambulanz.

„Ich bin gestürzt. Wahrscheinlich Knöchelbruch. Kann mich kaum bewegen!"

Ich stöhnte und nannte Adresse und Namen.

Der Mensch muß auch mal Glück haben. Und eine Chance zur Erholung und zum Nachdenken. Und zum Nachdenken – verdammt – hatte ich genug Gründe. Außerdem wollte ich ein Gedicht von Goethe auswendig lernen.

Ich saß auf dem Teppich, klopfte meine Asche einfach auf den Marmortisch und pfiff fröhlich mit den Mills Brothers mit. Durch die zusammengebissenen Zähne. Versteht sich.

■ Georg Veit

Hahnenkampf

Ein Krimi aus dem Münsterland

2002, 200 Seiten, br., 9,90 €
ISBN 3-8309-1171-8

Dass er nichts mehr liebt als seine Ruhe, seine Tomatenrezepte und sein Kabrio, werden die Leser des ersten Bandes *Münsterland-Mafia* wissen. Dass es damit für Peter-Paul Pfühl, genannt Pepa, wieder einmal nichts wird, werden sie ahnen. Und so entwickelt sich das Rätsel um einen massakrierten Hahn zu einem veritablen Kriminalfall.

■ Georg Veit

Tödliches Erbe

Ein Krimi aus dem Münsterland

2005, 184 Seiten, br., 9,90 €
ISBN 3-8309-1500-4

Der dritte Pepa-Krimi aus der Feder von Georg Veit. Wieder bricht die ungeliebte Welt in das Leben von Peter-Paul Pfühl ein. Diesmal in Form eines kleinen Jungen, der Kaffee trinkt und Pepas Tomaten mag. Als der Vater des Kleinen tot aufgefunden wird, winkt Pepa ab. Diesmal nicht! Doch die Wirklichkeit holt ihn ein …

Vor drei und vor sechs Jahren ist während eines Martinszuges ein Kind aus einem Münsteraner Pfarrkindergarten entführt und ermordet worden. Trotz intensiver Ermittlungen wurde der Täter nicht gefasst. Und nun kündigt ein unmissverständlicher Drohbrief einen dritten Fall an. Für Hauptkommissarin Sieglinde Züricher wird die Zeit eng, denn der Täter gibt der Polizei nur vierzehn Tage Vorsprung.

■ Ursula Meyer

… brenne auf mein Licht

Sieglinde Zürichers sechster Fall

2004, 304 Seiten, br., 12,70 €
ISBN 3-8309-1414-8

Thomas Dusentschur, Schriftsetzer und am ersten Tag des Krieges geboren, liebt die protestantische Schwedin Lisa. Die beiden sind glücklich, doch ganz allmählich zieht sich ein unsichtbarer tödlicher Ring um das Paar. Thomas und Lisa ahnen nicht, dass ihr Glück Neid, Missgunst und Hass hervorruft. Die Gefahr kommt nicht von Soldaten und Plünderern, sondern aus einer ganz anderen Richtung …

■ Andreas Busch

»Ich komm von Münster her …«

Eine Geschichte um Liebe und Verbrechen aus der Zeit des Dreißigjährigen Krieges

2005, 128 Seiten, br., 7,90 €
ISBN 3-8309-1618-3